Uma segunda chance

Susan Wilson

Uma segunda chance

SEXTANTE

Título original: *One Good Dog*

tradução
Regina Lyra

preparo de originais
Alice Dias

revisão
Ana Grillo, Taís Monteiro e Tereza da Rocha

projeto gráfico e diagramação
Valéria Teixeira

capa
Raul Fernandes

imagens de capa
cachorro olhando pela janela: Lorne Resnick / Getty Images
homem e cachorro caminhando na praia: Barbara Peacock / Getty Images

impressão e acabamento
Cromosete Gráfica e Editora Ltda.

CIP-BRASIL. CATALOGAÇÃO-NA-FONTE
SINDICATO NACIONAL DOS EDITORES DE LIVROS, RJ

W721s Wilson, Susan, 1951-
Uma segunda chance / Susan Wilson [tradução de Regina Lyra]; Rio de Janeiro: Sextante, 2011.

Tradução de: One good dog
ISBN 978-85-7542-639-5

1. Ficção americana. I. Lyra, Regina. II. Título.

CDD 813
11-0065 CDU 821.111(73)-3

Rua Voluntários da Pátria, 45/1.404 – Botafogo
22270-000 – Rio de Janeiro – RJ
Tel.: (21) 2538-4100 – Fax: (21) 2286-9244
E-mail: atendimento@esextante.com.br
www.sextante.com.br

PRÓLOGO

Ele tinha uma aparência rude. Orelhas grandes, cabelo desgrenhado. Os primeiros fios brancos começavam a surgir. Parecia estar vivendo à margem da sociedade havia algum tempo. Talvez jamais houvesse tido um companheiro. Depois de uma longa procissão de criaturas que passaram na minha frente com o nariz apertado contra a grade que nos separava, vi alguma coisa naqueles profundos olhos castanhos. Não era súplica – isso eu posso ignorar –, mas algo diferente. Uma dignidade muda, talvez até uma certa indiferença, como se não precisasse de mim ou de demonstrações de afabilidade da minha parte. Sim, era isto: uma altivez que demonstrava não necessitar da piedade de ninguém. Não sei o que ele estava fazendo aqui. Ei, não olhe para mim. Não estou neste lugar porque quero.

Nossos olhos se encontraram e nos encaramos por um tempo, depois ele desviou o olhar. Naquele breve vislumbre, vi algo que reconheci. Pode ser que eu tenha visto apenas o reflexo da minha própria independência, este espírito livre que me faz seguir em frente. Ou então foram aqueles olhos de guerreiro que anda sem sorte mas traz lembranças de glórias recentes. Talvez eu tenha enxergado por baixo daquela superfície áspera um coração como o meu, ainda não inteiramente endurecido. Precisamos ser fortes para viver neste mundo. Não importa se cerramos os dentes por raiva ou por medo; temos que estar dispostos a cumprir a ameaça até o fim. Aquele sujeito cheio de cicatrizes sabia disso. Baseado nesse fato, tomei minha decisão. Ele era perfeito para mim.

Então, balancei meu rabo.

CAPÍTULO 1

— Sophie.

Adam March não ergue os olhos do papel que tem na mão. Seu tom é neutro, como sempre, e não se eleva além do necessário para atravessar o escritório, passar pela porta de mogno aberta e chegar aos ouvidos de sua assistente. No retângulo cor-de-rosa do papel arrancado de um bloco de mensagens, na tinta lilás preferida de Sophie e em sua caligrafia rebuscada, há três palavras simples que não fazem sentido para ele. *Sua irmã ligou.* Impossível. Horário e data da ligação: ontem à tarde, enquanto ele suportava a última reunião antes do grande evento de hoje.

Adam fica batendo com o bilhete cor-de-rosa nas juntas da mão esquerda. Sofie deve ter se enganado. Não seria a primeira vez. Ultimamente, ele vinha reparando nesses seus pequenos deslizes e descuidos. Ela estava se comportando como se não fosse uma subordinada, mas uma igual. Foram muitas as vezes que ficaram até tarde no escritório, ocasiões em que Adam tirava o paletó, afrouxava a gravata e arregaçava as mangas. Foram várias horas inclinado sobre o computador dela, numa luta insana para deixar os documentos perfeitos. Sophie cometeu um erro comum: o fato de estarem trabalhando juntos nesse momento crucial não significa que sejam amigos e que ele vai tolerar seu desleixo.

Adam fecha os olhos e respira fundo. O dia mais importante da sua carreira começou mal.

O despertador não tocou. Por conta disso ele não teve tempo para dar sua corrida no condomínio e perdeu os 30 minutos de sossego de que precisava desesperadamente antes de começar um dia cheio de reuniões. E hoje ainda tem o jantar organizado pela esposa, Sterling, para acolher os novos vizinhos antes que alguém o faça. Dizem que os Van Arlens têm contatos úteis para quem está interessado em ascensão social e em conseguir boas escolas para os filhos – gente como Sterling, basicamente.

Adam não tem nada contra um jantar de confraternização, mas preferia que não fosse em um dia em que havia tanta coisa acontecendo. No entanto, se ficassem esperando até que ele tivesse um dia mais folgado, ainda continuariam morando em Natick e a filha não estaria aproveitando os contatos que a ajudariam ao longo da vida. É um trabalho duro lançar os alicerces do futuro social/profissional/educacional/recreativo de uma filha adolescente que o recebe de mau humor quando você se esforça para aparecer em alguma de suas inúmeras competições esportivas a tempo de ver o placar final.

Quando pensou em ter filhos, Adam imaginou-se como um desses pais de novela: sábio, amoroso, adorado. Ariel, porém, nunca se pareceu com as filhas que ele via na TV. Há anos Adam não ouve uma frase compreensível sair da sua boca, cada resmungo é dirigido ao nada e sussurrado através da cortina do seu longo cabelo louro. A única ocasião em que consegue ver o rosto da filha é em alguma apresentação de hipismo, quando o cabelo dela é puxado para trás e escondido sob o capacete de veludo. Mas aí Ariel se mistura às outras meninas, todas de bochechas coradas, usando culotes e paletó azul. Às vezes ele torce pela dupla garota/cavalo errada. Sem falar no fato de que todos os cavalos também parecem iguais. Para Adam, as competições são uma repetição tortuosa e interminável do mesmo casaco azul, capacete negro, cavalo castanho correndo na pista e depois a menina chorando porque derrubou uma barreira, ultrapassou o limite de tempo ou porque o cavalo é louco, preguiçoso, manco ou simplesmente burro.

A não ser pelo desejo de se tornar campeã em hipismo, um objetivo no qual Adam já investiu um monte de dinheiro, Ariel é um enigma para o pai, embora seja o motivo pelo qual ele trabalha tanto. Certo, isso sem contar as joias da esposa, os personal trainners que ela tem em cada uma das propriedades do casal – Sylvan Fields, Wellington, Flórida e Martha's Vineyard –, os custos de uma criadagem cada vez maior e a equipe de contadores, que o livram de pagar mais impostos do que deve. Ao contrário do restante dos funcionários, estes são muito, muito bons.

Aos 46 anos, Adam March se viu, nessa manhã de céu nublado, com a testa encostada no espelho e desejando não ter que ir trabalhar. Não só o despertador o deixara na mão como a governanta também se esquecera – de novo – de comprar a granola importada de que ele tanto precisa. Em lugar algum da despensa gigantesca Adam conseguiu achar seu cereal preferido. Encontrou apenas a porcaria que Ariel come. Depois de consumir flocos de milho durante toda a infância, ele agora tem condições de comprar o que há de melhor para o café da manhã. Seria pedir demais que sua granola fosse providenciada? Ele precisa comer seu cereal todos os dias para justificar o preço que paga para importá-lo da Noruega e para fazer seu intestino funcionar. Se esse sistema também falhasse, Adam corria o risco de perder completamente a paciência. E ele sabia que a governanta é quem acabaria sendo a maior prejudicada. Mas isso não podia sequer ser cogitado antes do jantar daquela noite. Despedir a incompetente hoje faria a ira de Sterling superar a sua.

Sterling, loura e muito magra, que dormia o sono tranquilo das pessoas seguras, tinha uma força incrível. Adam não estava nem um pouco disposto a despertar esse poder em um dia tão importante. Importante não para ela, como a ouviu repetir várias vezes, mas para ele; para o bem dele e da filha única do casal. Havia uma guerra social acontecendo lá fora e Sterling exercia a liderança como um general sobre seus soldados. "Precisamos ser vistos. Precisamos fazer doações para as instituições certas." Ambos chegaram a ser citados como benfeitores em uma série de documentários na TV. "Temos que assistir aos concertos certos. Se você pretende se dar bem, esse é o preço a pagar." Só para citar alguns dos incentivos de Sterling.

Muitas pessoas diriam que Adam March já tem sucesso. O que mais poderia querer? Há homens que almejam títulos, outros, a glória de se destacarem no mundo das artes, da ciência ou da política. Adam deseja ardentemente apenas uma sigla de três letras: CEO – presidente da empresa. No mundo de hoje, essa conquista não depende mais de subir na hierarquia por meio de promoções ou de permanecer por muitos anos na mesma companhia. É preciso ficar pulando de empresa em empresa, permitindo-se ser convencido a deixar um cargo executivo em troca de outro, repetidamente. Essa ascensão sempre vem acompanhada da mudança para uma residência maior em um bairro melhor, da compra de uma casa de veraneio onde passará a maior parte do tempo ao telefone e de mais BlackBerries. Mais despesas. Às vezes Adam tem a impressão de que não possui um único centavo. Seu salário e os bônus são aparentemente engolidos por essa máquina de ambição. Ainda assim, o cargo que tanto deseja está um pouco fora de seu alcance. Mas não por muito tempo. Depois de hoje, a promoção de Adam ao mais alto posto da Dynamic Industries estaria no papo. Presidente.

Mas, naquela manhã, tudo o que Adam queria era um pote de granola norueguesa e a porra de uma corrida no condomínio. Queria ter seu tempo sozinho consigo mesmo, seus 30 minutos longe da internet, mantendo a cabeça baixa e os olhos fixos na trilha para não ter que acenar para os vizinhos ou para os empregados. Suas melhores ideias brotavam durante o exercício.

Apenas uma coisa impediu Adam de sair para correr e chegar ao trabalho um pouquinho atrasado: o fato de obrigar a si mesmo e sua equipe a seguir um padrão rigoroso de pontualidade. Diariamente, Adam March adentra o escritório às sete e meia em ponto. Nem um minuto antes, nem um minuto depois. Ele fica extremamente satisfeito em saber que as pessoas acertam os relógios pela sua chegada. Para ele, a pontualidade é uma arte e uma ciência. Apesar da viagem de trem de 16 quilômetros e dos eventuais imprevistos do tráfego, ele sempre chega na hora. E ai do funcionário que não estiver lá para saudá-lo. Os profissionais que ficam perambulando pelo prédio despreocupados com a pontualidade demonstram um desleixo inaceitável para ele.

Adam encarou a própria imagem no espelho do banheiro e viu um rosto sedutoramente rude, a sombra matinal da barba escura emoldurando traços firmes que só recentemente começaram a se abrandar. Fitou seus olhos castanhos e frios. Tinha um rosto digno, adequado ao negociador implacável no qual se transformara.

Se havia no espelho o reflexo de um homem zangado e grisalho, Adam o espantou com uma camada generosa de creme de barbear francês.

◆◆◆

Adam desliza a mão pela gravata de seda e enfia o estranho bilhete no bolso do paletó. Sophie ainda não apareceu. Ele encara a cadeira vazia da secretária e, pela primeira vez em muitos anos, pensa na irmã.

A cadeira sem braços de Sophie está meio torta, como se um lado de sua ocupante pesasse mais que o outro. O monitor exibe o logotipo da

Microsoft deslizando para lá e para cá, confirmando que Sophie já ligou o computador e abriu os e-mails que irá encaminhar para ele. Mas não basta que ela se encontre no prédio – precisa estar sentada em seu posto quando Adam chega ao escritório.

Ele tira o papel do bolso, pousa-o na mesa e abre sua pasta fora de moda, mas não consegue lembrar o que está procurando. Então lá vem ela, dirigindo-se furtivamente à sua mesa com um copo gigantesco de café em uma das mãos e um pedaço de bolo na outra. Mesmo de dentro de sua sala, Adam pode ver que o queixo dela está sujo de glacê. Agora ela realmente resolveu provocá-lo. Em vez de largar tudo e pegar sua agenda, ela se inclina sobre o teclado do computador e dá um clique no mouse. Checa seus e-mails pessoais. Ultrajante. Sophie sabe que hoje é um dia importante. O que pode ser mais urgente do que correr para receber as ordens do chefe? Adam já está ficando cansado de tanta insubordinação.

Sua irmã ligou.

CAPÍTULO 2

Adam está sentado no chão da pequena cozinha. O piso é grudento, salpicado de manchas tão velhas que já fazem parte do padrão geométrico do linóleo. Ele brinca com um carrinho Matchbox, imitando o barulho de um automóvel enquanto o empurra sobre as fendas do piso. Está embaixo da mesa. Quatro cadeiras o rodeiam e há alguém sentado numa delas. Seu pai. Pés grandes enfiados em botas de trabalho, um cadarço mais frouxo que o outro. Um dos pés está levemente inclinado sobre a beirada lateral do solado de borracha antiderrapante. Adam empurra o carrinho e o faz subir nos pés do pai. O pai os afasta, removendo a montanha. Adam cerra os lábios e brinca com o carro dentro do perímetro definido pela mesa. Dá para ouvir o tilintar de vidro contra vidro e o ruído do jornal sendo dobrado. Ainda não jantaram e não há barulho que indique os preparativos de uma refeição. Um par de botas de vinil de salto alto surge de repente. A irmã mais velha. De sua caver-

na, Adam pode ver os joelhos dela – duas protuberâncias pálidas e arredondadas espreitando por sobre as botas brancas – e, acima deles, uma boa extensão de perna magrinha, visível até a bainha da minissaia.

– Aonde você pensa que vai? – indaga o pai numa voz baixa e cansada.

– Vou sair. Eu avisei.

– Não vai, não. Tem de preparar o jantar.

– Você prometeu.

De repente, o pai empurra ruidosamente a cadeira e se levanta.

– Verônica!

Agora tudo o que Adam pode ver é a calça azul do uniforme de trabalho, as pernas compridas demais cobrindo o cano das botinas pretas com biqueira de metal. As pernas da irmã ficam invisíveis atrás das do pai.

– Não prometi nada. Você tem responsabilidades nesta casa.

– Fodam-se as minhas responsabilidades.

O som do tapa é agudo, curto e inesperado, como o som do seu revólver de espoleta. Involuntariamente, lágrimas brotam em seus olhos. A irmã não faz qualquer ruído.

– Não fale comigo desse jeito, mocinha. Quem você pensa que é?

– Estou cheia disso. Cheia de você. Cheia de ser babá sem salário. Ele é seu filho. Cuide dele você.

De debaixo da mesa da cozinha, Adam observa as longas pernas da irmã dentro daquelas botas ridículas se encaminharem para a porta. Eles moram no segundo andar e essa porta leva à escada dos fundos, ao corredor úmido lá embaixo, repleto de latas vazias e ferramentas de jardinagem sem uso. Ela abre a porta.

– Não vire as costas para mim.

A voz do pai é cheia de autoridade, domínio e poder. Aos 5 anos e meio, Adam é jovem demais para compreender essas palavras, mas reconhece o vazio em seu peito toda vez que o pai fala.

De sua toca, Adam vê as pernas da irmã voltarem e se aproximarem até que os pés dentro das botas de vinil apontam diretamente para ele. Ele fica aliviado. Ela voltou. Vai ficar.

Adam chega um pouquinho para a frente, a fim de enxergar além do corpo do pai. Verônica fala, e o que ela diz se transforma nas últimas palavras que ouvirá da irmã.

– Foda-se, velho.

A porta se fecha com um estrondo. E Adam é deixado sozinho com o pai.

◆◆◆

– Sophie – chama, com um pouco mais de insistência. Precisa dar um fim nisso antes que o comportamento dela vá longe demais. Cadê essa garota? Por que não está diante dele com seu bloquinho e sua caneta lilás esperando as ordens do chefe? Aguardando que ele diga que não tem irmã e quem quer que tenha deixado aquele recado não merece crédito e não será atendido. Mesmo antes de começar o trabalho do dia, vai dizer a Sophie que ela cometeu um erro, que, apesar daquelas três palavras inócuas, apesar do que a mulher que ligou possa ter dito, ele não tem irmã. Sophie precisa ser mais esperta para não cair em trotes.

Em mais de 40 anos, Adam jamais teve notícia da irmã, desde o dia em que ela saiu furiosa de casa, deixando-o para trás com o pai viúvo. Verônica se foi há tanto tempo que ele jamais mencionou ter uma irmã, nem mesmo à mulher. Por que agora iria se dar o trabalho de despertar aquela lembrança vaga de sentar-se no sofá e dividir um pote de pipoca, se a existência de Verônica nada tem a ver com ele? Com quem ele é? Com a pessoa em quem se transformou?

Não que Adam negasse a própria história. Ele construiu toda uma mitologia em torno de si mesmo – um homem que se fez sozinho, numa trajetória que começou não na infância, mas na graduação com mérito na Universidade de Massachusetts, seguida do MBA em Administração em Harvard. Ocultava a informação de que trabalhara como motorista da Pioneer Valley Transit para pagar a faculdade. Minimizava o peso da infância vivida em uma sequência de lares adotivos, recusando-se a falar do passado com uma firmeza que sugeria uma experiência romântica dolorosa, e não o fato de o pai tê-lo abandonado, deixado-o sob a custódia do Estado. Havia muito tempo que Adam March encapsulara sua infância real, como o organismo encapsula uma farpa, gerando uma massa compacta de células para segregar o corpo estranho e dissolvê-lo. Em seu lugar, encontrou a ambição. Adam é um homem que pensa grande.

Ele dobra o bilhete cor-de-rosa. *Verônica. "Ele é seu filho." O som de uma porta batendo.*

Adam sente um leve aperto no coração. Não é dor, não é angina, é outra coisa. Tensão. A tensão que o transforma num tigre na sala do Conselho. Adam fecha os olhos um instante, depois torna a abri-los e relê o bilhete. *Sua irmã ligou.* Não há mais nada escrito no papel. Nenhum telefone. Nenhum endereço. Nenhum nome. Como se ele já os soubesse.

Com certeza Sophie entendeu errado. E se não foi isso? E se, por alguma circunstância bizarra, alguma inimaginável reviravolta do destino, sua irmã tiver voltado? Se for isso, o que ela quer? Um reencontro lacrimoso? Dinheiro? Faz sentido. Adam faz uma nota mental para ligar para o advogado assim que se liberar das atividades estafantes do dia.

Sua irmã ligou. O solo instável sobre o qual construiu sua vida estremece.

◆◆◆

– Sophie – chama ele, num tom neutro, frio, como que se dirigido a um cão desobediente.

– Já estou indo, Sr. March.

Adam pode ver Sophie pelo vão da porta aberta, debruçada sobre o computador, a saia apertada e curta demais subindo e enrugando, desafiando o código de vestimentas do chefe: gravatas para os homens e roupas adequadas a um escritório para as mulheres. Adam March não tolera roupas informais em seus domínios. As nádegas amplas de Sophie balançam para lá e para cá enquanto ela batuca no teclado, respondendo ao que quer que considere mais importante do que ele.

De repente a boca de Adam fica seca e ele sente muita sede. Quando estende a mão para apanhar o jarro de água sobre o aparador, sente a pressão cair subitamente e uma vertigem arrebatadora invadi-lo, acompanhada da sensação de estar fora do próprio corpo. Toca a beirada da mesa para buscar apoio em algo sólido, mas as mãos parecem desencarnadas. A tonteira momentânea cessa quando a pressão sanguínea volta a subir, mas a sensação de mergulho no vazio persiste.

Lá fora, Sophie ri. Cada nota de sua risada musical soa mais ofensiva. Os pensamentos de Adam rodopiam enlouquecidos, seu raciocínio normalmente aguçado fica embotado pela ansiedade. Ele precisa se recuperar, tem telefonemas importantes a dar. Não há tempo para distrações. Não há tempo para conjeturar sobre o significado disso tudo. Não há tempo para uma irmã.

Adam amassa o bilhete e o atira na cesta de lixo ao lado da mesa.

Sua irmã estaria pensando que poderia simplesmente voltar e reatar um relacionamento descartado quando ele era apenas um garotinho? Depois de permitir que ele vivesse em lares adotivos? Para colocar em risco tudo o que ele passou a vida inteira construindo?

Adam pega novamente o bilhete dentro da cesta e rasga o papel em dois, depois em quatro e em oito pedaços. Adam March não tem irmã. Tem um negócio para tocar.

– Sophie. – Adam chama a assistente outra vez e o nome soa como uma palavra sem sentido, inventada. – Sophie. – Tônica na segunda sílaba. SoPHIE. Não suplicando. Ameaçando.

A moça se levanta, de costas para ele, inclinando-se sobre o teclado do computador, toda a sua postura zombando da autoridade dele.

– Sophie – repete Adam, a voz tornando-se mais forte. Mesmo assim, a moça não vem.

Ainda inclinada sobre o teclado, Sophie ergue uma das mãos e faz um aceno informal, indiferente, registrando a voz do chefe mas mandando-o esperar. Deixando-o de lado. Como Sterling faz às vezes quando está diante dele no quarto, despudoradamente nua, espalhando hidratante no corpo, pulverizando no ar a nuvem fina do perfume que é sua assinatura, arrumando-se para algum evento social do qual são convidados ou anfitriões. Intocável. O corpo cirurgicamente embelezado, quase sem atrativos em seus contornos firmes e seus seios retocados, mas que ainda assim desperta o desejo dele. Desejo a que Sterling demora a atender.

Sophie baixa a mão que o dispensou e toca o teclado, a importância do amigo eletrônico sobrepujando a do chefe.

O investimento no dia de hoje foi muito grande. Uma quantidade demasiada do tempo, da energia, da reputação e do futuro de Adam foi dedicada aos quase 18 meses de análise e planejamento cuidadosos, a convencer os colegas de que ele está certo, de que essa promoção é justa. Grande parte da sua vida foi usada para preparar este momento – talvez toda a sua vida tenha sido vivida na expectativa deste dia glorioso. Com a tacada de hoje, ele assumirá seu devido lugar como presidente da empresa, sem precisar continuar esperando para tomar o posto de Louis Wannamaker. Os anos que passou construindo as frágeis fundações da sua infância serão recompensados quando ele ocupar o cargo de presidente.

Verônica. Ele chamou esse nome naquele dia e durante anos depois que ela saiu batendo a porta dos fundos.

Sophie está desafiando seriamente a sua autoridade. Ela precisa ser lembrada de quem é e do lugar que ocupa nesta empresa.

"Não me responda, mocinha."

Sua irmã ligou. Que idiota iria acreditar numa mulher como aquela?

A boca de Adam está seca, a língua, grudada no céu da boca. A pulsação lateja na têmpora direita, uma palpitação curiosamente dolorosa que parece audível, como se ele fosse capaz de ouvir o som de sua pressão arterial. Está sem fôlego. Às suas costas, a luz da manhã projeta um quadrado amarelo sobre a enorme mesa preta, sua sombra no centro lembrando o formato de uma fechadura. Adam pressiona as juntas dos dedos contra o mata-borrão. Uma pontada de dor atravessa sua testa. Ele coloca mais peso sobre as juntas dos dedos, apoiando-se na beirada da mesa escura, balançando-se brevemente enquanto recupera o equilíbrio. Quando consegue ficar ereto, dá a volta na mesa larga e quase derruba o vaso de flores frescas. O recipiente de vidro em forma de taça fica suspenso na beirada da mesa, graças ao peso do arranjo. Uma pétala de lírio se solta e cai no chão. O sapato de Adam a esmaga no tapete, deixando uma mancha rosada como a de um animal morto na estrada.

Enquanto se aproxima da porta da sala, Adam se surpreende com a intensidade da raiva que está sentindo. É como se ela brotasse de alguma região profunda de seu ser até então desconhecida, torcendo seus ossos até transformá-lo numa criatura de outra espécie. Adam já teve acessos de raiva antes, já gritou com a filha truculenta, com subordinados e até mesmo, em raras ocasiões, com Sterling. No entanto, toda vez que levanta a voz, lembra-se do pai, das últimas palavras que ele disse à filha em fuga. Neste momento, a voz do pai é o único som a ecoar em sua mente: *"Não vire as costas para mim, mocinha."*

– Sophie.

O que saiu foi um sussurro rouco, como se a ira estivesse lhe apertando a garganta, cortando seu fôlego. A pulsação troveja na têmpora e por um instante Adam acha que vai desmaiar.

"Foda-se, velho."

◆◆◆

Sophie Anderson continua com os olhos grudados na tela do computador, lendo seus e-mails e rindo das piadas que o colega do Departamento de Atendimento ao Cliente lhe enviou. Ela só levanta a cabeça quando sente o hálito de Adam em seu pescoço. Depois sente a mão dele em seu ombro quando ele a vira de frente para estapeá-la com força no rosto.

◆◆◆

Mais tarde, os que testemunharam o incidente diriam que não reconheceram o agressor de Sophie e que acreditaram tratar-se de um louco que driblara a segurança. Foram necessários quatro gerentes e dois vigilantes para imobilizar Adam no chão. Ele uivava como um animal selvagem. A lenda corporativa rotularia para sempre Adam March de Dr. Jeckill e Mr. Hyde – o médico e o monstro. O homem linha-dura do mundo empresarial perdera a cabeça, como se uma armadilha para ursos fosse acidentalmente detonada pelo toque de um coelho. Adam March pirou, comentariam em lanchonetes e coquetéis durante muitos anos. O todo-poderoso foi subjugado à força e jamais voltou a ser visto. Mas sua história, o ato incompreensível de violenta autodestruição, permaneceria viva.

CAPÍTULO 3

Preciso explicar a você um pouquinho sobre mim. Uma pequena biografia. Tenho pouco mais de três anos, ou seja, ainda sou jovem o bastante para ter que brigar por uma boa colocação no ranking, mas já sou velho o suficiente para desafiar apenas os melhores. Tenho bons dentes e uma mandíbula forte. Uma das minhas orelhas foi arrancada pela metade, a outra pende meio dobrada. Meu rabo é reto como uma vareta e quase nunca deixo que se levante acima do meu lombo, como fazem alguns perdigueiros despreocupados. Dependendo das circunstâncias, peso entre 20 e 23 quilos. Quando estou nas ruas, às vezes chego a pesar apenas 13, a menos que descubra as melhores caçambas de lixo e chegue lá antes daqueles vermes vira-latas. Desconheço a minha cor; essa não é uma característica relevante na minha espécie. O importante é que as minhas glândulas anais revelem minha autoridade, minha educação e meu estilo de vida a todos que cruzarem o meu caminho.

Minha urina demarca um amplo território. Não tenho testículos. Na primeira vez que fui capturado, lá se foram eles. Mas devo dizer que naquela época eu já era plenamente macho e não abri mão dessa masculinidade, exceto quanto ao cumprimento da minha missão genética de procriar. Como posso explicar? Atiro, mas a minha arma não está carregada.

Desde que nasci, meu destino evidente – conforme os planos dos jovens que mantinham meus pais em jaulas num porão – foi lutar. Meu tamanho e meu sexo determinaram que eu recebesse os melhores cuidados por parte daquelas pessoas, que não nutriam qualquer afeição pelos animais confinados ali. Eu era alimentado. Usava correntes pesadas em volta do pescoço para que meu corpo se transformasse numa massa de músculos sólidos como rocha. Fiquei forte a ponto de serem precisos dois desses jovens imaturos para me segurar. Raramente via a luz do dia. Era uma criatura da noite, levada de um porão para outro no escuro, usando uma focinheira inadequada. Não me lembro de jamais ter sido tocado por eles de algum jeito que não fosse profissional: sacudidelas, puxões e empurrões, a ponta de uma vara, um pedaço de pau. Se um deles um dia tivesse ousado remover a minha focinheira e passado a mão na minha cabeça, eu a teria lambido. Mas ambos morriam de medo de mim, daquilo que eles haviam criado.

Como eu ia dizendo, nasci em um porão no centro da cidade. Ao contrário do que costuma acontecer, meus pais moravam nesse mesmo lugar, então pude conhecê-los. Muitos da minha espécie não têm a mesma sorte. Minha mãe era uma pit bull puro-sangue – seja lá o que isso signifique no léxico de jovens brigões –, descendente de uma longa linhagem de cães cuja sobrevivência dependia da própria competência numa arena. Nenhum deles era especialmente violento, mas todos demonstraram grande aptidão ao serem incitados à destruição, mostrando-se competitivos em qualquer embate. Como os gladiadores de antigamente, não escolhíamos nossos oponentes; eles eram selecionados pelos nossos patrões. Lutar é nosso meio de vida, uma carreira predestinada, um emprego. A carga horária não é ruim e, se você trabalha bem, ganha a chance de viver mais um dia e repetir a façanha.

Mamãe, chamada de "Cadela", tinha uma cicatriz na boca que ia até um ferimento sem carne em forma de meia-lua que expunha seus dentes laterais superiores. Há muito aposentada do ringue, tornou-se uma máquina parideira. Suas tetas pendiam flácidas e balançantes. Mesmo depois que as autoridades a retiraram do porão, elas jamais voltaram a ser firmes como antes.

Não nos identificamos uns aos outros pela noção de raça, como fazem aqueles que nos criam. Mas todos sabemos que diferentes formatos, tamanhos, odores e posturas do rabo nos ajudam nessa identificação. No entanto, por uma questão de conveniência, direi que papai era uma mistura de várias "raças" fortes e vigorosas, um cruzamento de pit bull e rottweiler ou boxer, talvez buldogue. A parte rottweiler lhe deu altura e corpulência. A parte pit bull lhe afinou o traseiro, mas criou uma desproporção como a do Brutus, do Popeye, na parte dianteira. Ele era feroz na arena, conhecia bem seu ofício e jamais dava mole para os oponentes. Chamavam-no de "Fifty", por causa de algum cantor de rap de que gostavam. Mesmo sendo jovem na época, eu achava que chamar um gladiador como papai de "Fifty" soava meio tolo. Embora nós dois fôssemos campeões locais, nossos rapazes não participavam do circuito "oficial" de rinhas de cães e por isso podiam empurrar cachorros mestiços como Fifty e eu para seus amigos igualmente amadores.

As convenções sobre nomes sempre nos confundem. Se não atendemos quando somos chamados, é provável que o nome que recebemos seja inaceitável. Já fui chamado de muitas coisas, nem todas lisonjeiras. Nós nos conhecemos uns aos outros pelos nomes que as pessoas gritam, porém nos reconhecemos mais intimamente pelos odores que exalamos. Não penso em minha mãe como "Cadela", mas como a dona de um perfume cálido, do seu cheiro especial de quando amamentava meus irmãos menos afortunados. Eu era o maior da ninhada, o que mamava na teta de cima. Meus irmãos menores pereceram na brutal tentativa dos rapazes de apostar na criação seletiva, atirados, como ratos, na jaula de treinamento.

Nas ruas, meus amigos – e já tive muitos – não se ligam nos nomes que lhes dão. Mesmo que eu não veja meus pares, posso identificá-los por suas demarcações de território. Sei que por ali andou o pirralho abusado. Noto que a vadia que só copula com cachorro grande tem vagado pelo beco. Talvez eu espere por ela. Dou mais uma cheirada e descubro que ela está grávida de novo. Eu a imagino com as tetas inchadas e a língua balançando alegremente enquanto busca um porto seguro para seu novo ninho. Nossos pensamentos são imagens.

Penso no porão em que nasci, onde era confortado pelo perfume suave da pele e do pelo da minha mãe. Lembro-me de como fiquei curioso ao farejar sangue pela primeira vez. Não sabia o que era aquele cheiro adocicado que chegava até mim através do tapume que nos separava da arena improvisada, mas associava aquele odor aos sons que ouvia, sons de combate. Meus sentidos me prepararam para a minha própria experiência, de modo que quando vi sangue pela primeira vez – no dia em que fiz minha estreia numa rinha –, me pareceu tão familiar como se eu já o conhecesse.

Quando chegou a hora de deixar a infância de lado, abandonei a companhia de mamãe e fui posto no isolamento. Acho que talvez tenha ganido naquela primeira noite de solidão, mas fui rapidamente silenciado com um tapa. Desde então, sempre baixo a cabeça quando vejo mãos em movimento. Meu agressor me jogou um aro de borracha dura, que imediatamente comecei a morder, ingerindo lama e vomitando antes de adormecer.

Lembro-me das pesadas correntes que os rapazes colocavam em torno da minha cabeça e dos meus ombros quando queriam me exibir nas ruas. Elas me davam uma aparência de cachorro forte, e confesso que eu era um pouco arrogante. As correntes não me incomodavam; me deixavam orgulhoso, na verdade. Em torno do meu pescoço havia o protótipo do instrumento destinado a controlar um animal incontrolável. Era um enforcador que, ao ser puxado, enterrava pinos de metal no meu pescoço grosso. Uma coleira de couro decorada com pinos pontudos era o meu uniforme de gala, usado em ocasiões formais, como quando os garotos me mostravam para a turma, por exemplo.

Quando alcancei meu tamanho definitivo, já haviam começado a levar meu treinamento a sério.

Embora eu me pareça mais com minha mãe – corpo comprido, focinho retangular, rabo em forma de chicote –, sou grande como papai. Meu lado rottweiler foi bastante amenizado, razão pela qual jamais pesarei 40 e tantos quilos, como aqueles brutamontes. Mas no meu esporte ocupo a categoria peso pesado – 25 quilos só de músculos, ossos e energia.

Como sabemos o que fazer no instante em que nos jogam num ringue? Não sabemos. Na primeira vez, tudo o que sabemos é que nossos donos esperam algo de nós. O suor deles nos diz que estão desafiando uns aos outros. As vozes soam agudas, encorajadoras, bajuladoras, ferozes, ameaçadoras. Então rapidamente descobrimos o que fazer. Percebemos o que eles querem. Sua excitação nos contagia; pegamos o espírito da coisa. E, como aqueles gladiadores de antigamente, sabemos que a derrota não é uma opção. Vitória é o que os nossos donos querem. Essa é a nossa missão.

Na primeira vez que os rapazes me puseram no ringue, entendi o que esperavam de mim. Lutei por medo. Não me envergonho de dizer. Quem não tem medo de ter o nariz arrancado por uma dentada é tão maluco quanto esses caras. Parta para a agressão e talvez você não se machuque ou se machuque menos. Vou ser sincero: nem sempre odiei o que eu fazia. Quando você está faminto, isolado, quando nunca encontra seus semelhantes de um jeito amistoso, quando seu nariz jamais toca a parte comunicativa do corpo do interlocutor e você só o reconhece pelo cheiro que ele deixa nas cercas... Bem, você fica meio irritável. Era minha única válvula de escape. E eu era bom nisso.

Sou e sempre serei um monstro, um saco de músculos, ossos e dentes projetado pelo homem. Meus ancestrais consideraram uma boa ideia a aliança entre nós e os humanos, sem jamais imaginar que suas formas físicas e seu comportamento seriam determinados por eles. Sou assim em função da atividade para a qual fui treinado. Mas muitos da minha espécie perderam sua brutalidade ao substituir o legado de animais carniceiros pela submissão a algum humano que se dedicasse a mimá-los.

Nunca havia me dado conta disso até o dia em que os rapazes trouxeram para casa um vira-lata de rua, limpo, com as unhas aparadas, sem coleira, mas nitidamente um *Canis domesticus*. Isso acontecia de vez em quando. Quando faltavam cães pequenos, arranjavam recrutas involuntários para lutar conosco. Esses convocados não eram considerados adversários de verdade, pois em geral deixavam a desejar em termos de músculos e disposição, quase sempre amolecidos pela boa vida. Os pobres ingênuos chegavam abanando o rabo, crentes que iriam encontrar um novo amigo, para no instante seguinte terem o pescocinho espevitado mordido por algum rival casca-grossa de olhar frio.

Um deles me contou sua história durante as horas em que ficamos presos no porão da casa, sua jaula suficientemente próxima da minha para que conversássemos tão baixinho que nenhum dos rapazes precisou gritar "Calaboca". Seu cheiro, ainda que eu não fosse capaz de farejar sua área de comunicação, denunciava boa comida e carinho humano. Ele me disse que alguém cuidava para que nada lhe faltasse, chegando mesmo a recompensá-lo por qualquer coisinha boba que fizesse. Seu trabalho não era rolar no chão de um ringue, mas caminhar sem puxar demais a própria guia. Não, ele não usava uma coleira como a minha. A dele, que os garotos tiraram, era de couro macio, com dois discos de metal pendurados, com seu nome e o nome do dono, que tilintavam ao balançar. Ele sentia falta desse som alegre e temia não conseguir dormir sem ouvir o barulhinho suave de metal contra metal enquanto procurava a posição ideal para o sono. As plaquinhas e a coleira eram seu crachá de serviço e elas o enchiam de orgulho. Fiquei impressionado. A ideia de tamanha submissão provocou-me um arrepio que perpassou todo o meu lombo e precisei me sacudir com força para me livrar da sensação. Mas fiquei curioso, talvez até com uma pontinha de inveja.

Dei conta dele facilmente na arena de treinamento, mas não consegui tirá-lo da cabeça. Não que sua história fosse singular, mas demonstrava a existência de todo um mundo além do meu porão. A ideia começou a tomar forma. Comentei sobre isso com uns companheiros enquanto aguardávamos a nossa vez e, sim, eles tinham conhecimento desses sujeitos que moravam em casas e que não mordiam para sobreviver. Eles deviam tudo o que tinham aos humanos. Esperava-se deles submissão permanente, como um filhotinho a um macho adulto, mesmo depois de crescidos. Alguns camaradas já haviam visto esse tipo, e não apenas na arena, mas nas ruas, quando eles próprios eram conduzidos antes de serem trazidos até mim. Esses seres estranhos passeavam presos a guias delicadas, quase de brinquedo, e olhavam satisfeitos os rostos de quem segurava a outra extremidade. Costumavam ser afastados do caminho quando os gladiadores passavam, o medo dos seus donos telegrafando um alerta para as criaturas presas nas coleiras. Um eventual lábio arreganhado não significava provocação, mas submissão. Parecia uma piada. Dá para imaginar?

Para mim dava, e cada vez mais eu fazia isso. Embora fosse bom de briga, sabia que mais cedo ou mais tarde levaria uma surra – de um oponente ou de um dos rapazes. Uma surra por ter levado uma surra. Foi o que aconteceu com papai, no mínimo duas vezes ao longo da minha vida.

Havia, porém, um outro tipo de sujeito que eu encontrava com mais frequência e que levava uma vida totalmente independente: o cão de rua. Em geral mais inteligentes do que os cães de coleira, os de rua eram experientes. Entendiam a liberdade de uma vida vivida naturalmente. Embora quase sempre sentissem frio, fome e corressem o risco de ser atropelados, viviam como bem entendiam. Infelizmente, também eram alvos fáceis: bastava pôr um prato de comida na sua frente e pronto, eram capturados. Não só por gente da mesma laia que meus donos, mas pelas autoridades, homens e mulheres que fazem cães desaparecerem de modo idêntico. Num minuto estavam lambendo a pata na calçada, no minuto seguinte se encontravam dentro da carrocinha. Mas as histórias deles eram as melhores. Altas aventuras, viagens, acasalamentos frequentes. Puxa vida. Diziam que os cães de rua capturados pelas autoridades só conseguiam voltar para as ruas se fossem sedutores. Os que não tinham charme não voltavam. Mas é difícil ser charmoso quando se foi treinado a vida toda para ser irascível. Ninguém tinha certeza sobre o lugar para onde eles eram levados, mas até um poodle podia imaginar. O fedor de ossos e carne queimada que se misturava à infinidade de odores que enchiam o ar da cidade dava a dica. Acima do cheiro do diesel, dos pães, das linguiças, do suor dos trabalhadores e dos perfumes artificiais que se elevavam do solo como um rio tortuoso pairava a fumaça do esquecimento.

◆◆◆

Eu descansava em minha jaula depois de uma luta especialmente difícil. Meu oponente quase saíra vencedor, até que, graças à pura força bruta, consegui empurrá-lo para fora da linha que define a vitória. Enfiaram a cunha de madeira na minha boca para eu não voltar a atacar e fim de jogo. Fiquei um bocado machucado, e um dos rapazes tentou, a contragosto, suturar o rasgo no meu peito. Os pontos uniram a pele mais ou menos como uma bola de beisebol malfeita. Lambi a sutura, sentindo o gosto da pele ferida coberta de sangue seco, mas minha língua não alcançava o ponto mais dolorido. Meu adversário jazia sobre uma pilha de jornais, a cabeça jogada para trás como se uivasse para a lua. Uma luzinha brilhava em seus olhos, o que me dizia que ainda não havia sangrado até morrer. Expressei com um bufo um pedido de desculpas por entre as grades da jaula e ele ergueu a cabeça. Bufou de volta uma espécie de absolvição por eu estar apenas cumprindo minha obrigação. Somos um bando de selvagens, mas não nos odiamos. *Se tivéssemos mãos, poderíamos escapar daqui.* Ele concordou, depois deitou novamente e observei seu espírito alçar voo para longe.

Ouvi um trovejar sobre nós. Mamãe sentou-se, espalhando sua mais recente ninhada pelo chão da jaula. *Os homens. Os homens estão aqui.* Já tínhamos ouvido falar deles, os homens que chegam e desaparecem com nossos semelhantes. Ficamos sabendo que eles nos prendem em jaulas, nos mandam lutar com outras espécies e simplesmente cortam nosso pescoço. Esses boatos sempre circulavam quando um de nós morria.

Ouvimos o som dos passos dos rapazes lá em cima, correndo para os fundos do apartamento, descendo pelas escadas de trás. Eu sabia que havia uma porta para o lado de fora, para o espaço de terra onde nos deixavam defecar duas vezes ao dia. Nenhum dos rapazes jamais colocava os pés no canteiro de merda. Nós, que usávamos o pátio, circulando em seu perímetro, farejando uns aos outros repetidas vezes, levantando a perna no território alheio, sabíamos como evitar o pior daquela sujeira. Se vivêssemos do lado de fora, teríamos o cuidado de fazer nossas necessidades longe de casa.

A porta dos fundos se abriu. Levantei-me e encostei o nariz dolorido no arame da jaula. Agucei o ouvido. Farejei no ar uma mistura do odor pungente dos nossos rapazes e do cheiro dos homens e da mulher que os acompanhava. Seu odor de fêmea levemente misturado ao de suor. Minha mãe empurrou sua ninhada para o fundo da jaula com o focinho, deixando escapar um ganido de preocupação. Sacudi o corpo, pronto para o que viesse.

CAPÍTULO 4

Alugar o apartamento de um quarto foi ideia do contador.

– Até que o seu advogado resolva a questão da pensão, você não vai ter condições de continuar morando em hotéis – dissera ele.

Com o passar dos meses, Adam se mudara de um hotel para outro, hospedarias que iam perdendo estrelas à medida que seus recursos eram drenados pelos custos de manter a quase ex-mulher e a filha e dos intermináveis honorários de seus advogados, que batalhavam nos três processos judiciais – o de Sophie, a pensão da esposa e a ação trabalhista que ele próprio movera contra a Dynamic pela demissão ilegal.

– Arrume um lugar para morar, cozinhe sua própria comida. Economize um pouco, Adam.

Economizar? Por algum motivo, Adam empacou nessa expressão. Fazia 35 anos que essa palavra havia sido usada contra ele, por um dos pais de criação brandindo uma conta de luz. Ao longo de seu casamento, Adam jamais demonstrara diante de Sterling qualquer preocupação com as finanças. Quando os dois se conheceram em um evento empresarial no qual o pai dela era o principal palestrante, Adam já estava no caminho de se tornar um milionário, um homem cujo futuro sogro, o todo-poderoso Herbert Carruthers, era capaz de admirar.

Talvez ele até chegasse a incentivar os gastos dela, ou pelo menos não fazia nada para desestimular a aquisição de bens que o status do casal exigia. Para Sterling, isso significava roupas das últimas tendências da moda, acessórios de grife, os melhores e mais modernos automóveis – ninguém se preocupava com o consumo de gasolina –, sofisticados equipamentos de lazer, bem como férias de luxo. Para Ariel, era sinônimo de cavalos cada vez mais caros, do prometido Miata no aniversário e da garantia de que jamais precisaria de crédito educativo. Nada faltava para sua filha. Para sua querida esposa também não, e ela faz questão de que continue assim.

Sterling sabe quanto vale seu casamento e está abocanhando tudo o que pode: as casas, os investimentos, os carros – exceto o Lexus 2007, que já está ultrapassado e que seria trocado por um 0km este ano. Os investimentos imobiliários também. Os advogados dela são realmente bons. Termos como *crueldade* vêm sendo arremessados contra ele. Acusam-no de ser perigoso e depois o ameaçam com uma medida cautelar. Documentos revelam a sombra do medo sob a qual a família afirma ter vivido. Adam sabe muito bem a que tipo de risco Sterling temia ser submetida: o de perder sua posição social. O marido é um louco que agrediu a própria assistente. É o executivo cujos planos de assumir o controle da companhia falharam.

Ela não pode mais manter a cabeça erguida diante da nata da sociedade. Esse tipo de gente não agride os subordinados, ao menos não em público. Esse tipo de gente não fracassa.

Sua companheira, sua parceira na vida, sua Sterling voltou-se contra ele.

◆◆◆

Adam inclina a cabeça até encostá-la no vidro da janela que dá para a rua. Não há cortinas e o senhorio ainda não instalou as persianas que prometera. O apartamento tem um quarto onde cabem apenas o colchão de casal sobre o estrado e uma escrivaninha que ele pegou do sótão da antiga casa. Talvez tenha pertencido à avó ou a uma tia de Sterling, nenhum dos dois consegue se lembrar. A retirada desse móvel foi uma das raras ocasiões sem confronto entre ele e a ex-mulher no último ano e meio. A porta do minúsculo banheiro com um tapete verde-vômito abre para a sala. Adam tem um *futon*, comprado na mesma loja de móveis em liquidação de onde saiu o colchão, uma televisão sobre um rack de madeira prensada, uma mesinha pavorosa em frente ao sofá, uma pequena mesa de cozinha, encostada na parede oposta, e duas cadeiras dobráveis. A cozinha é um corredor onde uma pessoa mal consegue se virar, o que acaba sendo curiosamente funcional, sobretudo porque ele usa apenas o micro-ondas e a chaleira.

O apartamento fica no terceiro andar de um edifício de quatro pavimentos em um conjunto de prédios iguais revestidos de tijolinhos. Nada de casarões, nada de janelas francesas nem escadas de granito. Mas essas construções do pós-guerra são práticas. Uma alameda ameniza a paisagem, demonstrando que esse bairro depreciado de Boston ainda é habitado por contribuintes que se importam minimamente com a estética.

Do outro lado da rua alinham-se vários estabelecimentos familiares – uma lojinha que vende jornais e revistas, um armarinho e um pet shop com um alegre arco-íris pintado que atravessa a vitrine de vidro de um lado ao outro: "A a Z – Peixes Ornamentais e Produtos para Animais". Peixinhos pintados à mão se enroscam nas letras.

Parado diante do retângulo que emoldura a paisagem, Adam contempla a rua nesse início de manhã até que vê uma luz se acender na loja de jornais. Enfia a calça, puxa o zíper, mas deixa o botão aberto. A camiseta que usa há dois dias fica para fora, um buraquinho começando a crescer embaixo do braço direito. Adam ainda não criou o hábito de lavar a roupa. Não se acostumou a manter um estoque razoável de cuecas limpas e ainda vive se surpreendendo ao ver a gaveta vazia apenas uma semana depois de ter arrastado a fronha entupida de roupa suja até a lavanderia, que é a âncora do comércio do quarteirão.

Ele remexe no bolso da calça atrás de uns trocados para comprar sua dose diária de jornais: *The New York Times*, que antes aparecia como mágica na mesa do café da manhã, e *The Wall Street Journal*, que Sophie costumava deixar em sua escrivaninha com os artigos importantes cuidadosamente destacados em amarelo. Atualmente, ele acrescenta à pilha o tabloide local, onde procura notícias a seu respeito. Sua perda de controle tornou-se uma metáfora para a ganância voraz dos executivos de hoje em dia. Se o tempo cicatriza todas as feridas, o ano que as ações judiciais consumiram reduziu o interesse da mídia. Ele agora é notícia velha.

Sua sentença sai hoje. O capítulo final para o consumo público.

É curioso como certos advogados conseguem ser tão eficientes. Um exército de homens e mulheres em ternos caros, portando enormes pastas recheadas de armamento jurídico, que entram e saem de salas de reunião sem janelas. O aroma pesado do conhecimento da lei emana dos poros dessa gente. Lábios pintados de vermelho se fecham sobre dentes perfeitos; gravatas de seda listradas são alisadas como animais de estimação inanimados. Adam sonha com eles à noite. Os lábios vermelhos das mulheres se abrindo para revelar dentes afiados. As gravatas de seda transformadas em serpentes, sibilando e armando o bote para cima dele. Às vezes os rostos são os de seus adversários: Wannamaker, Sophie, Sterling. Em seus sonhos empapados de uísque, Adam se encolhe enquanto todos crescem à sua volta como balões de gás e sente a chama da raiva deles queimar sua pele.

◆◆◆

O ar que precede a aurora é denso de umidade, uma cortina vaporosa encobrindo o sol nascente que não projeta sombra alguma enquanto Adam atravessa a rua para ir até a loja de jornais. Vai ser mais um dia de calor. O tempo este ano tem sido um bom exemplo de extremos – um inverno insuportável, uma primavera inexistente e, agora, um mês de setembro que confere credibilidade aos protestos dos alarmistas do aquecimento global que ele e a Dynamic contradiziam com seus especialistas. Ainda não são nem cinco e meia da manhã e Adam já sente o suor brotar nas axilas e no pescoço, descendo em gotas gordas para se alojar na depressão da clavícula. Um carro em disparada o ameaça quando ele está no meio da rua, mas Adam não apressa o passo, desafiando o motorista a desviar ou a atropelá-lo. O carro dá uma guinada e a buzina é apertada num reflexo. Adam levanta a mão esquerda e ergue grosseiramente o dedo médio. Esse é um gesto que ele não faz desde a época da faculdade, mas que no íntimo lhe agrada.

Um homem vem descendo a rua com seu uniforme de empresário: um terno leve de verão, uma camisa branca engomada que cintila na penumbra, uma bela gravata com desenhos amarelos arrematada por um perfeito nó Windsor e, para completar, um mocassim clássico engraxado até brilhar. Adam o vê passar todas as manhãs, salvo nos fins de semana, desde que começou a acordar tão cedo, e supõe que ele esteja se encaminhando para o cruzamento principal e que esse talvez seja o único exercício físico possível num dia movimentado. Adam imagina que o homem trabalhe em um escritório de advocacia ou numa firma de administração. Em vez de pasta, ele carrega uma dessas bolsas macias para transportar laptops, com uma alça larga para pendurar no ombro. Provavelmente mora em um dos quarteirões melhores das redondezas e passa por ali para cortar caminho. Ele nunca registrou a presença de Adam na mesma calçada, na mesma hora, cinco dias por semana. O sujeito simplesmente segue andando, sem fazer contato visual. Apenas um levíssimo franzir de lábios indica que vê Adam na porta da lojinha; em seguida, acelera discretamente o ritmo da caminhada.

Adam escancara a porta da loja, o sininho antiquado sobre a porta anuncia sua entrada. Há um velho atrás do balcão, equilibrando seu amplo traseiro sobre um banquinho, um charuto apagado pendendo do canto da boca. Seu avental e suas mãos estão cinza por causa da tinta dos jornais. O escasso cabelo grisalho é realçado pela mesma tinta, dando a impressão de que o homem andou desenhando fios novos na careca. Ele levanta os olhos das palavras cruzadas e diz:

– Bom dia.

– Bom dia.

Essas são as únicas duas palavras que Adam trocou desde ontem a esta mesma hora. A não ser pelo recado que a secretária do seu advogado deixou no correio de voz recordando-lhe o horário da audiência hoje, Adam não ouviu nenhuma voz humana. Isso sem contar a televisão, que ele mantém ligada quase o tempo todo. Ariel não retorna suas ligações. Os amigos

– pessoas iguais a quem ele foi nos últimos 20 anos, ricas, poderosas, com bons contatos – também não respondem aos seus telefonemas. Ele parece ter sido excomungado.

É na escuridão da noite que Adam vivencia o maior isolamento. Ao raiar do dia, ele considera sua autopiedade uma fraqueza, mas à noite, quando reina o silêncio na rua e o único som em seu apartamento é o *tinc, tinc, tinc* da torneira do banheiro pingando, ele sente o peso da solidão esmagá-lo. Nunca cultivou um amigo de verdade, alguém que o conheça suficientemente bem para lhe dar apoio dividindo uma cerveja no bar da esquina. Ele sente falta do consolo do companheirismo, da solidariedade. Por mais estranho que pareça, a única pessoa que lhe vem à mente nessas horas insones é Verônica. Só ela poderia entender sua necessidade de se afastar da maneira como foi criado e forjar uma vida nova. Depois que a lembrança de sua irmã foi reintroduzida por engano em sua vida, a existência dela insiste em não lhe sair da cabeça. Adam se pega imaginando se ela pensa nele, no garotinho de quem nunca se despediu. Ele poderia odiá-la; em vez disso, a esqueceu.

◆◆◆

Adam examina os vários jornais espalhados sobre o longo balcão como se estivesse escolhendo o melhor corte de carne. Atrás desse balcão ficam os bilhetes de loteria, o verdadeiro carro-chefe da lojinha. Há também um serviço de café. Sobre um pequeno fogareiro encontram-se um bule de café comum e outro de descafeinado. O comum está fresco – essa é a vantagem de madrugar – e Adam enche um copo grande, pegando um pacote de biscoitos de manteiga de amendoim para completar o café da manhã que se tornou sua opção.

– Quatro e setenta e cinco – diz o proprietário depois de passar o charuto para o outro canto da boca.

Adam pega três notas amassadas no bolso e dá o restante em moedas – as que deveria guardar para a lavanderia. Vai ter que parar num caixa eletrônico em algum momento e ver se consegue sobreviver com 100 dólares até a semana que vem. Talvez devesse pegar o dinheiro antes da audiência. A sentença. Uma onda de desânimo percorre seu corpo e sua mão treme de leve, como se ele estivesse numa plataforma enquanto um trem passa em disparada.

Será que o juiz irá mandá-lo para a cadeia? Não foi uma agressão completa, apesar do que Sophie sugeriu várias vezes em seu depoimento. Foi só um tapa. Ela não ficou traumatizada de verdade; aquela história de terapia e medo de homens é papo-furado. Ele não representa perigo para ninguém. A licença médica que ela tirou da Dynamic é puro fingimento. As acusações e os efeitos decorrentes do seu ato, sem dúvida idiota, foram ficando cada vez mais absurdos à medida que o processo avançava.

Adam respira fundo, deixando que a dor do ar entrando em seu peito o distraia dessa linha de pensamento. Ultimamente ele vem sentindo uma pontada como se estivesse com uma costela quebrada, como se tivesse sido ele o agredido.

– O senhor tem algo mais forte do que aspirina?

O proprietário aponta para uma pequena vitrine de remédios e dá de ombros:

– Tylenol, Advil, esses básicos.

Adam lê os rótulos, avaliando as qualidades que cada um deles apregoa, e depois verifica o preço.

– Aceita cartão de crédito?

– Só acima de 10 dólares.

Adam pega um de cada marca e os despeja sobre o balcão, juntamente com os jornais e o pacote de biscoitos.

– Obrigado, companheiro – agradece o proprietário, enfiando as compras numa sacola de plástico e entregando-a ao freguês.

Do lado de fora, Adam enfia os jornais debaixo do braço e troca a sacola de mão. Olhando para a porta ao lado, vê a mulher da loja de peixes ornamentais enfiar a chave na fechadura. Está usando uma calça jeans de cintura baixa e um top justo. O cabelo cor de mel, ainda molhado do banho ou do calor da manhã, cai até os ombros em ondas suaves. Ela o cumprimenta com um aceno de cabeça.

Adam já a viu antes, mas nunca tão de perto. Ele passa boa parte do dia contemplando, do refúgio de seu apartamento, a rua lá embaixo. Fica observando enquanto ela executa seu ritual diário – lavar a vitrine, numa ondulação graciosa para um lado e para outro, para cima e para baixo, conforme seca o vidro com um rodo de cabo comprido.

O que poderia dizer a ela? Cara a cara com seu objeto de contemplação, Adam se sente meio voyeur. De perto, ela é mais velha do que imaginou. Não uma garota, apesar do figurino jovem, mas uma mulher de uns 30 e tantos ou 40 e poucos anos.

Adam hesita demais e ela some dentro da loja. Tomando um gole de café, ele aguarda uma brecha no tráfego cada vez mais intenso da manhã. Um instante depois, a moça reaparece, o cabelo puxado para trás e preso num elástico, com um balde d'água na mão.

– Bom dia.

Ótimo. Ele deixou claro que é um ser humano.

A moça lhe lança o olhar cauteloso de uma mulher sozinha na calçada de uma cidade grande e ele se dá conta das roupas esfarrapadas que está vestindo.

– Bom dia.

Nada mais. Ela volta a atenção para a lavagem da vitrine.

– Que calor, hein?

Ponto ganho por iniciar uma conversa, ponto perdido por ser tão pouco original.

– É mesmo.

O sotaque revela que ela não é dali. Seria do Sul? Do Meio-Oeste?

CAPÍTULO 5

Foram eles que viram o cachorro morto primeiro. Eu, mamãe, papai e dois outros ficamos momentaneamente calados de choque antes que recuperássemos o juízo e começássemos a latir para os homens e a mulher. Foi ela quem se ajoelhou junto ao corpo do meu finado adversário, acariciando-lhe a pele como se ele pudesse sentir o carinho. Parei de fazer barulho para observar.

Os dois homens e a mulher uniformizados estavam de pé no nosso porão e não poupavam palavrões diante do que viam. A reação deles foi um pouco teatral, como se estivessem felizes por terem razão, por haverem feito a coisa certa. Mamãe e papai recolheram-se ao fundo de suas jaulas. Um dos outros chegou a uivar, chamando a atenção dos homens, que pararam de xingar e resolveram tomar uma atitude. Sacudi o corpo, meio inseguro e curioso. Qual era o significado real dessa visita? Os homens carregavam varas com alças de corda na ponta. A mulher parecia mais confiante e destrancou a jaula onde estavam minha mãe, meu pai e meus irmãos. Mamãe se encolheu, mas ficou calada, o que a mulher considerou um bom sinal.

– Venha, mamãe, não vou machucar você – disse ela.

Fiquei quieto, a fim de ouvir mais aquela voz. Fifty, meu pai, sentou-se e fez algo que achei extraordinário, algo que eu nunca o vira fazer, mas cujo objetivo entendi de imediato. Encostou uma pata na grade, um gesto que dava a impressão de apelar: "Olha, estou com vocês." Os homens nitidamente relaxaram. A mulher estendeu a mão para mamãe bem devagar. Mamãe nem quis saber, encolhendo-se mais ainda no fundo da cela. Ela sabia, por experiência própria, que sair dali significava apenas duas coisas: brigar ou cruzar. A mulher estalou os dedos e fez um ruído com os lábios, emitindo um som como o de um beijinho. Mamãe suspirou. Rendeu-se. Lentamente, foi em direção à mão da mulher, cheirando-a com cautela, querendo confiar. Uma vez fora da jaula, mamãe ganhou uma coleira em volta do pescoço e a mão forte de um homem prendeu-a numa guia, enquanto a mulher carinhosamente depositava os seis filhotes numa caixa grandona.

Lancei uma pergunta no ar: *O que vai acontecer?* Ninguém respondeu, pois ninguém sabia. Mamãe olhou na minha direção, o rabo balançando suavemente para lá e para cá numa clara mensagem: *Qualquer coisa há de ser melhor do que isto aqui.*

Os cães são existencialistas. Pensamos no agora. Temos uma capacidade de entendimento que vem da nossa compreensão do passado não como um período de tempo, mas como uma ação repetida, uma dor, um cheiro. Nossa ideia de futuro se limita a saber que vamos comer quando a barriga dói de fome e a antecipar um passeio que sempre acontece em um determinado momento do dia. Quando fomos retirados do porão, nos faltava imaginação para vislumbrar um lugar feliz. Sabíamos apenas que as coisas iriam ser diferentes.

A certa altura chegou a minha vez. Mamãe, papai e os bebês já estavam em caixas ou com focinheiras e o cachorro que uivava havia sido calado com um tranquilizante, enquanto o outro agia como um pateta, como se estivesse feliz. Resolvi imitá-lo. Eu não queria usar uma daquelas focinheiras. Sofro de claustrofobia. *Aaah aah aaaah*, disse eu, balançando o rabo em júbilo. Nós, os gladiadores, damos a impressão de extrema felicidade quando deixamos pender a língua e abrimos a mandíbula num sorriso. Os homens e a mulher acreditaram na minha mentira. Passaram uma alça em volta do meu pescoço e todos nos dirigimos para a escadinha estreita que leva ao primeiro andar. Eu nunca havia estado ali. O lugar cheirava a suor e cigarro. Havia caixas de pizza pelo chão, tentadoramente longe do alcance do meu nariz, já que eu estava aprisionado pela vara rígida que um dos homens segurava com força. Latas de cerveja formavam uma pirâmide perfeita debaixo da janela quebrada no aposento vazio.

Não tive muito tempo para registrar o que via porque fomos levados rapidamente para a rua. Uma van branca com as portas traseiras escancaradas aguardava junto ao meio-fio. Um por um, meus pais e os outros dois cães foram colocados em gaiolas que ocupavam a parte de trás do carro. Como estavam habituados a ficar em jaulas, não reclamaram. Antes que me pusessem junto dos outros, apareceu um homem que eu ainda não tinha visto, carregando o corpo do meu último adversário embrulhado numa lona azul encerada. Seu rosto estampava uma expressão sombria, como se estivesse enlutado pela perda de um amigo ao qual tivesse acabado de ser apresentado.

Houve um momento de descuido quando o cachorro morto envolto em sua mortalha lustrosa escorregou das mãos do homem, caindo com um baque no chão e deixando o invólucro azul vazio. Todos exclamaram em uníssono e percebi uma redução na força da mão que segurava a vara, uma distração ocasionada pela desastrada queda do cadáver. Fugi.

CAPÍTULO 6

Adam está sentado ao lado do seu advogado numa cadeira dobrável de metal frio atrás de uma mesa retangular numa sala do segundo andar do tribunal. A superfície esmaltada da mesa começa a descascar aqui e ali, ressecada após tantos anos de superaquecimento no inverno e de umidade no verão. Sua pasta repousa no chão. A caneta-tinteiro Cartier – um presente de despedida dos colegas da última empresa em que Adam trabalhou antes de ser atraído para a Dynamic – encontra-se tampada sobre o bloco amarelo intocado à sua frente. Adam quer cruzar as pernas para aliviar a inexplicável dor nas costelas, mas sabe que precisa permanecer com os pés firmemente plantados no chão, os braços tocando de leve o tampo da mesa e as mãos entrelaçadas. O retrato de um mártir.

– Todos de pé.

Adam se levanta como se fosse um militar. O que poderia ter sido, caso houvesse seguido o conselho do orientador vocacional do ensino médio, impressionado com suas excelentes notas numa escola mediana, porém não o bastante para recomendar algo melhor do que uma universidade estadual ou o Exército. A última família de criação – na verdade, o último pai de criação – acreditava que o Exército era o lugar onde um rapaz se tornava homem. Ele havia lutado no Vietnã. "Vai fazer de você um homem." Um tapa nas costas, depois um soco de leve no ombro. "Vai lhe dar estofo, garoto." Soco, soco.

Sophie ocupa uma mesa idêntica junto à advogada, que parece uma aluna de internato. Ambas vestem terninhos discretos, o de Sophie azul-marinho e o da advogada, cinza. As duas têm os longos cabelos louros presos em rabos de cavalo bem-comportados. Até poderiam ser irmãs.

Sophie. Se ela ao menos tivesse prestado mais atenção na hora de ouvir o recado e anotá-lo naquele pedaço de papel... Fora a irmã *de Sterling* quem ligara – *e não a dele*. Sua cunhada, não sua irmã, estava querendo combinar uma festa surpresa para o aniversário de Sterling. Se isso não tivesse acontecido, Adam e Sophie estariam agora sentados tranquilamente, saboreando os frutos de seus esforços, ele como o novo presidente da Dynamic, ela como assistente do presidente – a abelha rainha da colmeia corporativa.

No entanto, estão lado a lado num tribunal, depois de todas as palavras possíveis serem ditas e de todas as desculpas possíveis serem dadas na tentativa de justificar o injustificável. O fato de que o estresse e a expectativa o sobrecarregaram dava a impressão de que ele é um homem fraco, instável. O psicanalista indicado pelo juiz para dar o laudo conversara com administradores para avaliar o currículo de Adam. Sua conduta era exemplar, exceto por aquele erro colossal. Um momento inusitado de descontrole que lhe custou tudo o que tinha.

No lado oposto, os militantes de Sophie apresentaram um convincente relato de estresse e excesso de responsabilidades e um currículo profissional igualmente perfeito. O psicanalista que a avaliou usou artilharia pesada em sua defesa: síndrome de estresse pós-traumático.

Adam mantém Sophie no seu campo periférico de visão, sem virar a cabeça para vê-la sentada ali, os lábios carnudos franzidos de indignação, ombros eretos e cabeça erguida, a verdadeira imagem da vítima. Se aquilo fosse o seriado de TV que Adam tem visto um bocado nos últimos meses, a juíza Judy mandaria Sophie esquecer o assunto, já que tinha sido o erro dela que causara toda a confusão. Apesar de ser uma funcionária experiente, ela cometera um erro de principiante. Cunhada. Faz toda a diferença do mundo.

O juiz entra na sala. Quando ele abre a porta, sente-se uma lufada de ar fresco saída de alguma sala bem mais agradável do que esta câmara de horrores. Ele se senta e as dezenas de pessoas presentes fazem mesmo. Atrás de Sophie estão seus pais e o namorado, um sujeito troncudo com uma tatuagem vermelha e verde que lhe sobe pelo pescoço, como se uma planta tropical estivesse enraizada sob sua camiseta preta. Nas fileiras seguintes há vários amigos e simpatizantes da moça. Uns poucos repórteres sentam-se na última fila.

Atrás de Adam não há ninguém.

◆◆◆

Mais tarde, o advogado de Adam, Ted Abramowitz, aperta sua mão e lhe dá os parabéns.

– Podia ser pior, muito pior.

Pior? Como o quê, pena de morte? O juiz condenou Adam a dois anos de liberdade condicional e um ano de serviços comunitários, além do pagamento das custas processuais, dos honorários advocatícios e da indenização por danos morais. Será que vai acabar aqui? É pouco provável. Os lábios carnudos de Sophie reduzem-se a uma linha fina de insatisfação. Ela e o advogado trocam um olhar: haverá uma ação cível.

Abramowitz garante a Adam que ele devia estar eufórico. Como, pergunta-se Adam, com uma mancha dessa em seu imaculado currículo? Como ele foi incapaz de assumir a presidência, a coisa toda dá a impressão de uma trapalhada descomunal. E Wannamaker ficou ainda mais poderoso ao salvar a reputação da Dynamic depois do escândalo. Agora Adam terá de brigar para receber alguma indenização da empresa. Não lhe ofereceram nenhum bônus de despedida, apenas o básico indispensável. Até as companhias mais moralmente dúbias fazem isso. E não é só: quem irá contratar um executivo com uma ficha criminal, por mais insignificante que seja?

Sem falar do divórcio.

O advogado umedece os lábios antevendo novos processos. Nesse ritmo, ele vai viver às custas de Adam durante um bom tempo. Embora Abramowitz pertença a um dos mais conhecidos escritórios da cidade, Adam jamais utilizara seus serviços. Rápida no gatilho, Sterling contratara o advogado do casal, e podia contar com o que havia de melhor em termos de assessoria jurídica – um homem que Adam um dia considerara seu amigo.

– Temos de pensar agora em onde você prestará o serviço comunitário. Podemos arrumar uma atividade que não seja muito penosa, quem sabe dar aulas de reforço numa escola pública?

Ted Abramowitz enche a pasta com os volumosos arquivos do processo. Adam não está ouvindo o segundo melhor advogado que o dinheiro pode comprar. Está desempregado, foi condenado por um erro idiota do qual não teve culpa, a esposa está colocando a filha contra ele e o advogado acha que as notícias são boas?

Depois que o veredicto é anunciado, a imprensa aparece em busca de declarações. Abramowitz dispensa os repórteres com um aceno, com relativa facilidade, como se seu caso não despertasse grande interesse comparado à recente turbulência econômica. A história de Adam e o interesse da imprensa por ele foram relegados a uma página interna.

– Está arrependido? – indaga uma repórter que tem na mão um bloquinho fino e estreito. Ela veste uma calça jeans e a credencial que traz em volta do pescoço a identifica como colaboradora do jornal semanal local – o papel de embrulho. Aparenta uns 15 anos. Será que ele está tão velho que todas as mulheres jovens parecem adolescentes? Como a última imagem que guardou de Verônica?

A menina repórter e o executivo em desgraça contemplam um ao outro. Ela quer uma resposta para escrever sua matéria, ele não tem resposta nenhuma a dar. O clima é interrompido quando um funcionário do tribunal faz um sinal para Adam e o advogado. O juiz quer falar com os dois.

Como sugeria a brisa que acompanhara o juiz até a sala de audiência, o gabinete do juiz Frank Johnson é refrigerado e, depois de sair do calor abafado do velho tribunal, Adam sente um arrepio. Sem a toga e no mesmo nível que eles, o juiz foi reduzido a um homem comum, com um cabelo louro ralo que começava a ficar grisalho e enormes óculos de armação marrom que teimam em escorregar do nariz. Não é nem tão velho nem tão poderoso quanto parecia antes. Adam reprime um suspiro de alívio. Quem sabe o homem não será mais tolerante agora que o caso está longe do escrutínio da opinião pública e não mais sujeito à indignação de Sophie e seu advogado?

– Chamei-os aqui para falar sobre o serviço comunitário. – O juiz se senta em sua enorme cadeira giratória e aponta para as cadeiras dos visitantes do outro lado da mesa. Novamente inatingível por seu status, o juiz deixa que seu ar de bondade momentânea evapore. – Vou cuidar disso pessoalmente.

O advogado de Adam ensaia um pequeno protesto:

– Pensamos em aulas de reforço...

O juiz se inclina para a frente, apoia as mãos na mesa e encara Adam por cima dos óculos exagerados. Esse movimento faz a pele da testa ampla e chata enrugar, levando Adam a pensar no palhaço Bozo sem a cara pintada de branco.

– Adam March, você pode achar que escapou dessa, pois eu poderia tê-lo posto na cadeia. Talvez eu devesse, mas acho que seu problema não é violência, mas arrogância. Vi o laudo do psicanalista, sei que você agiu motivado por uma espécie de autodefesa emocional, mas a verdade é que você é prepotente demais e precisa aprender alguma coisa sobre a humildade.

O suspiro de alívio de Adam se transforma num engasgo.

– Não entendi o que o senhor quis dizer.

– Não é que lhe falte senso de moral. Suponho que o tenha. Apesar de o advogado da outra parte alegar que você é um psicopata, você não é. Mas seu senso de moral está equivocado. Você está perdido. Está precisando de um pouco de humildade e acho que sei como lhe fornecer isso.

Adam olha para Abramowitz, percebendo pela primeira vez que o advogado tem um queixo frouxo.

– Você vai se apresentar a Bob Carmondy no Centro Fort Street na segunda-feira de manhã. Vai fazer o que ele mandar.

Adam assente. Ele espera que o advogado diga alguma coisa, que proteste ou concorde, mas o homem e seu queixo frouxo nada fazem.

– Volte a me procurar daqui a seis meses.

O juiz se recosta novamente, fazendo a gigantesca cadeira giratória balançar. Os dois estão dispensados.

CAPÍTULO 7

Ariel Carruthers March cumprimenta Adam na recepção da escola de equitação ainda usando as botas de cano alto e o capacete de veludo, a cara fechada fazendo Adam lembrar-se de Sterling na época em que a esposa era jovem o bastante para se permitir demonstrar seus sentimentos através da expressão facial.

– Você não precisava vir tão cedo. Não precisa assistir ao treino.

O problema é que ele jamais fez isso. Sempre que ia buscar Ariel, Adam ficava o tempo todo grudado no laptop ou no celular. Por que, agora, resolveu assistir à exibição? A postura da menina diz claramente que ele a envergonha. Com certeza suas amigas conhecem sua história e os pais delas conversam sobre seu surto durante o jantar. Ariel morre de vergonha disso tudo. Ela tem um pai que os pais de ninguém desejam conhecer.

– Quero ver você treinar.

Nenhum dos dois acredita nisso.

– Preciso levar Elegance para a cocheira.

– Certo, mas não demore.

Adam odeia o tom adulador da própria voz, um tom que passou a usar com Ariel, como se agora sentisse medo dela.

A menina escancara a porta que leva às cocheiras, deixando que ela bata às suas costas.

Adam descansa o corpo de encontro à parede, relutante em se sentar no sofá ou na cadeira forrada de pele que compõem uma espécie de sala de espera para os pais. O local cheira a uma mistura de bafo de animal, xixi de gato e cachorro molhado. Não importa quanto dinheiro ele gaste com as instalações que Ariel frequenta para treinar; para o seu nariz, elas sempre cheiram mal. Em geral, Adam esperava por Ariel no carro, pois achava mais agradável do que aquela sala fedorenta com sua mobília dos anos 1970. Agora, porém, ele só vê a filha nos fins de semana, de 15 em 15 dias, e habituou-se a assistir a suas intermináveis aulas simplesmente para ficar perto dela o maior tempo possível nos sábados abreviados pelos compromissos – a aula de equitação, a aula de tênis, as festas de aniversário – e pelos constantes atrasos dela. Ariel não está nada satisfeita com a companhia do pai e faz questão de que ele saiba disso.

Adam tenta não pensar que, não muito tempo atrás, Ariel era o xodó do papai.

– Deixa eu ir junto, pai!

Quando era pequena, Ariel queria ir a todos os lugares com o pai, chorava e puxava a perna da calça de Adam quando ele se dirigia para a porta a caminho de mais uma viagem de negócios. Ele se recorda do tom agudo da vozinha infantil dela ao telefone, pedindo-lhe que não se esquecesse de trazer algo especial de Hong Kong ou de Londres. Quando foi que aqueles pedidos de atenção se transformaram em exigências de coisas materiais? Em algum momento, Ariel parou de lhe pedir que só saísse de casa para trabalhar depois que ela fosse para a escola, parou de falar com ele daquele jeitinho carinhoso que algumas de suas amigas usavam com os pais. Adam deixou de ser Papai. E a atual situação não ajuda em nada. Agora os dois são estranhos obrigados pelo juiz a conviver.

Vinte minutos depois, Ariel finalmente reaparece, usando as calças de montaria de cintura baixa e coladas nas pernas finas, e uma camiseta com uma frase levemente sugestiva formando um arco que começa nos seios púberes e termina bem acima do umbigo. Adam não diz nada, mas mesmo assim é rechaçado quando se aproxima para abraçar a filha, que lhe oferece a bochecha, virando o rosto o máximo possível.

Ariel e Adam entram no carro sem trocar uma palavra. Ela desaba no banco do carona e enfia nos ouvidos os fones do iPod, uma barreira eficaz que indica: "Não perturbe."

Quando Ariel nasceu, Sterling declarou que queria ter apenas um filho. Tudo bem, ele não precisava de uma família grande. Embalando aquela criaturinha nos braços, Adam sentiu um medo que jamais sentira antes. Não sabia nada sobre ser pai. Graças a Deus, a babá que contrataram era uma verdadeira bênção e boa parte de sua preocupação se dissipou, pois a Sra. Sanchez garantia que Ariel fosse feliz.

– Boa aula?

Ariel tira o fone de um dos ouvidos e ergue uma sobrancelha na direção de Adam.

– A aula. Foi boa?

Flashes de memória atravessam a mente de Adam. Existe algo de familiar na filha que nunca notara antes. Ela está crescendo, os ossos a transformando na mulher que virá a ser, adotando expressões que só nascem da decepção com os homens.

– Foi. Normal.

Uma resposta neutra, indiferente. Antes de cair em desgraça, ele e Ariel conversavam sobre as aulas de equitação durante todo o caminho de volta para casa. Em geral, esse era o único assunto sobre o qual falavam, mas ele nunca prestava muita atenção. O analista de Adam, Dr. Stein, lhe diz para ser paciente, afirmando que a segurança de Ariel ficou abalada. Tudo o que a menina pensava a respeito do pai ficou comprometido pelas ações dele.

Adam tenta novamente:

– Ora, vamos lá. O que aconteceu de bom?

A visão periférica do perfil da filha revela que ela tem um queixo firme. Ariel repõe o fone no ouvido e sua cabeça começa a acompanhar o ritmo de qualquer que seja a música questionável que esteja escutando. Uma mecha de cabelo escurecida pelo suor cai em seu rosto. Ela a prende atrás da orelha e, de repente, Adam descobre o que lhe soou familiar. Ela se parece com Verônica. Ariel tem exatamente a mesma idade que sua irmã tinha quando fugiu, quando era a única aliada do irmão menor.

– Ei, maninho, posso ajudar a montar sua torre?

A irmã de Adam pega um punhado de Legos vermelhos e amarelos. Ele está construindo um forte, mas tudo bem. Se Verônica quer montar uma torre, é isso o que vão montar. A ideia de ter 10 minutos da atenção da irmã o aquece e ele sente um leve rubor de prazer que jamais voltaria a experimentar na vida – o prazer de uma irmã adorada brincando com ele. Verônica prende uma mecha de cabelo louro atrás da orelha. A mecha volta a lhe cair no rosto quando ela se inclina para apanhar outra peça de Lego.

Adam aperta com a mão o lugar sobre as costelas onde lateja aquela dor inexplicável.

CAPÍTULO 8

Como sempre, Adam já está de pé antes do amanhecer. Chega à janela e olha para a rua vazia, aguardando que a luz da loja de jornais seja acesa. Está vestindo a calça de moletom de Harvard que vem usando desde o fim de semana e a mesma camiseta malcheirosa de ontem – uma velha blusa promocional da época em que foi chefe do Departamento de Cosméticos da Dynamic. Vai correr até o outro lado da rua assim que a loja abrir. As luzes pálidas dos postes refletem nos peixinhos alegres que dançam no arco-íris da "A a Z – Peixes Ornamentais e Produtos para Animais", tornando-os brilhantes sob a luminosidade acinzentada.

Enquanto Adam contempla sem muito interesse a cena tranquila da pré-aurora na rua, sua atenção é despertada pela sombra de algo que se move rapidamente pela calçada. É um cão, mas não dá para identificar a raça nem a cor na semiescuridão. Ele carrega alguma coisa atrás de si – uma vara, ele acha. É quase cômico o jeito como o cão parece tentar se livrar do objeto ao mesmo tempo que segue em frente.

A vara é incansável e não desiste da perseguição. Da distância em que está, Adam não consegue ver se o cachorro é grande ou pequeno, macho ou fêmea, preto ou marrom. Num piscar de olhos ele se vai, desaparecendo de seu campo de visão.

Finalmente as luzes se acendem na lojinha. Adam pega a chave do apartamento, calça seu *dockside* sem meias e desce para comprar o jornal. O empresário passa, na mesma hora de sempre, com os olhos fixos em qualquer lugar, menos nele. Adam acha que deveria haver algum tipo de saudação tribal entre os homens de negócios.

Resiste ao impulso de chamar o sujeito e puxar conversa, se identificando como um companheiro do mundo corporativo que está de licença no momento. Então entra na loja e pega seus jornais.

– Bom dia – saúda o gorducho sentado no banco, mudando o charuto apagado de um canto para o outro da boca.

Adam cumprimenta o proprietário com um aceno de cabeça e se serve de café.

– Tudo bem?

– Tudo. Bela manhã, não?

– É. Está refrescando.

– Até que enfim chegou o outono.

Provavelmente essa será a conversa mais agradável do dia de Adam.

De volta à calçada, Adam vê a moça da loja de peixes ornamentais destrancar a porta. Ela usa o mesmo figurino, jeans e camiseta, mas hoje veste um colete impermeável por cima. O cabelo já está preso no rabo de cavalo de trabalho, fazendo-a parecer sem graça e comum. Ela o vê de pé ali com os jornais debaixo do braço e o copo de café na outra mão.

– Bom dia.

– Bom dia – responde Adam, erguendo o copo numa espécie de saudação. – Bela manhã.

Adam se vê repetindo as mesmas abobrinhas sobre o tempo que costuma falar para o dono da loja de jornais. Ele gostaria de dizer alguma coisa mais interessante.

A moça sorri, apagando a impressão de que seja sem graça ou comum. É tão raro Adam ver uma mulher sem a engenhosa aplicação de maquiagem que ele precisa de um momento para reconhecer uma pele verdadeira, natural. É o primeiro sorriso que recebe de uma mulher em muito tempo. E tão subitamente quanto aparece, ele desaparece.

– Essa camiseta é da Dynamic Cosmetics?

– Hã? É, sim.

– Eles testam todos os produtos de beleza em coelhos, sabia? – Ela fala bem baixinho, como se contasse um segredo estarrecedor, enfatizando a palavra *beleza*. – Onde conseguiu essa camiseta?

– Eu trabalho... trabalhei... na Dynamic.

– Sério? – diz ela, dispensando-o.

– Já faz um tempo.

– Você sabia desses testes?

– Sabia. O objetivo desse procedimento é evitar que as mulheres bonitas corram riscos.

– "A vaidade acima da humanidade." É como nós chamamos isso.

Adam se lembra de repente da campanha que a PETA e várias outras organizações de proteção dos direitos dos animais haviam lançado contra a Dynamic seis anos antes. Testes em Animais Nunca Mais – TANM – era o grupo local que iniciara uma campanha tão forte que a Dynamic decidiu que era importante fingir apoiar. O grupo que *Adam* fingira apoiar, já que era o chefe do Departamento de Cosméticos. O nome do TANM aparecera estampado nas capas de jornais durante meses, acompanhado de fotografias diárias de manifestantes enraivecidos.

Adam havia bolado um plano: a Dynamic afirmaria ter posto fim a todos os testes com animais. Foi um pedido de desculpas magistralmente elaborado que satisfez o TANM.

– Suponho que você seja defensora dos direitos dos animais.

– Sim, sou ativista.

Adam conhece a hora de bater em retirada. O tráfego abre uma brecha.

– Até logo.

– Tenha um bom dia – responde ela, temperando as palavras com um leve sotaque sulista. O sotaque sulista que quer dizer "Foda-se".

◆◆◆

Adam termina de tomar seu café diante da janela, observando a rua que vai ficando movimentada pouco a pouco. É como ver um filme feito com a técnica *time-lapse*, com as pessoas aparecendo e desaparecendo na calçada em grupos de duas ou três; crianças saltitando ao lado de adultos, portas sendo abertas, um fluxo constante de carros indo em direção aos sinais de trânsito. A porta da loja de peixes ornamentais continua aberta, mas a mulher não reaparece.

Adam pensa na campanha do TANM e se lembra do orgulho que sentiu ao descobrir uma maneira de tirar a organização de cima da Dynamic. *Vamos dizer o que eles querem ouvir. Vamos doar dinheiro para alguma causa dos animais. Vamos "reparar os danos".* Ele não se lembra de ter visto o rosto dessa mulher no mar de gente que durante quase um mês bateu ponto sob a sua janela na sede do departamento em Westborough, entoando o refrão ininterrupto que não lhe saía da cabeça: "Queremos o quê? O fim dos testes em animais. Quando? Agora." Ele e os outros executivos chamavam o grupo de "o bando do Roger Rabbit".

Adam e sua equipe justificavam o que faziam promovendo uma crença de que os testes eram necessários para que, por exemplo, o delineador não causasse problemas aos nervos e o rímel não levasse à cegueira. O que representavam uns poucos coelhos em comparação a isso? A lei do lucro exigia que os produtos desenvolvidos pela linha Fraîche Creme, com seus ingredientes baratos, muitas vezes importados, fossem comercializados para os consumidores finais com uma margem de 200% de lucro. Portanto, os testes evitavam ações judiciais ou reclamações de socialites queimadas pelos peelings químicos realizados em seus spas luxuosos. O pessoal do TANM precisava ser acalmado, mas não podia se transformar num obstáculo aos negócios da empresa.

E Adam March havia feito isso acontecer, recebendo como prêmio uma polpuda promoção e o segundo maior cargo na hierarquia da firma. Seus dias de glória.

Quando já vai se afastar da janela, ele vê o cachorro perdido correndo pela rua ainda com a vara atrás dele.

CAPÍTULO 9

Eu realmente não fiquei em pânico. Apesar da vara de 1,20m que pendia de meu pescoço como um rabo mal localizado, eu sabia que não estava preso a nenhum demônio, e escapara das mãos de um homem que corria atrás de mim gritando palavrões que enfatizavam mais o próprio erro do que a minha fuga. Uh-hu! Eu estava livre, afinal.

Graças ao programa de treinamento intensivo a que os rapazes me submetiam, que incluía corrida em uma esteira mecânica, eu tinha um bocado de energia. A vara batia contra os objetos imóveis, tilintando nas sensíveis cavernas dos meus ouvidos, mas fora isso eu estava eufórico. Correndo para cima e para baixo na rua, me escondendo em becos estreitos com o sedutor aroma de lixo emanando de caçambas enfileiradas atrás dos restaurantes, eu sabia que era melhor encontrar logo um refúgio. Os homens estavam na minha cola, e a visão de um cão de 20 e tantos quilos carregando atrás de si uma vara de alumínio de mais de um metro com certeza chamaria a atenção até do mais distraído dos transeuntes.

Eu tinha que me livrar da vara. Infelizmente, por causa das minhas limitações físicas, era quase impossível tirar a corrente do meu pescoço sem ter um polegar opositor. Tentei sacudir, torcer, revirar, arranhar e choramingar. De nada adiantou. Eu precisava de um amigo, mas como eu não estava em um conto de fadas nem em um filme da Disney, obter ajuda de alguém da minha espécie era improvável. O que um cachorro poderia fazer?

Minha natureza canina quase me fez esquecer os problemas quando os aromas da rua penetraram em minhas narinas. Comecei a farejar, identificando outros como eu e seguindo seus rastros. Quando eram fêmeas, eu estremecia. Quando eram machos, eu rosnava e levantava bem a perna para fazer xixi mais alto e cobrir o cheiro do outro. Ao atravessar um beco estreito, inalei os aromas retidos entre os prédios, delirando com aquele estímulo olfativo. Um cão de rua experiente saberia que é loucura circular por essas passagens facilmente bloqueáveis, mas naquela época eu era pouco escolado nesse assunto. Mas era, também, um cachorro de sorte. No fim do beco, vi um vulto agachado encostado na parede. A seu lado, um cão. Prossegui lentamente, farejando e marcando território, a vara me seguindo devagar pelo asfalto áspero. Quando cheguei mais perto, percebi que o vulto tinha cheiro de humano, deliciosamente livre da horrível fragrância que os rapazes borrifavam em si mesmos.

Ali estava um humano em todo o seu primitivismo. Sua verdadeira identidade não estava mascarada por banhos frequentes. A pequena cadela de pelo longo ao seu lado rosnou para mim, mas só para me avisar que estava ali e que não iria tolerar interferências. Ela parou de rosnar, levantou-se e se sacudiu, então pude ver um brilho de metal pendurado em sua coleira. Lembrei-me do cão que eu vira lamentando a perda de suas plaquinhas, mas ainda assim não conseguia compreender a importância delas. Nossa raça não costuma reverenciar símbolos.

Respondi à saudação me sacudindo também. *Não tenho más intenções.* Cumprimentamos um ao outro e pude sentir pelo olfato que ela estava bem alimentada, apesar da aparência do seu humano.

Ela se sentou e coçou atrás da orelha comprida, depois levantou-se e farejou a vara pendurada no meu pescoço. *Quer dizer que te pegaram e você escapou. Sei como tirar isso daí.*

Sentei e esperei para ouvir a ideia dela.

A cadela cutucou o humano para acordá-lo. Ele levou um susto, mas sua cabeça voltou a afundar no peito. Era peludo como um collie de pelo longo. Despenteado. Ela ganiu. Dessa vez o homem abriu os olhos e me viu.

– O que temos aqui?

Sua voz parecia um pacote de ração se espalhando pelo chão. Rouca, interessante.

– Você morde?

Afastei-me o suficiente para ficar fora do alcance dele.

– Não vou machucar você – garantiu o humano, sem desencostar da parede de tijolos.

Sua companheira aproximou-se de mim e cheirou meu nariz, esclarecendo com o rabo as minhas dúvidas. *Certo*. Cheguei um pouco mais perto.

– Quer tirar esse troço?

Dancei um pouco nas patas dianteiras. A voz dele era calma e grossa. *Acho que sim.*

Ele não fez nenhuma das coisas que eu esperava que um homem fizesse. Não esticou o braço para agarrar a vara nem se levantou para me intimidar. Simplesmente continuou agachado junto à sua parede e esperou que eu me decidisse. Senti cheiro de álcool quando ele falou; seu hálito era mais humano do que sua pele. Fitei seus olhos vagos e vazios. Não havia fogo ali. Ele não tinha medo nem opiniões. Resolvi me aproximar um pouco mais, ficando perto o bastante para que ele esticasse uma das mãos para eu cheirar, com a palma para cima, sem ameaça.

Inspirei o odor da cidade, todos os cheiros que eu havia farejado desde que conseguira me livrar dos homens e da van. As mãos daquele humano misturavam todos aqueles maravilhosos aromas, como se ele tivesse colhido punhados do ar, dos tijolos, do asfalto e do lixo que compunham o mundo que eu desconhecia. Isso sem falar no cheiro de sopa de peixe. Logo descobri o que o sujeito comera no almoço. E isso me fez perceber o tamanho da minha fome e da minha sede.

Tudo bem, tire este negócio daqui.

Cuidadosamente, o homem libertou meu pescoço da corda que o envolvia. Afagou minha cabeça e enfiou a vara debaixo de uma lixeira, sem se levantar de onde estava. Baixou a cabeça de novo e imediatamente voltou a qualquer que fosse o estado em que estava antes de ser despertado pela companheira.

Obrigado. Deixei pender minha língua para expressar gratidão.

De nada. A cadela se aninhou ao lado do homem e enroscou seu rabo macio em volta do próprio nariz.

Fui em frente em busca de sustento.

◆◆◆

Tudo o que precisei fazer foi seguir o meu nariz. Encontrei restos de pizza e uma casquinha de sorvete vazia, os resíduos do sorvete derretido grudando na minha língua conforme eu a enfiava mais fundo no cone de biscoito. Hummm. Vagando pelas ruas da vizinhança, avistei latas de lixo mal fechadas, que derrubava com um esbarrão. No interior desses restaurantes cilíndricos encontrei uma grande variedade de guloseimas, inclusive restos de bife, batatas fritas e até metade de uma galinha. E o melhor de tudo: um osso de presunto do tipo que a minha espécie mataria para conseguir.

Nem preciso dizer que botei tudo para fora uma hora depois, mas comi tudo de volta. Quando se é um cachorro de rua, a regra é não desperdiçar.

Encontrar água foi mais difícil. Havia uma fonte no parque, mas isso significava chegar perto demais das pessoas. Não chovia havia muito tempo, portanto procurar poças estava fora de questão. Uma mangueira de jardim furada ajudou. Ataquei-a e depois fui procurar um lugar seguro para dormir. Eu ainda não tinha experiência de viver nas ruas, mas meu instinto até que não deixava a desejar. Se o objetivo era ficar longe das mãos das pessoas, então era preciso ficar fora da vista delas. Por outro lado, eu precisava do que elas tinham a oferecer em termos de comida e água. Embora tivesse uma mandíbula poderosa, eu sabia que a caça jamais seria o meu forte e que ir para longe da cidade não seria uma boa opção. Eu precisava de conselhos.

A existência de outros como eu ficava evidente em todas as esquinas e prédios. Eu só teria que procurar um candidato a mentor. Não seria difícil. A trilha deixada por um macho sugeria que ele já morava nas ruas havia algum tempo, o que significava que ele sabia pelo que eu estava passando. Talvez, se eu conseguisse encontrá-lo, ele pudesse me ajudar.

Àquela altura – isso começara desde antes do amanhecer – , eu estava exausto. Em vez de aproveitar o tempo para tentar encontrar um guia, descobri um nicho razoavelmente protegido pelos arbustos do parque municipal. Não havia sinais de que o local tivesse sido previamente habitado, nada de folhas remexidas, nem vestígios de ninho, nem cheiro de qualquer outra criatura nos galhos próximos do chão. Supus que, como eu não conseguia ver o lado de fora, ninguém conseguiria me ver lá dentro. Não mais de 15 minutos depois, quando eu já estava até sonhando, um som suave de gemidos me fez acordar assustado. Houve um instante de confusão, pensei que estava de volta à minha jaula e que meus irmãos clamavam pelo almoço. Os gemidos se transformaram em um uivo rouco, perturbador.

Aparentemente, eu escolhera um arbusto situado atrás de uma área muito popular de encontros humanos. De repente, dei de cara com um humano acasalando e nós dois ficamos boquiabertos de surpresa. Saí a toda do meu esconderijo inadequado. Ele ficou de pé, os genitais balançando, e agarrou suas calças. Acredito que tenha pensado que eu ia atacá-lo, pelo jeito como puxou a companheira e fugiu, quase com a mesma rapidez que eu, na direção oposta. Certo, arbustos no parque não servem. Mais uma lição.

Apenas levemente recomposto, ziguezagueei para sair do parque e voltei para as ruas. Mantive um passo acelerado e constante, embora o asfalto estivesse começando a machucar minhas patas. Nunca passei muito tempo no asfalto. Havia gente por todo lado e eu driblava a multidão com maestria. Eu não ia deixar que ninguém colocasse as mãos em mim. Não ia voltar para aquela jaula.

Na maior parte do tempo, me limitei aos becos, pois já havia percebido que era nesses lugares que a minha espécie se abrigava. Por um milagre, encontrei um cantinho perfeito para dormir, mais ou menos do tamanho da minha jaula – o que era curiosamente confortador –, debaixo de uma pequena escada. Sim, cheirava a outros cães, mas o cheiro era muito velho e tive que correr o risco de acreditar que essa vaga estava livre. Havia até um pano esfarrapado, que embolei com o nariz. Parecia um bom abrigo e adormeci instantaneamente. Eu descansaria um pouco e depois procuraria mais alguma coisa para comer. Quem sabe ficaria de olho para ver se alguma fêmea estaria por ali em busca de companhia.

Antes de adormecer, lambi minhas patas e refleti. Que coisa extraordinária. Há menos de 12 horas eu estava preso numa jaula, confinado como um monge. Se cumpria a missão da semana, ganhava um prato de comida. Toda a minha vida desperdiçada numa cela. Agora aqui estou, fazendo meus próprios planos, comendo como um rei, já pensando em acasalar.

O único problema dessa vida no paraíso era que o meu ferimento, aquela dentada que meu falecido adversário me deu, começava a doer.

CAPÍTULO 10

O Centro Fort Street fica na pior parte da cidade e atende moradores de rua, fornecendo comida, abrigo e, para 20 deles, um local para dormir. Adam conhece o Centro apenas por ser uma das centenas de instituições de caridade que anualmente lhe solicitam doações. Talvez tenha mandado alguns dólares de contribuição sem refletir muito sobre a missão ou a natureza da causa.

Não ter onde morar não é um assunto no qual Adam pense com algum interesse. Para ele, um "homem sem teto" é um vagabundo, um esquizofrênico sem tratamento. Um mendigo. Uma chateação. Alguém de quem se deve desviar na rua, como se faz com um vira-lata. Alguém que está sempre doente ou bêbado, sacudindo copinhos vazios, implorando dinheiro para um café. O ex-prefeito Giuliani se livrou dos flanelinhas em Nova York, por que diabos esta cidade não consegue achar uma forma de tirar esses marginais das ruas? É nisso que Adam pensa sempre que algum indigente cruza seu caminho na calçada.

Se ele algum dia parou para pensar no porquê da existência de indivíduos sem teto, foi para concluir que, assim como ele é um homem que se fez sozinho, esses devem ser homens que se *desfizeram* sozinhos. Vítimas de maus hábitos e más decisões. Todo mundo já ouviu falar de homens que optaram por morar na rua, abandonando sua casa, onde a esposa e os filhos não foram capazes de segurá-los. Ou já conheceram alguém que ferrou de tal maneira a própria vida que ninguém quer se aproximar dele; alguém que foi parar na rua por causa da sua violência e do temperamento explosivo, sem ao menos tentar se manter junto à família.

O advogado se ofereceu para acompanhá-lo ao Centro Fort Street, mas Adam recusou. Vai se apresentar sozinho, é um homem com livre-

-arbítrio. Sem mãozinha dada, sem plateia. Sem honorários. Como não sabe ao certo o que o aguarda, Adam veste seu figurino normal de trabalho. É bem provável que o tal Bob Carmondy fique eufórico por ter à sua disposição um homem habituado aos negócios. Talvez o pior que possa acontecer é ficar encarregado da contabilidade. Essas organizações sem fins lucrativos costumam ser administradas com pouquíssimos recursos. Adam contempla o rosto recém-barbeado no espelho enquanto dá o nó na gravata que ostenta o brasão da Universidade de Harvard. Tenta ignorar as olheiras, resultado das noites insones, e o leve tom amarelado que colore o branco dos olhos, como ecos pálidos do castanho da íris. E o rosto encovado. E os novos fios brancos no cabelo. Está até ansioso para dedicar seu tempo ao trabalho voluntário. Com algumas adaptações, isso pode cair bem em seu currículo. Para ele, já não basta ter subido na carreira que escolheu, com as promoções e os bônus rotulando-o de homem importante. A saída infame da Dynamic tornou-o menos atraente para o mercado. Hoje em dia, as empresas relutam em contratar gente que foi demitida por causa de uma infração como a dele. Só estelionato parecia um crime mais grave. O tempo há de ajudar, aconselha o advogado. Ignore as manchetes, os blogs, a opinião pública. Tenha paciência. Vai passar.

Nesse meio-tempo, a única conta bancária em que Sterling não pusera a mão estava se esvaindo e Adam não podia fazer nada para impedir. Sterling se recusava terminantemente a abrir mão de qualquer uma das casas, do massagista, do florista. Essas coisas não representavam um luxo, mas uma necessidade. Ela não podia abrir mão do seu estilo de vida, não por sua causa, mas por causa da filha. Ariel merecia ter tudo do bom e do melhor. Mas do jeito que Sterling falava, até parecia que se ela não pudesse usar o jatinho, Ariel é que teria de passar pela humilhação de viajar em aviões comerciais. A vida da jovem seria arruinada.

Adam tem consciência de que nunca permitiu que faltasse algo a Sterling. Nem uma vez sequer na existência dela algum de seus desejos deixou de ser satisfeito. Jamais. Suas necessidades básicas eram tão bem atendidas que o próprio luxo se transformou numa necessidade básica.

Ele sabe a consequência real de não satisfazer as necessidades humanas básicas: as cólicas de fome, de fome genuína, de quando a mãe adotiva lhe servia apenas o que considerava suficiente para um garoto em fase de crescimento e trancava o restante, a carência de afeto e de carinho.

Quando seus pensamentos começam a tomar esse curso, Adam procura afogá-los em uísque barato.

Isso vai ajudar. Dentro de um ou dois anos, o trabalho com os sem-teto vai parecer filantropia. Uma folga do estresse da vida empresarial. Com o ajuste certo, será o bastante para justificar o espaço vazio em seu currículo.

Ah, sim, com certeza vai ajudar. Animado, Adam espana um fiapo invisível da lapela do terno Hugo Boss cinza-grafite. Por onde andará aquele empresário solitário agora?

◆ ◆ ◆

Embora more apenas a seis quarteirões do Centro, Adam opta por dirigir seu Lexus até lá. Um mundo separa seu atual endereço do Fort Street, mas Adam tem dificuldade para ver grande diferença entre os dois locais. Uma série similar de negócios familiares orna a calçada em frente às casas de fachada de pedra, outrora imponentes, que abrigam uma variedade de outras entidades sem fins lucrativos que servem à humanidade. Talvez a diferença seja que ali há uma padaria, em vez de um jornaleiro, e uma loja de penhores com a vitrine entulhada de abajures baratos e estátuas de qualidade questionável substitui os peixinhos alegres enroscados num arco-íris de letras.

Por incrível que pareça, Adam encontra uma vaga para estacionar bem em frente ao prédio onde acredita ser o Centro. Não há nenhuma placa identificando a instituição, apenas uma bandeira americana e outra, acima desta, em homenagem aos prisioneiros de guerra e aos soldados desaparecidos, ambas mal se mexendo à brisa da manhã. Antes de estacionar, ele se pergunta se deveria procurar um estacionamento pago. Os homens reunidos nas varandas das casas o observam enquanto ele reflete, mas Adam decide não se preocupar. Estamos em pleno dia. Ao sair do carro, põe algumas moedas no parquímetro, tranca a porta com um floreio e atravessa a rua com um passo que avisa "não se metam comigo".

O Centro Fort Street fica num prédio muito mais bonito que o seu, uma mansão do século XIX construída numa época em que esta era a parte boa da cidade. As janelas com sacadas e a varanda de pedra estão negras de poeira, mas o acabamento pomposo e a solidez da construção ainda são evidentes. Adam confere o endereço escrito no cartão que lhe foi entregue no tribunal, comparando-o com o número preto e dourado que cintila acima da enorme porta negra. Número 27. É aqui. Quando Adam pisa no primeiro degrau, um homem escancara a porta e sai cambaleando. Apesar do dia ameno de outono, ele veste um casaco esverdeado, com os bolsos estufados e o forro laranja exposto por um rasgo debaixo do braço. Mesmo de longe, Adam pode sentir o odor que emana do sujeito, um cheiro de vadiagem levemente misturado com urina, roupas velhas e corpo sem banho. O homem desce os três degraus largos, parando por um instante para avaliar Adam, depois avança rua abaixo, chutando um saco plástico vazio para fora do seu caminho, resmungando, num grunhido raivoso, uma ladainha pontuada por uma única palavra inteligível. Merda. Merda. Merda. Adam passa a mão suada pela gravata, arruma no corpo o paletó magnificamente bem cortado e sobe depressa a escada.

Se Adam esperava ser recebido como um dignitário visitante, enganou-se redondamente. Leva alguns minutos para encontrar o responsável, sendo obrigado a falar com os indigentes que vagam pelo corredor estreito e lhe apontam o escritório do diretor.

Adam bate na porta aberta de uma sala que talvez tenha sido grande um dia, mas que agora é dividida em duas menores. Um homem que ele supõe ser o diretor está sentado de frente para a porta. Seus pés, calçando os maiores sapatos que Adam já viu, descansam em cima da mesa lotada de pastas. O sujeito fala ao telefone, o fio em espiral todo retorcido. Ao ver Adam, convida-o a entrar com um aceno amplo, formando com os lábios as palavras "doador importante" enquanto aponta para o telefone.

Adam fica impaciente, não gostando nada da ideia de ter que esperar para se apresentar e acabar logo com isso. O diretor sorri um impotente "o que eu posso fazer?" enquanto continua a falar.

Parado, com as mãos enfiadas nos bolsos da calça, Adam examina as várias reproduções de fotos de jornais penduradas na parede. Cada uma delas mostra o diretor apertando a mão de um político conhecido: Ted Kennedy, John Kerry, Thomas Menino, Bill Weld, Deval Patrick. Todas apresentam rostos sorridentes e mãos que se entrelaçam em um aperto teatral.

Finalmente, o diretor põe o fone no gancho, enroscando ainda mais o fio para lá de esticado.

– Desculpe. Um potencial doador. Eu precisava ouvir as ideias dele.

– Adam March. Estou aqui como... voluntário.

A palavra *voluntário* fica meio entalada na garganta de Adam, como se ele não fosse capaz de se lembrar do substantivo adequado. Para ele isso é uma sentença.

– Robert Carmondy.

Carmondy é um homem grande. Sabe disso e tira desse fato o máximo proveito.

– O pessoal me chama de Big Bob – diz ele, estendendo o braço por cima da mesa e esmigalhando a mão de Adam animadamente num cumprimento. Plaf. Um másculo tapinha no ombro quase o desequilibra. – É um prazer contar com você. Senta aí.

O escritório é um espaço minúsculo preenchido basicamente por uma mesa, um arquivo cheio demais para que as gavetas fechem e Big Bob. Adam se vira para a única outra cadeira do aposento, cujo assento está repleto de pastas. Bob não faz nenhum movimento para acomodar seu visitante bem vestido, então Adam pega as pastas e se senta. Não encontrando nenhuma outra superfície disponível para pousá-las, acaba ficando com elas no colo. Bob o observa com um leve sorriso e Adam se pergunta se pedirão que ele comece organizando os arquivos.

– Deixe-me contar a você sobre este lugar.

Com isso, Big Bob dá início à sua bem ensaiada narrativa a respeito da gênese do Centro Fort Street: a transformação de boca de crack em abrigo, sua experiência como sem-teto e ex-viciado, bem como a constante necessidade de dinheiro.

Adam sorri. É aí que ele pode ser útil.

– Tenho algumas ideias.

Bob o interrompe com um gesto professoral.

– Seguimos um rígido protocolo de confidencialidade. Não sabemos o que aconteceu com esses caras. Não reabilitamos, não aconselhamos nem criticamos. Apenas lhes damos o que comer, oferecemos um chuveiro e uma cama, se quiserem. Eles não moram aqui. Podem vir e ficar, mas esta é uma estação de passagem. *Capice*?

– Perfeitamente.

– Muito bem, então.

Big Bob volta a se recostar na cadeira, que geme como um animal ferido.

– O que você deseja saber a meu respeito? – pergunta Adam.

– Nada. Você está aqui e vai fazer o que eu precisar que faça.

– Tenho algumas ideias... – Talvez Big Bob não tivesse ouvido da primeira vez. – Já lidei com doações e...

Big Bob se inclina para a frente e o encosto da cadeira solta um suspiro de alívio.

– Não precisamos de ideias. Você tem que vestir o uniforme e se apresentar a Rafe na cozinha.

Adam enrijece o corpo na ponta da cadeira, rearrumando as pastas que ameaçam escorregar do seu colo. Limpa a garganta, encontrando sua voz de executivo:

– Posso ser muito mais útil na área financeira.

Big Bob põe-se de pé, empurrando sua cadeira contra a parede.

– Vou descer com você.

– Sr. Carmondy, tenho mestrado em Administração. Com certeza vocês precisam de ajuda.

Big Bob pousa a mão carnuda no ombro de Adam e lhe dá um apertão amistoso que dói como um beliscão do deus Vulcano.

– Com certeza precisamos – concorda Bob, aproximando a boca do ouvido de Adam. – O juiz Johnson foi bem claro quanto às suas tarefas. Você fará o que precisa ser feito. E precisamos de ajuda na cozinha. Ter ideias é ótimo. Agir é melhor. E, Adam, me chame de Big Bob.

◆◆◆

Adam March está lá, vestido com sua calça Hugo Boss, a camiseta Calvin Klein novinha (que comprou porque achou que seria mais fácil comprar roupas novas do que ir uma vez por semana à lavanderia) e um jaleco branco com uma mancha de gordura desbotada ornamentando o lado esquerdo. Uma touca de papel completa o conjunto.

Ele se sente humilhado. Este é o seu serviço comunitário: servir almoço aos indigentes. Fazer o que o "chefe" quiser. O chefe, no caso, é Rafe, um negro magro e forte, dono de uma brilhante careca, com mãos do tamanho de folhas de palmeira e o refinamento de um sargento do Exército. Rafe aponta as prateleiras onde ficam os uniformes de garçom e recomenda que Adam não use roupas boas para trabalhar.

– Calça jeans serve, desde que esteja limpa e sem rasgões.

Calça jeans rasgada. Com quem esse cara pensa que está falando?

– Servimos o almoço das onze às duas. Colocamos no prato a quantidade que eles pedem, mas cuidado pros gulosos não te fazerem de bobo. Todo mundo recebe o suficiente, mas só o suficiente. A gente enche a barriga de uns 35 homens por dia, às vezes mais no inverno, menos no verão. Não é nenhum *cordon bleu*, mas também não é porcaria, pode crer.

Rafe pronunciou *cordon bleu* num francês perfeito. Adam fica refletindo sobre a pronúncia correta em meio à gramática questionável do resto da frase. Rafe pode falar a linguagem das ruas, mas Adam desconfia que ele tenha alguma outra influência.

– Tem mais uma coisa – diz Rafe, pousando uma de suas mãos alienígenas no ombro de Adam. – Vê se trata os caras com respeito. Você não tá aqui porque adora eles, tá aqui porque se ferrou. Eles também, então vocês têm algo em comum, sacou?

Adam endireita o ombro sob a mão de Rafe e ergue o queixo. Encara o novo chefe, sustentando seu olhar castanho nos olhos escuros do homem, como se estivesse avaliando um adversário. Rafe cerra as pálpebras, seguro da própria autoridade. Adam já viu olhares como esse antes, em salas de reuniões e corredores de empresas. Reis de seus domínios. Homens cientes do poder que têm e do seu lugar no mundo.

Adam assente com um leve movimento de cabeça.

– Agora, preciso que você vá até a sala dos fundos e traga para cá várias latas de milho verde.

E assim Adam March começa a cumprir sua pena.

É escalado para trabalhar como transportador, levando bandejas fumegantes cheias de comida da cozinha para o refeitório e depois trazendo de volta os recipientes vazios para lavá-los na pia industrial. A velha mansão sofreu com a transformação de residência elegante em boca de fumo e, depois, em abrigo. As paredes internas foram derrubadas para que metade do primeiro andar virasse um grande salão, agora repleto de mesas compridas, sem dúvida doadas por alguma escola reformada, os bancos presos a elas obrigando os homens a passarem uma perna por cima deles para se sentarem. Mesmo em dias quentes como o de hoje, as grandes janelas são cobertas com cortinas grossas, bem fechadas, para preservar a identidade dos homens. Ninguém pode olhar lá para dentro e reconhecer um velho amigo ou vizinho em situação difícil. E ninguém pode olhar para fora.

Adam não levantava tanto peso desde a época da escola. As bandejas de alumínio estão cheias de fatias de carne boiando em um molho marrom encorpado com o que parece ser shitake. O purê de batatas é denso e cremoso, feito com batatas de verdade. Mas tudo pesa uma tonelada e Adam teme destruir sua coluna. E aí, como ele fica? O que acontece se sofrer um acidente de trabalho no serviço comunitário? Será que vai poder processar alguém? Depois de pegar o milho enlatado na gigantesca despensa, Adam passa a abrir as latas uma após outra. O milho é refogado junto com favas, um prato que poderia muito bem estar presente em qualquer um dos jantares beneficentes para os quais Sterling o arrastava. O aroma delicioso do preparo é encoberto pelo cheiro rançoso dos homens que fazem fila diante dos balcões. Embora não seja sua tarefa – ainda – servir a comida, o odor dos comensais enche o salão de pé-direito alto e Adam sente o fedor toda vez que passa por trás do sujeito que distribui as porções nos pratos com divisões. A cada freguês que cumprimenta pelo nome o servente, outro negro de meia-idade, faz a mesma pergunta:

– Um pedaço ou dois? Quer um pãozinho também?

Adam se lembra da escola do ensino médio, St. Joseph, para onde os dois últimos casais de pais de criação coincidentemente o mandaram. O velho refeitório com o assoalho empenado também servia de quadra esportiva. Os alunos atravessavam um corredor, chegavam até a comida protegida por um vidro e apontavam para o que queriam – macarrão com queijo ou cachorro-quente ou penne ou uma fatia fina de presunto com uma rodela molenga de abacaxi. Como o refeitório era também o ginásio, o cheiro de corpos suados empestava o ar, e a comida nunca tinha um gosto bom. A maior parte dela era jogada em enormes barris cinzentos sobre rodinhas quando a garotada saía apressada para fumar escondida ou dar uns amassos num canto qualquer.

Enquanto empurra os grandes tonéis azuis de plástico para a porta dos fundos do refeitório, depois de terminado o almoço, Adam não pode deixar de reparar que praticamente não há comida neles.

Teoricamente, seu expediente é de quatro horas. Já se passaram quatro horas e meia. Ele está exausto, exaurido pelo exercício físico a que não está acostumado. Tem fome, mas perdeu o apetite. Ninguém sugeriu que comesse. Ninguém o dispensou. Ele para na porta da cozinha industrial. Rafe cantarola, acompanhando o ritmo de alguma música em seu iPod. Prepara quatro pratos, enchendo-os com as sobras de carne, purê e *succotash.* Vê Adam ali na porta e faz um gesto para que se aproxime.

– Um é pra você.

Adam não é capaz de tocar no prato antes de lavar as mãos. Sente-se incrivelmente imundo, como se tivesse mexido em lixo, como se não estivesse usando luvas de borracha.

– Onde eu posso lavar as mãos?

Rafe tira um dos fones do ouvido:

– O banheiro masculino fica lá fora, à esquerda.

Adam se olha no espelho manchado sobre a pia, a ridícula touca de papel meio caída na testa. Parece um funcionário do McDonald's. Arranca a touca e a joga no cesto. A irritação se transforma em desespero.

Ele não pretende comer ali.

Os quatro pratos feitos repousam sobre uma mesa recém-limpa. Alguém desarmou as outras e as levou para um canto do salão. Para proteger o assoalho original, o chão é forrado com um linóleo barato imitando tacos, que está imundo de terra e areia, além de guardanapos de papel e pedaços de comida. É sem dúvida o lugar mais nojento em que Adam poderia imaginar-se comendo. Está prestes a dizer que vai embora quando Rafe, ficando de pé, faz sinal para que ele se aproxime, não como um anfitrião delicado, mas como um comandante. *Você vai sentar e comer. Faz parte da sua penitência.*

– Senta aí, cara, antes que este troço esfrie mais ainda.

O homem que permaneceu de pé durante as últimas horas servindo comida ao fluxo contínuo de sem-teto dá uma palmadinha no assento a seu lado. Outra lembrança da escola: a onda de prazer por sentir-se parte de um grupo. Mas este não é um grupo no qual Adam deseja ser incluído.

– Não chegamos a ser apresentados. Pode me chamar de Ishmael.

O negro abre um sorriso e estende a mão para cumprimentar Adam. Tira a touca da cabeça, revelando um monte de *dreadlocks*. Como as cobras da Medusa, as trancinhas balançam, ameaçando Adam.

Adam aceita a mão de Ishmael e se surpreende ao sentir como é morna e macia. Depois de horas manuseando utensílios quentes, a mão de Ishmael parece mesmo febril.

– March.

Adam passa a perna por cima do banco e se senta diante do prato de comida.

Rafe, sentado à sua frente, gesticula para o quarto homem à mesa, um branco acima do peso com metade do rosto coberta de psoríase. Deve ter uns 50 ou 60 anos; é difícil precisar, com aquelas crostas desfigurantes subindo pela lateral do seu rosto.

– Este é Mike.

– Olá, Mike.

Adam pega o garfo mas tem certeza de que não conseguirá almoçar.

– Mike é o nosso novo ISC.

Adam lança um olhar interrogador para Rafe.

– Inspetor do serviço comunitário – esclarece Rafe, jogando a cabeça para trás e soltando uma sonora gargalhada. – Sacou?

Rafe se recompõe e começa a comer.

Adam enrubesce de vergonha. Não imaginou que seu voluntariado compulsório fosse do conhecimento de todos. Onde estão as leis de sigilo quando precisamos delas?

Ishmael diverte o grupo durante o almoço com um fluxo constante de conversa e piadas, como se as horas passadas fazendo a mesma pergunta o tivessem aquecido para o show principal. Mike consome vorazmente a comida, levanta-se e leva o prato para a cozinha sem dizer uma única palavra. Big Bob junta-se a eles, ocupando o lugar deixado por Mike, inclinando levemente a mesa com seu peso.

– Como foi o primeiro dia?

– Você vai ter de perguntar ao meu chefe – responde Adam, que espalha a carne no prato, prova uma garfada de purê, que tem um sutil perfume de alho, e um cogumelo, que, para sua surpresa, é mesmo shitake.

– Ele vai quebrar o galho. Só precisa deixar de frescura – acrescenta Rafe, raspando com o garfo o que sobrou no prato e limpando a boca com um guardanapo de papel. – Bom pra caramba, modéstia à parte. Adam, é melhor você entender logo que sou, fui e sempre serei o melhor do mundo no preparo de comida industrial.

Adam educadamente corta um pedaço de carne e o põe na boca. Embora já esteja fria a essa altura, está gostosa e macia. Um toque de algum tempero inidentificável a torna fora do comum e bastante saborosa. Adam come tudo.

Big Bob batuca no tampo da mesa com os dedos.

– Muito bem, vão em frente.

Assim que Big Bob levanta seu peso do banco, a mesa retorna e Adam teme que ele e Ishmael sejam arremessados para longe. Mike reaparece com uma vassoura, varrendo o piso de madeira falsa do extremo oposto do salão até a mesa. Os três homens se levantam e Ishmael vai buscar um pano para limpar novamente a mesa.

– Pode ir – comanda Rafe, pousando mais uma vez seus enormes dedos no ombro de Adam. – As coisas vão melhorar.

Adam tira o jaleco branco, agora estampando novas manchas de gordura, e o joga na cesta de roupa suja.

Lá fora, encontra uma multa sob o limpador de para-brisa e descobre que um pombo fez cocô no vidro do seu Lexus.

CAPÍTULO 11

Adam acorda suando, apesar da brisa de outono que a janela aberta deixa entrar. O pulso troveja nos ouvidos, vestígios do terror do pesadelo. Apesar das tentativas de providenciar um bom sono com a ajuda do uísque, Adam luta toda noite com um leque de imagens dúbias. Se sonhasse com Sophie ou Sterling ou com prédios desabando, faria sentido. Em vez disso, sonha com as ruas da cidade e que está atrasado. Ele não consegue entender o que lhe dizem. Não sabe onde está. São mensagens criptografadas ou imagens sem sentido.

Gostaria de deixar de acordar antes da aurora. Há meses não precisa mais estar no trabalho às sete e meia, há meses não pensa em dar uma corrida. Não lhe falta tempo para si mesmo agora – na verdade, sobra. Seu emprego no Centro o ocupa durante o período mais fácil do dia. As manhãs e as noites é que são seu fardo.

O caçador de talentos não retorna seus telefonemas. Não conseguiu lhe arranjar nenhuma entrevista de emprego e aparentemente está cansado de ter que repetir isso. Adam acha que consultoria é uma boa opção. Abrir um escritório, mandar fazer uns cartões de visita e prestar consultoria a empresas sobre planejamento estratégico. O caçador de talentos não tem encorajado essa alternativa também, mas o que desanima Adam é o trabalho de se estruturar, de transformar a *vontade* em ação. A inércia o envolve em uma manta de algodão quentinha. Ele liga a TV e assiste à programação vespertina.

O Dr. Stein também não tem muito a dizer a respeito. Ele quer que Adam faça um diário, registre seus sentimentos. Sentimentos? Como, exatamente, o analista acha que Adam está se sentindo? Abandonado? Acuado? Maltratado?

Adam assume seu posto diante da janela. Passa um pouquinho das oito e meia, o trânsito pesado do início da manhã foi reduzido ao fluxo normal de um dia de semana, tanto nas ruas quanto nas calçadas. A lavanderia está cheia. Independentemente da situação econômica, todo mundo precisa cuidar de suas roupas. A loja de jornais tem movimento duas vezes por dia, de manhã cedinho e às cinco da tarde.

Adam raramente vê alguém entrar na loja de peixes ornamentais, e a freguesia em geral consiste em senhorinhas ou crianças de 10 anos atrás do primeiro peixe de suas vidas. Ele tem evitado a proprietária desde a desconfortável descoberta de uma história em comum. Ainda a observa lavar a vitrine, porém não está mais interessado em bater papo.

O Centro Fort Street, quer Adam goste, quer não, tornou-se o ponto alto do seu dia. É a única coisa que o tira de casa cinco dias por semana e quase sempre provê sua única refeição. Ele se esqueceu totalmente da granola norueguesa que costumava exigir no café. Biscoitos e café da loja de jornais de manhã, uísque à noite.

Adam se afasta da janela, a marca da palma da mão no vidro vai se apagando à medida que o suor evapora, uma mancha de digitais permanecendo visível ao nível dos olhos. Uma de suas mães de criação era neurótica em relação a impressões digitais. Adam passou o oitavo e o nono anos de vida morrendo de medo de deixar marcas nas superfícies enceradas ou nos vidros. A Sra. Markowitz tiraria o couro dele se visse o leque de digitais em sua janela sem cortinas.

Ao todo, Adam teve sete casais de pais adotivos desde que tinha 5 anos e meio – em média, 13 meses com cada um. O último casal, os Potter, ficou com ele mais tempo, durante seus últimos dois anos em St. Joseph's. No dia em que completou 18 anos, Adam se emancipou, ficando de repente fora da proteção e da tutela do Estado, magicamente independente. Embora tivesse ansiado por esse momento, a realidade o pegou de surpresa, três dias antes de sua formatura.

– Você pode ficar aqui, mas terá que pagar por suas refeições.

A Sra. Potter, uma mulher esquelética de meia-idade, tinha leitos suficientes em sua casa para ganhar seu sustento abrigando filhos de criação. Ela precisava da cama de Adam, então tinha que se livrar dele. Nada pessoal, só uma questão prática. Você agora é um homem.

Como lhe contaram inúmeras vezes, os Potter de início relutaram em abrigar um adolescente inadotável, mas a assistente social responsável por ele venceu a resistência. O garoto comia mais que as outras crianças, o que levava praticamente todo o subsídio do governo, e o casal sempre ficou de olho em seu comportamento, desconfiando de que ele podia estar usando drogas, andando em más companhias ou arrumando confusão na rua. O fato de que ele podia fazer essas coisas mas não fazia não servia de consolo para os Potter.

Os Potter já estavam sobrecarregados demais cuidando de outras quatro crianças mais novas do que ele – todas presas às engrenagens do sistema de tutela, em processo de adoção ou de reivindicação de pais recuperados – para dispensar atenção à instrução de Adam. Faltava-lhes energia ou imaginação para pressioná-lo a fazer o dever de casa. Davam-se por satisfeitos por não serem roubados ou mortos por balas perdidas no tiroteio imaginário entre o filho de criação e uma gangue rival. Adam os desprezava e depois que essa porta se fechou jamais voltou a procurá-los.

Seu trabalho de conclusão de curso, um tratado autocomplacente sobre a vida dentro do sistema de tutela, garantiu-lhe a alforria. Uma bolsa parcial para a Universidade de Massachusetts-Amherst lhe deu um lugar para onde ir. Um interesse inesperado e o talento para finanças e economia ampliaram o mundo de Adam para além do estreito ambiente conservador e operário em que vivera até então. O trabalho em expediente integral como motorista de ônibus para a Pioneer Valley Transit financiou seus estudos e atiçou sua determinação de jamais voltar para Dorchester. Escapara graças ao seu cérebro e, por causa dele, Adam chegaria ao topo. Esqueceria o passado e forjaria um futuro sem limites. Não perdeu tempo pensando em voltar aos lares adotivos e dizer um desdenhoso "Eu não falei?". Isso jamais lhe ocorreu. Deu as costas ao passado e nunca olhou para trás.

Adam conseguiu entrar para a Faculdade de Administração de Harvard. Pouco depois de chegar à metade do mestrado, foi recrutado pela primeira empresa importante em que trabalhou. Terminado o curso, já tendo galgado dois degraus na escada corporativa e saboreado os primeiros frutos de um ótimo salário e fantásticos benefícios, conheceu Sterling. Lá estava uma ninfa do outro mundo – não, do outro mundo, não, do mundo ao qual Adam pretendia pertencer. O pai dela, Herbert Carruthers, um economista considerado o guru da década, foi o palestrante convidado de um retiro empresarial e Adam estava ávido por absorver tudo o que aquele grande homem tinha a ensinar. Quando seu chefe o apresentou a Carruthers, Sterling estava ao lado do pai, aparentando um distanciamento sereno. Não era novidade para ela ver jovens puxa-sacos desejosos de tocar o manto do todo-poderoso.

– Você deve ter muito orgulho do seu pai – sussurrou-lhe Adam enquanto esperava para ser apresentado. – Que modelo!

Sterling olhara para ele com a altivez pela qual Adam viria a se apaixonar. Um olhar que dizia: "Quanta imaginação."

– Acompanhá-lo a esses eventos deve ser uma ótima maneira de conhecer homens disponíveis como eu – disse ele, sorrindo.

Pelo menos a genética lhe dera bons dentes, apesar de nunca ter se preocupado em cuidar deles. Sterling aos poucos abriu um sorriso, revelando seus dentes perfeitos. Ela era tão naturalmente bonita naquela época! Alta, magra, o cabelo louro artisticamente desalinhado. Podia ter escolhido qualquer um entre as dezenas de jovens criados na Park Avenue, mas quis Adam. A história maquiada que Adam contou a seu respeito despertou menos interesse nela do que a realidade de sua trajetória. O pai de Sterling o aprovou por causa do passado difícil, adorando a ideia de ter um genro que dera a volta por cima e se fizera sozinho. Se Adam preferiu reduzir o número de lares adotivos e sugerir uma criação alicerçada em trabalho duro em vez de contar a verdade, foi unicamente porque a verdade não pertencia à pessoa em que se transformara. Ninguém haveria de querer ouvi-lo falar da solidão, da existência sem raízes, da infância sem lar. De viver da caridade pública.

Sobre Verônica e o pai, não disse nada. Eles não existiam. Não faziam parte da vida de Adam March.

Adam não costumava pensar muito sobre aquela época até que seu passado veio à tona. O Dr. Stein vivia instigando-o a compreender seus sentimentos. Ele insistia para que Adam admitisse algumas inseguranças e fraquezas e entendesse o porquê de sua dificuldade de lidar com a raiva.

Adam chega para a frente na cadeira baixa, descansando os cotovelos nos joelhos, as mãos entrelaçadas sob o queixo.

– Nos negócios e na vida, quem tem mais flechas no arco é que progride. Às vezes a ambição pode ser confundida com a raiva.

– Por que é tão importante progredir? – indaga o analista, colocando aspas imaginárias na palavra *progredir*.

– É o que as pessoas fazem – responde Adam. – É assim que o mundo funciona. Até o senhor, doutor, a certa altura da vida planejou fazer alguma coisa para progredir. Para conquistar seus objetivos, deixar sua marca. Para chegar a um lugar melhor. É preciso ser forte para fazer isso.

Adam se recosta, o queixo levemente projetado, numa atitude desafiadora.

– Estamos falando de você, Adam, não de mim – diz o médico, fechando seu bloco de anotações. – E, Adam, enquanto você não aceitar o fato de que tem dificuldade para lidar com a raiva e a rejeição, não vai superar isso.

– Superar o quê? Uma infância horrorosa? Já deixei isso para trás há muito tempo. Não sou mais aquele menino, aquele joão-ninguém cujo pai aparecia uma vez por ano, o levava ao McDonald's e não explicava por que não podia criá-lo. Mas eu sabia o nome disso. Rendição voluntária.

Adam se interrompe. A dor fantasma lateja em suas costelas. A respiração é a de quando acorda de um pesadelo.

– Achei melhor quando ele parou de aparecer – confessa com um sorriso triste. – Eu costumava pôr as minhas coisas num saco de papel quando sabia que ele viria me visitar. Para o caso de querer me levar com ele. Um dia, quando eu tinha 9 ou 10 anos, me sentei na varanda com o saco de papel ao lado, como um cão fiel, e esperei. E esperei. A certa altura, minha mãe de criação, não me lembro qual delas, me mandou entrar. Nunca disse uma palavra sobre o motivo de ele não aparecer. Ela me fez guardar as minhas coisas de volta na gaveta. Acho que foi nesse momento que me dei conta de que não queria ir com ele. Por que haveria de querer? Não precisava dele, podia construir meu próprio caminho no mundo.

– Tem certeza de que isso não é o que você diz a si mesmo agora?

A sutil campainha que indica o fim da sessão soa e o psiquiatra bate no joelho com o bloquinho de anotações amarelo:

– Vejo você na semana que vem.

Adam enrubesce ligeiramente por ter de pedir ao Dr. Stein que reduza para meia hora as sessões. Não pode mais pagar uma hora inteira. A Dynamic suspendeu seu plano de saúde quando o demitiu e ele não tem condições de pagar por um. Ainda mais agora que Sterling decidiu que Ariel precisa ter aulas particulares para fazer o exame de admissão para a universidade com um professor catedrático da Universidade de Lesley.

– Não acho o ideal, mas tudo bem. Trinta minutos duas vezes por semana.

Adam está envergonhado demais para perguntar se o psiquiatra poderia fazer um desconto. Quem acreditaria que um homem vestido num terno de mil dólares faria isso?

◆◆◆

Ele já viu o homem uma meia dúzia de vezes antes. De pé na esquina, com um copo de papel na mão.

– Só preciso de um café, senhor. Tem um trocado?

Está usando uma calça do Exército ensebada e um paletó desbotado, também do Exército, com um espaço verde vazio onde deveria haver uma etiqueta com o nome da pessoa que o usou pela primeira vez. Independentemente da temperatura que esteja fazendo, o mendigo usa uma touca de lã preta que cobre o cabelo grisalho meio ralo, cujos fios aparecem aqui e acolá como ervas daninhas. O rosto é encovado, os olhos turvos sublinhados por bolsas acinzentadas. Adam tem a impressão de que toda vez que anda nas ruas do centro gente assim lhe estende a mão encardida, escondendo os dentes podres e emitindo súplicas que, em vez de comover, irritam. Esse aí Adam vê sempre que sai do prédio do analista, parado na esquina em frente ao Dunkin' Donuts. Por que as autoridades simplesmente não o jogam na cadeia? O cara é insistente, talvez até seja doido.

– Meu cachorro está com fome – diz ele, repetindo o refrão peculiar.

Um cão grande e feio o acompanha. No verão, o cachorro sentava-se à sombra do prédio, como se fosse mais esperto que o dono. Quando Adam passou pela dupla no inverno, eles estavam aconchegados numa manta cor de cimento sujo, inclinando-se juntos contra o vento que soprava através dos cânions da cidade, a mão do mendigo estendida com o onipresente copo da Starbucks. O cão, da raça pit bull, continuou sentado, mas seus olhos lacrimosos seguiram Adam quando ele passou.

Nem é preciso dizer que na hora em que empurra a porta giratória do prédio do consultório do analista hoje, Adam vê o pedinte e o cão em seu lugar predileto. Mas agora não se trata mais de um mendigo com um cachorro – Adam sabe que as pessoas o chamam de "Jupe", diminutivo de Júpiter. Mas a última coisa que ele quer é ser forçado a dar esmola ao homem só porque serve purê de batata em seu prato uma ou duas vezes por semana. Eles não se conhecem. Adam não deseja que a mais ínfima sugestão de reconhecimento seja trocada entre os dois. Está usando seu terno Armani, seus sapatos Cole Haan e uma gravata de seda vermelha que demonstra autoridade. Este não é o homem que usa uma touca de papel e serve comida num balcão. Adam completa a volta na porta giratória e sai na direção oposta.

CAPÍTULO 12

No terceiro dia depois da minha fuga, eu estava sofrendo. A parte da ferida que eu alcançava com a língua parecia inchada e gosmenta. Eu estava febril, desanimado e até mesmo sem fome. Isso é um grande problema para um animal de rua. Meus reflexos estavam comprometidos, meu nariz escorria. Foi por isso que, quando os homens apareceram, eu lutei muito pouco.

Dócil como um cordeirinho, lá fui eu na van branca, encerrando a minha aventura urbana. Lancei um olhar saudoso para o meu ninho sob a escada dos fundos do que descobri ser um estúdio de tatuagem. Desconfio que, ao sair para fumar um cigarro ou um baseado, um dos artistas tenha me visto e ligado para a polícia. A minha raça não desperta exclamações do tipo "Oh, achei um filhotinho. Posso ficar com ele?". Então os homens surgiram em sua grande van, bloqueando uma extremidade do beco estreito com o veículo e a outra com seus próprios corpos. A prudência aconselhava a rendição.

Talvez eu fosse, afinal, uma criatura de cativeiro. O lugar para onde fui levado era fresco e confortável; os médicos cuidaram da ferida, injetaram cuidadosamente um soro com antibiótico até que me senti um novo cão. Cortaram minhas unhas e me deram um belíssimo banho. Também me castraram, mas no início não registrei o fato, já que fizerem isso enquanto costuravam a ferida em meu peito e eu estava apagado. Comi a comida que alguém me deu e lambi suas mãos. Não sou idiota. O cachorro bonzinho é o que se dá melhor.

Todo mundo sabe que um cão da minha espécie tem dificuldades para ser adotado. Nossa reputação de cães ferozes e a notória natureza de nossas atividades não facilitam as coisas. Nenhuma senhora em busca de um companheiro se sentirá inclinada a escolher um pit bull, nem mesmo um mestiço como eu. Primeiro porque parecemos fortes. Segundo, parecemos bravos. Terceiro, não somos lá muito atraentes. Que elas fiquem com os fofinhos, então. Há também os rapazes que vêm procurar um cachorro másculo. Pode esquecer. As autoridades não nasceram ontem. Cães de briga não estão à venda aqui. Restam apenas os jovens casais desejosos de adotar um cachorro com má reputação. Não existem muitos desses por aí e nós somos bastante numerosos.

O segredo é: comporte-se como um labrador. Deixe que enfiem a mão no seu prato de comida e não reaja. Vá pegar a bola idiota, leve de volta e jogue-a no colo deles. Finja que a boneca é uma criança de verdade e que tudo o que você deseja é lamber o rosto dela e protegê-la do perigo. Babe um pouquinho. Mostre que você sabe chamá-los para brincar. Sim, aprendi perfeitamente como socializar.

Assim, consegui meu primeiro humano. Uma simpática senhora que queria um cão de guarda. Morando na periferia, a pouco mais de um quarteirão da zona barra-pesada, ela achou que precisava de um cachorro de aparência feroz com coração de ouro. Ela estava certíssima quanto a isso, mas o problema é que não conseguiu evitar sentir medo de mim. O.k., talvez não tenha ajudado o fato de eu tratar todos os transeuntes como uma ameaça à sua casa e quase derrubá-la sempre que investia sobre os cães que passavam ao nosso lado, mas é que me faltava conhecimento do protocolo. Fui criado num porão. Fui treinado para lutar. Era isso que se esperava de mim, e a mudança de direção me confundiu.

Parti depois de uma semana. Simplesmente não deu para aguentar toda aquela afetação, aquele tatibitate infernal que não conseguia disfarçar seu suor frio. Aquilo me dava vontade de cumprir sua profecia. Quando ela deixou acidentalmente o portão aberto, encarei como uma dica não muito sutil para eu me mandar. Passei por ali algumas semanas mais tarde e vi que havia sido substituído por um fofinho barulhento. Perfeito.

Não muito depois, encontrei, finalmente, o meu mentor. Ele vinha me deixando pistas, ciente do meu desejo de conhecê-lo. Um macho com pinta de andarilho, de idade madura e incontestavelmente rei do bairro, um gladiador como eu, as marcas de uma vida de lutas estampadas em sua pele. Nós nos encontramos numa esquina, onde o território dele cruzava com o lugar onde eu pretendia me instalar. Eu sabia que ele andava por ali e ele descobrira o mesmo a meu respeito. Fiquei surpreso ao vê-lo com uma daquelas plaquinhas penduradas numa coleira em torno do seu grosso pescoço e ao descobrir que se tratava de um companheiro, já que seu cheiro o identificava como cão de rua.

Trocamos cumprimentos. Mostrei submissão com uma lambida no focinho dele. Não faria sentido irritar o rei logo de cara. Eu não queria dar a impressão de ser inimigo, só precisava de uns conselhos. Ele escolheu uma direção e eu o segui. Passamos por um viaduto, contei por onde havia andado até então. Ele farejou ao longo do meu lombo, checou minha genitália e piscou. *Você vai sentir menos falta disso aí do que imagina. Um pequeno encarceramento às vezes pode não ser má ideia. A segunda melhor opção é arranjar um homem de rua. Eles não são muito diferentes de nós; como a gente, procuram comida e dormem ao relento. Com eles, somos invisíveis aos olhos da população em geral e costumamos viver recolhidos. A diferença entre estar sozinho ou na companhia de um homem é que, com eles, a comida aparece mais facilmente. Eles compartilham o alimento e são capazes de abrir coisas que nós não conseguimos.*

O nosso DNA está repleto da parceria original entre nós e os humanos, forjada pelo mesmo motivo que levou este velho cão a construir uma aliança com seu companheiro: segurança, comida, uma voz num mundo sem fala.

Você devia arrumar um.

Sacudi o corpo e levantei a perna em um poste. *Não tenho tanta certeza. Acho que quero continuar sozinho por mais algum tempo.*

E ser capturado? A exclamação dele deixava óbvio que a liberdade era novidade para mim.

Cumprimentei-o, me alonguei e deixei meu novo amigo, que foi ao encontro do seu humano, que saía de um prédio. Mesmo a distância, dava para sentir o cheiro de comida quentinha vindo de lá. Observei o homem tirar a mão do bolso e oferecer um pedaço de carne ao rei das ruas. Talvez fosse o caso de repensar essa coisa de voo solo. Os dois desceram a rua, o homem com a cabeça baixa, um murmúrio suave lhe escapando da boca, e o meu mentor com o nariz grudado no salto do sapato do homem. A imagem do companheirismo.

CAPÍTULO 13

A ideia de ficar diante da pia industrial com sua água pelando enquanto lava um prato nojento atrás do outro deixa Adam levemente enjoado. O cheiro de comida combinado ao da água suja ficava impregnado em sua pele e não havia banho que conseguisse removê-lo.

O Centro já está movimentado quando Adam chega. Uma dúzia de homens já se encontra na varanda, aguardando sob a brisa fresca a abertura das portas do refeitório. Há um salão de atividades no primeiro andar, com um aparelho de TV, uma biblioteca e até um computador com acesso à internet – bloqueado para sites pornôs –, mas o salão permanece vazio, como acontece desde que Adam trabalha ali. Os homens são como coelhos nervosos, querendo comer na mão da caridade, mas não desejando passar muito tempo em seu colo.

Adam não fala com os homens. Ainda não sabe o nome da maioria deles nem reconhece seus rostos. Não olha para eles, apenas para os pratos vazios quando é encarregado de servir no balcão. Os homens não conversam muito, nem mesmo entre eles. Há um silêncio à sua volta, como se cada um vivesse solitário em seu próprio mundo e a proximidade dos demais em situação similar fosse não um vínculo, mas um muro.

Adam odeia o fato de Big Bob insistir para que todos usem a porta da frente ao invés de esgueirar-se pela dos fundos, passando pelo beco. Já precisou repetir isso para Adam duas vezes. Todos aqui são homens e devem entrar pela porta da frente.

– Como assim? Sou um voluntário, um empregado temporário. Por que eles precisam me ver entrar?

– Tem a ver com dignidade. É a nossa maneira de mostrar que jogamos no mesmo time.

Adam sente a dor começar novamente em suas costelas. De quem, exatamente, é a dignidade de que fala Big Bob? Todo mundo não ficaria mais feliz se ele pudesse entrar pela porta da cozinha?

◆◆◆

Jupe e seu cão aguardam na fila a abertura da porta do refeitório junto dos outros homens, um ou outro matando o tempo falando em voz baixa, quase sempre consigo mesmo. Adam umedece os lábios, puxa para a frente o boné de beisebol que tem usado e passa marchando pelo grupo, que se cala diante dele como adolescentes quando o diretor atravessa o corredor. Ao ver Adam subir as escadas, o cão de Jupe se curva, boceja e balança o rabo para ele. Adam se sente enrubescer de vergonha, como se tivesse sido flagrado evitando algum conhecido. Faz um aceno de cabeça para os homens.

◆◆◆

– March, você vai cuidar das mesas hoje. Mike pegou uma virose – diz Rafe, um pouco alto demais, enquanto continua acompanhando o ritmo da música despejada em seus ouvidos.

Ele está refogando cebolas em uma enorme frigideira. O aroma se sobrepõe ao cheiro de água com sabão e atiça o paladar de Adam. Em uma bancada de aço inoxidável repousa um enorme pedaço marrom-arroxeado de fígado, esperando que a faca de Rafe o corte em iscas finas. Dois caldeirões do tamanho de barris de óleo borbulham sobre o fogão, fritando batatas. Fígado acebolado com batatas fritas para o almoço. Apesar de sua repulsa intelectual, Adam sente a boca salivar. Rafe joga as cebolas para cima e para os lados, sem deixar cair um único dos finos anéis.

Cuidar das mesas significa ficar perto dos homens. O trabalho de Adam é carregar um balde e uma esponja para limpar cada mesa entre um grupo e outro, pegar os restos que ficaram para trás, checar se os galheteiros estão intactos, ou seja, agir como garçom. Os homens entram no refeitório mais rápido do que ele prepara o lugar, de modo que é frequente Adam ainda estar limpando as mesas quando os recém-chegados se sentam.

Fígado era uma constante no cardápio em sua infância, uma peça de carne barata com méritos nutricionais altamente louvados. Nem todo mundo sabe cozinhar fígado sem deixá-lo duro e indigerível. A ideia de comer essa carne é abominável para Adam. Em sua vida adulta, ele jamais permitiu que fosse servida em sua casa. Ariel nunca sequer viu fígado acebolado. A governanta que ele e Sterling tiveram no início do casamento sugeriu o prato uma vez e levou uma bronca. Fígado acebolado é comida de pobre. No entanto, o aroma tentador neutraliza tais associações. Rafe, Adam já sabe, não deixará sair de sua cozinha um fígado que não esteja delicioso. Não só seu talento culinário é de primeira, como seu orgulho se iguala ao de qualquer superchef que Adam já conheceu. Olhando para um prato de batatas fritas ao lado das iscas de fígado com sua guarnição de cebolas magistralmente refogadas, Adam se surpreende ao descobrir que está ansioso pela hora do almoço.

Mas, primeiro, ele precisa circular pelo refeitório, onde o aroma delicioso de cebola frita é contrabalançado pelo fedor de roupas sujas e cabeças que há muito não são lavadas. Instantaneamente seu apetite some. Adam enche repetidas vezes o balde com água quente e desinfetante. Qualquer coisa para remover o cheiro dos homens do salão antes que ele tenha que se sentar ali para comer.

– Por favor, senhor. Posso lhe pedir a gentileza de me arranjar um garfo limpo? Este tem um pouco de comida presa entre os dentes.

Adam está parado atrás do homem com o balde na mão. A frase saída da boca do velho mendigo é tão incompatível com a sua aparência, com o seu costumeiro "Amigo, dá pra me arrumar um trocado?", que por um instante Adam imagina que Jupe tenha às costas a mão de um ventríloquo.

– Claro – responde, pegando o garfo sujo e jogando-o no balde. Como um bom garçom, Adam providencia um novo garfo para Jupe.

– Obrigado – agradece Jupe, voltando a comer, cortando a carne segurando o garfo na mão esquerda e a faca na direita, um pedaço de cada vez, mantendo refinadamente o garfo na mão esquerda enquanto come. De vez em quando ele faz escorregar um pedaço de carne para dentro do bolso do casaco.

Adam limpa a outra ponta da mesa. Enquanto isso, não consegue evitar lançar um olhar na direção de Jupe, que está cercado de homens vestindo todo o guarda-roupa que possuem. O velho usa o gorro de lã bem enterrado na cabeça, o cabelo grisalho comprido ultrapassando a borda esfarrapada e cobrindo o colarinho puído da jaqueta do Exército. Como muitos deles, Jupe provavelmente é velho o bastante para ter servido no Vietnã. Um ou dois continuam a lutar na guerra, dando um salto de susto cada vez que Rafe deixa cair alguma coisa na cozinha. Big Bob os chama de "estressadinhos". Quando Adam passa para a mesa atrás de Jupe, o vê enfiando metade da sua porção de fígado no bolso. Alguns homens são armazenadores notórios, como se o Centro fosse desaparecer de uma hora para outra e deixá-los na mão. Mas Adam sabe que Jupe está partilhando sua refeição com aquele cão, o que ficou lá fora ao pé da escada. Big Bob já cansou de dizer a Jupe para não deixar o pit bull ali, pois ele assusta quem passa. Jupe responde que o cachorro faz o que quer. É um livre-pensador.

Já é tarde quando o último homem deixa o refeitório. Adam se sente contaminado, como se tivesse passado toda uma vida com as mãos na água quente, limpando mesas e bancos com a esponja cheirando a azedo. A perspectiva anterior do almoço há muito foi sufocada. O único cheiro que ele distingue é o de desinfetante, suor e o odor peculiar em suas mãos depois de passar horas presas nas luvas de borracha. Adam desarmou as mesas e as guardou juntas, depois varreu o chão com a vassoura enorme. Na mesa dos funcionários, Rafe e Ishmael discutem animadamente as eliminatórias de beisebol. Big Bob se aproxima dos demais com o prato cheio.

– Vá pegar seu almoço, Adam.

Encostando a vassoura no balcão, Adam entra na cozinha, onde ainda paira no ar o aroma de fígado e cebolas. Olha durante um minuto os pedaços de carne deixados na estufa, marrons agora, quase da cor de Rafe.

Sua terceira mãe de criação o faz sentar-se diante de um prato de fígado acebolado e lhe estapeia a cabeça toda vez que ele descansa o garfo. A carne está seca, formando uma horrível pasta em sua boca. Adam não consegue engolir. As lágrimas começam a rolar de seus olhos, não exatamente de choro, mas de frustração. Ele mora nesta casa há poucas semanas. A essa altura já entendeu que será sempre temporário. Não pode se sentir confortável em nenhuma casa, deve apenas tentar se comportar e ser discreto. Mas seus pais de criação sempre arrumam um jeito de obrigá-lo a fazer bobagem. À noite, ele pode ouvir a mãe adotiva discutir com o homem que não é seu marido, embora o pessoal da assistência social pense que sim. Às vezes, dá para ouvir o som de choro, outras, somente o tapa que o silencia. Eles brigaram ontem à noite, e hoje Adam é obrigado a comer uma coisa tão repulsiva que não dá para engolir.

Mudando de lugar na boca a maçaroca de carne mastigada, Adam sussurra "Verônicaverônicaverônica". Um mantra de proteção que murmura baixinho. Um dia Verônica voltará para punir aqueles que foram cruéis com ele. Em camas estreitas ou em sofás de escritório que lhe serviam de quarto, Adam ensaiava o heroico retorno da irmã idealizada. Ela não pretendia deixá-lo. Não consegue encontrá-lo porque ele se mudou muitas vezes. O mito de Verônica é ornamentado durante as noites insones. "Verônicaverônicaverônica."

A pasta de fígado mastigado aos poucos lhe desce garganta abaixo – é como engolir uma pedra – e de repente é vomitada.

A mãe de criação número três esfrega um punhado de purê de batata na cara do menino de 8 anos.

Adam arranca seu jaleco e o joga no saco de roupa suja. Amassa a touca de papel, deixando-a cair na lata de lixo. Sai pela porta dos fundos. Não vai mais voltar ali. Foda-se o juiz. Mais tarde, seu advogado lhe dirá que um processo por desacato poderá piorar ainda mais as coisas. Mais uma vez, um juiz seria responsável pelo futuro de Adam. Ele está, como a maioria dos homens que serve diariamente, à mercê do sistema.

Adam encara a rua escura e vazia, aguardando as luzes da loja de jornais se acenderem. Aguardando sua vida recomeçar mais uma vez.

CAPÍTULO 14

A vantagem de estar nas ruas quando faz tempo bom é que a gente se sente esperto. Esperto demais para depender de alguém, para não precisar de nada além de uma lata de lixo aberta e uma torneira que pinga. Então, esfria. Eu e meus semelhantes começamos a preparar um ninho que nos proteja do vento cortante e procuramos algo que nos dê algum conforto, como um cobertor ou jornais velhos. Houve noites em que me vi deitado em posição fetal, o corpo encostado num muro buscando uma suposta proteção, ou então debaixo de uma passagem subterrânea ainda não ocupada por alguém sem disposição para dividir o aposento. Meu refúgio do verão, sob as escadas, fora reivindicado pelo antigo proprietário. Minha sublocação terminara.

Meu mentor me mostrou alguns dos melhores terrenos baldios das redondezas. Seu humano caminhava nas primeiras horas do dia, enquanto a vizinhança dormia, remexendo nas pesadas lixeiras de plástico cujas tampas nós, desprovidos de polegares, jamais conseguiríamos abrir. Ele atirava guloseimas para o meu amigo e pegava para si alguns objetos, que enfiava nos bolsos do casaco. Eu me mantinha a uma boa distância. Meu mentor me proibiu terminantemente de entrar em contato com seu humano, que era um homem de um só cão, e eu não ia ferrar tudo. Mas me mostrou o caminho para encontrar uma carcaça de exaustor ou de ar-condicionado eventualmente escondida atrás de arbustos, um ninho muito confortável e à prova de intempéries.

Salvo pelas sobras que meu mentor conseguia deixar para mim, era cada vez mais difícil obter comida, já que as pessoas passavam menos tempo na rua. Como eu estava fora de forma, sentia um frio redobrado. Os restaurantes ofereciam menos restos de comida, como se a população humana estivesse armazenando para o inverno e evitando desperdiçar os alimentos. Minhas fontes de água foram desligadas, e essa foi a maior dificuldade, a não ser quando dava a sorte de encontrar algum chafariz para pássaros. O laguinho do parque muitas vezes fornecia a única água disponível, mas ela quase sempre ficava debaixo de uma camada de gelo. Minha criação no cativeiro não me dotou das habilidades necessárias para quebrar gelo. Eu precisava esperar até que os gansos fizessem um buraco com os pés para então me aventurar ali. Arriscado, sei disso, mas a sede é uma motivação poderosa.

Mesmo com frio, fome e, principalmente, sede, eu ainda me sentia mais feliz na rua do que naquela jaula no porão, aguardando uma luta ou a sessão na esteira ou aqueles abençoados 10 minutos de alívio no quintal. Na rua eu defecava e urinava quando e onde queria. Já tinha começado até a delimitar um pequeno território para mim. Apesar da minha castração involuntária, eu continuava a gostar das garotas e me apresentei a várias delas. Bacana. Nenhuma estava ainda no cio, portanto ficamos só no namoro mesmo.

No final das contas, estava tudo sob controle. Até começar a nevasca.

CAPÍTULO 15

Está nevando desde a madrugada. Açoitados pelo vento, flocos tão pequenos como agulhas batem de encontro aos postes de luz. A neve cai de lado, vira cambalhota e sai rodopiando na direção oposta. A mídia vem prevendo essa tempestade há dias, e o olhar de satisfação da moça da meteorologia hoje de manhã definitivamente é o de uma mulher que provou estar certa. Ela faz Adam lembrar-se de Sterling.

Os dois agora estão oficialmente divorciados. A sentença definitiva foi proferida três dias antes do Natal. Sterling já havia assinado os papéis uma hora antes da chegada de Adam. Ele cravou os olhos na assinatura pomposa da ex-esposa: Sterling Madeleine Carruthers. Não estando disposta a continuar ligada a ele, Sterling renegara o lugar do marido em sua vida voltando a usar o nome de solteira. Adam não existe mais para ela. Só o dinheiro dele. O poder e a reputação do pai, Herbert Carruthers, facilitaram a decisão da Justiça de atribuir à mulher a maioria dos bens do casal: as casas, os carros, os investimentos. O tribunal também estipulara um percentual dos rendimentos futuros do ex-marido para o pagamento da pensão da filha. O incipiente negócio de consultoria de Adam não deslancha – para ser franco, não existe –, e ele sente certa satisfação por ter tão pouca renda para oferecer às duas.

Sterling e os pais levaram Ariel à Grécia nas férias, alegando o estresse da menina como motivo para tirá-la do alcance de Adam até mesmo para as visitas acordadas pelo juiz. Sabe-se lá por que o tribunal não se importou com isso, certamente considerando os direitos dele menos importantes do que os de Sterling. Depois que voltou de viagem, Ariel continuou fora do seu alcance, ocupada com outros compromissos. Adam se pergunta se Sterling fica acordada à noite inventando motivos para que ele não veja a única filha. Quando ele consegue visitá-la, Ariel se mostra carrancuda e troca poucas palavras com ele, como se o pai fosse um estranho, alguém com quem é obrigada a dividir o espaço. Adam justifica esse comportamento como um sintoma comum da adolescência, mas fica magoado. Como todos os pais divorciados, Adam sabe que está se esforçando para tornar as idas dela ao seu pequeno apartamento divertidas, fora da realidade – sushi em vez de jantar em casa, videogames em vez de conversas. Ariel se recusa a se divertir ao lado do pai. Ela o visita, mas não concorda em passar a noite. Não quer dormir no sofá nem na cama dele.

É como hospedar um estudante de intercâmbio que não fala a mesma língua. A representação de bom pai e filha dedicada se perde na tradução.

◆◆◆

Adam olha pela janela, torcendo para que a loja de jornais abra apesar do mau tempo. Tem a esperança ingênua de que Big Bob telefone e lhe diga para ficar em casa. Desde o primeiro dia de temperaturas negativas, o Centro vem servindo duas vezes mais sem-teto do que o habitual. Os homens entram para comer e se aquecer. Muitos não ficam, mas uns 10 usam os beliches do dormitório no segundo andar – em geral são os novatos nas ruas, ainda não calejados o suficiente. Big Bob os acolhe, lhes dá roupa de cama e um travesseiro e mostra a sala de recreação e o refeitório. Anota seus nomes, se oferece para receber sua correspondência, os cheques mensais da Previdência Social, os cheques da pensão do Exército. Um lugar para chamar de lar.

A luz se acende do outro lado da rua. Adam enfia a parca, encontra o gorro de esqui no bolso e o põe na cabeça. Calça as botas, amarrando o cadarço frouxamente, e pega uma das canecas de sua coleção de viagem. A rua sem carros está repleta de neve imaculada, o sinal de trânsito balança ao vento como uma bandeira enlouquecida, ameaçando soltar-se dos cabos e mergulhar no cruzamento. Adam investe contra o vento, a neve ofuscante fazendo tudo parecer um sonho. Quando, finalmente, consegue aportar na outra calçada, o rosto pinica, os olhos lacrimejam e ele respira como um maratonista. Precisa lutar para puxar a porta, com o vento insistindo em mantê-la fechada – praticamente um cabo de guerra com Zéfiro. Quando o vento dá uma folga, Adam abre a porta.

– Bom dia, Artie.

Adam pega seus biscoitos e enche de café fresco a caneca que trouxe, onde se lê CUMBERLAND FARMS. Procura os jornais, mas o entregador ainda não apareceu.

– Que dia horrível – comenta o proprietário, passando o charuto apagado para o outro canto da boca. – Para os homens e para as feras.

– E para os jornais, pelo visto – completa Adam, vasculhando o bolso em busca de trocados.

– Vão chegar, não se preocupe. Volte daqui a uma hora.

– Se der. O tempo está piorando.

– Tenha cuidado lá fora, Adam.

– Você também.

O difícil agora é empurrar a porta, mas depois de fazê-lo, Adam se abriga sob a soleira enquanto enfia o capuz da parca e toma o que talvez seja o último gole de café quente em sua caneca de plástico. Quando está prestes a se aventurar na tempestade, surge uma figura, mais uma alma perdida na tormenta.

É o empresário. Ele caminha de cabeça baixa, o sobretudo comprido abotoado até o pescoço. Lágrimas lhe escorrem pelo rosto por causa do vento e do frio. Adam sente o impulso de parar o sujeito e mandá-lo de volta para casa. Por que está caminhando? Por que tentar ir trabalhar? Até Adam teria desistido disso hoje. Ou o cara é um idiota ou o chefe dele é.

– Ei, companheiro... – chama Adam, estendendo a mão que segura a caneca, tentando parar o sujeito.

– Afaste-se de mim, seu maluco – revida o homem, esticando o braço para afastar Adam e derrubando a caneca tampada. – Vá procurar um emprego.

– Ah, vai se ferrar – diz Adam apressando-se para pegar a caneca antes que mais café seja derramado.

Que porra é essa? Apertando mais os cadarços do capuz da parca, Adam vislumbra a própria figura refletida na vitrine da loja de jornais. Solta uma gargalhada. Nesse modelito, ele parece um freguês do Centro Fort Street. Não é de admirar que o cara tenha se assustado. *Companheiro?* Ele realmente chamou o sujeito de "companheiro"? Deve ter aprendido com os homens do Centro. Todos eles usam esse termo genérico quando pedem esmola – "Companheiro, dá pra me arrumar um trocado?" Também falam assim uns com os outros, num refeitório cheio de companheiros.

Se o Centro estiver fechado, para onde irão?

◆◆◆

Por incrível que pareça, outra figura luta para escapar da tempestade. A mulher da loja de peixes ornamentais, que está enrolada num casaco gigante que a faz parecer ter sido engolida por um urso-polar. O vento a empurra para trás, tornando cada passo uma batalha vitoriosa. Adam sente o vento açoitar suas costas quando corre até a moça. Com o lastro do corpo dele, ela consegue, finalmente, alcançar a entrada da loja. Adam pega as chaves da mão dela, destranca a porta e depois se afasta para deixá-la passar.

– Entre, entre – convida a mulher.

Já dentro da loja, ela desliga o alarme e bate os pés no chão para livrar-se da neve. Suas bochechas estão rosadas. Uma mecha de cabelo que não estava presa no rabo de cavalo fica ensopada com o gelo que derrete rapidamente.

– Obrigada pela ajuda. O vento está mais forte do que pensei.

Ela tira o casaco, revelando um suéter grosso e uma calça de veludo enfiada em botas forradas de pele.

– Meu nome é Gina DeMarco. – Lá está aquele leve sotaque. – Seja bem-vindo à A a Z.

Adam livra a própria cabeça do capuz.

– O meu é Adam March.

O sorriso de Gina desaparece.

– Adam March. Você não apenas trabalhou para a Dynamic Cosmetics, mas foi o chefão.

Ela diz *chefão* como se a palavra tivesse gosto ruim.

– É, fui.

Ele não vai negar. Administrou muito bem o departamento, ainda que o TANM discordasse de suas políticas.

Adam se afasta da porta, olha em volta, vê as fileiras de aquários brilhantes cheios de peixes coloridos, prateleiras com coleiras e guias, outras com brinquedos de borracha e guloseimas, cestas com travesseiros quadriculados, vitrines com todo tipo de figuras caninas e felinas em descansos de copos, canecas, bibelôs, jogos americanos. Há uma gaiola com pedestal que abriga dois papagaios barulhentos e coloridos que ficam felizes ao ver a dona chegar. Um cartaz escrito à mão avisa: NÃO ESTÃO À VENDA.

Uma rajada mais forte de vento sacode a porta da loja, estremecendo o vidro.

– Gina, você acha que alguém vai sair de casa num dia como este para comprar um peixe? Esta é uma tempestade perigosa. A defesa civil recomenda que ninguém saia de casa, principalmente de carro. A situação...

Ela o interrompe:

– Se a luz acabar, estou falida. Preciso ficar aqui para ligar o gerador se ficarmos sem eletricidade. Além disso, os peixes grandes têm que ser alimentados, senão acabam comendo uns aos outros.

O Centro não vai fechar. Adam coloca o capuz por cima do gorro.

– Tenho que ir.

Gina passa a mão na testa para enxugar a umidade deixada pela mecha de cabelo molhada e pega seu casaco encharcado.

– Bom dia para você.

Vochê. Ele está dispensado.

Adam solta o trinco da porta e se vira para ela.

– Como vai voltar para casa?

– Não vou voltar. Não até que a tempestade acabe. Não posso correr esse risco.

Adam fica momentaneamente indeciso se deve ou não se oferecer para ficar, mas não consegue encontrar um motivo para fazer isso. É óbvio que ela sabe se cuidar e, afinal, eles são dois estranhos. Apenas trocam cumprimentos, já foram adversários – talvez ainda sejam, na cabeça dela – e não têm nenhuma responsabilidade um com o outro.

– Certo. Boa sorte, então.

Ele usa o ombro para empurrar a porta com força contra o vento.

Adam March volta a encarar a tempestade, desafiando-a para caminhar até Fort Street e torcendo para ter tomado a decisão certa.

CAPÍTULO 16

Foi uma baita tempestade. Fiquei encolhido dentro da manilha com vários outros, numa trégua tácita. Inicialmente meu mentor estava lá sozinho. Uma cadelinha pelo-de-arame aproximou-se dele, submissa, lambendo seu focinho e implorando carinho. Eu já a farejara antes na vizinhança, uma mocinha bastante decidida que tinha o maxilar projetado para a frente.

Dois labradores gordos completavam nosso grupo. Haviam escapado do quintal onde moravam. Surpresos ao verem o portão aberto e incapazes de resistir à tentação, fugiram rua abaixo e imediatamente se perderam. Cães bonitos, um tanto ingênuos. Seus donos ficariam desesperados. Por isso, sabíamos que os dois representavam uma ameaça. Por serem cães domésticos e não de rua, a dupla deixara um rastro enorme atrás de si. Era só a tempestade passar para as autoridades ou um grupo de voluntários saírem à caça dos fujões. Haveria cartazes, fotos graciosas coladas em todos os postes – dois labradores louros, sorridentes, arfando, Buffy e Muffy, ou quaisquer que fossem os nomes pelos quais seus humanos os chamassem. E haveria recompensa!

Por enquanto, porém, a tempestade nos mantinha espremidos no pequeno túnel, o calor dos nossos corpos protegendo todos do frio, o que tornava os labradores gordos bem-vindos por algum tempo. De vez em quando saíamos para um rápido xixi, e nos rearrumávamos para passar o dia dormindo.

Meu mentor estava deitado de costas para mim. Apenas por curiosidade, perguntei-lhe onde andava o seu humano.

Não sei.

Ele simplesmente foi embora?

Acho que talvez tenha sido capturado.

Pelos homens?

Ele entrou num prédio e não saiu mais.

O prédio da comida?

Não, num prédio em que nunca tinha entrado antes. Nós não somos bem-vindos nos prédios, por isso sempre ficamos do lado de fora. Esses lugares não são para nós. Além disso, podemos ser capturados se entrarmos neles. Não se esqueça disso, fique fora de prédios, a menos que estejam vazios.

Fiquei surpreso ao ouvi-lo emitir um triste, melancólico e solitário gemido de preocupação.

Não sei onde ele está.

Você vai encontrá-lo quando a tempestade passar.

Ele se foi.

Como eu disse, os cães são existencialistas. Não entendemos os conceitos de passado e futuro. O humano do meu mentor podia ter sumido havia seis dias ou três horas. De qualquer forma, ele demonstrava uma tristeza que lhe era incomum. Rolei para o outro lado e alinhei minhas costas com as dele para nos aquecermos. No entanto, enquanto durou a tempestade, pude senti-lo tremer de ansiedade.

CAPÍTULO 17

Quando finalmente se aproxima da varanda do Centro, Adam se sente o próprio Shackleton aportando no Polo Sul. Chega até a imaginar que o cardápio de hoje incluirá foca. Mike está do lado de fora, tentando em vão remover com uma vassoura os montes de neve que não param de crescer nos degraus. Olha para Adam, a psoríase em seu rosto ainda mais vermelha por causa do frio, e sorri. Adam é premiado pela primeira vez com um cumprimento do homem famoso por seu silêncio.

– Seja bem-vindo a Fort Street.

– Obrigado, Mike. Como chegou aqui?

– Não fui embora.

– Eu gostaria de ter tido essa ideia.

Adam dá uma palmadinha no ombro superagasalhado de Mike e entra.

Há mais homens aqui hoje do que Adam jamais viu antes. Embora ainda falte uma hora para o almoço, o refeitório está aberto para acomodar todos eles, que se sentam às mesas, ainda em seus casacos molhados, desabotoados ou com o zíper aberto. Isso é algo que há muito deixou de causar estranheza a Adam: esses homens não descuidam de seus pertences. A pior briga que ele já viu, e foram poucas as que testemunhou, aconteceu quando um veterano do Vietnã acusou outro de ter roubado seu canivete. O acusado afirmou que o objeto era dele e voou para cima do acusador. Rafe e Big Bob separaram a dupla antes que a arma se tornasse parte da briga.

Uma faca, descobriu Adam, é um dos mais valiosos objetos que um sem-teto pode possuir. Proteção, ameaça, ferramenta, uma lembrança da infância ou da guerra. Facas são proibidas dentro do Centro. Todos sabem que se faz vista grossa para os canivetes suíços, mas qualquer coisa com uma lâmina de mais de 6 centímetros é imediatamente confiscada. As facas usadas no refeitório são de aço inoxidável, sem ponta. Isso não é uma prisão, é um abrigo. Big Bob tem suas regras.

◆◆◆

Adam bate o pé no chão para tirar a neve das botas e abre caminho na multidão para chegar à cozinha. Rafe está lá, balançando-se ao ritmo do seu iPod, frigideira na mão, seu chapéu de chef elegantemente equilibrado na cabeça raspada, o jaleco ainda limpo. Ele ergue os olhos e vê Adam parado à porta.

– E aí, irmão, que bom que chegou cedo.

– Está um horror lá fora.

– Achamos que você ia tirar folga hoje. Cara, você é voluntário. Não precisa arriscar sua vida.

Adam descansa contra o batente da porta. O esforço de andar na tempestade o exauriu. As pernas tremem por causa do exercício. Ainda traz os biscoitos de queijo no bolso, mas em algum ponto do caminho perdeu a caneca. Talvez tenha deixado na loja de Gina, onde ela desafia a tempestade em prol de peixinhos dourados e papagaios. E agora Rafe está aqui, lhe dizendo que não precisava ter vindo. Por uma fração de segundo, Adam acha que enlouqueceu, que Big Bob devia ter ligado para lhe dizer isso. Devia ter ligado para mandá-lo ficar em casa. Dito a ele para ficar na segurança de seu lar e assistir à tempestade pela TV, mantendo-se seco e aquecido. Um bom gerente se assegura de que seu pessoal esteja informado.

Por outro lado, pensa, talvez Big Bob tenha ligado. Ele saiu de casa às sete e meia e depois veio trabalhar. A sensação de raiva passa. Não viu Ishmael, e o barulho no refeitório está mais alto que o habitual.

– Não. Eu vim. Mas não recusaria uma xícara de café.

Rafe regula o nível da chama sob a frigideira e caminha até o armário. Tira uma caneca para Adam e a enche com o café da cafeteira. Adam se senta num banco. A neve que grudou em seu casaco escorre para o chão limpo.

– Prontinho, cara.

Adam tira o gorro e o enfia no bolso antes de pegar a caneca que Rafe lhe estende.

– Obrigado.

Dois pares de olhos castanhos se encontram e Adam vê uma centelha de respeito nos olhos do outro homem. Apressa-se para tomar um gole do café forte, seu rosto ruborizado em parte pelo calor, em parte pela perplexidade. Ele nunca vira respeito sem medo.

Hoje há mulheres no Centro. Existe uma instituição feminina a duas quadras de distância de Fort Street, mas a intensidade da tempestade fez com que a separação de gêneros perdesse o sentido. Ninguém quer saber em quais dos centros está, a única preocupação é escapar da nevasca. Uma chamada informal é conduzida por Big Bob, que vai de grupo em grupo, cumprimentando cada indivíduo, mentalmente registrando quem está e quem não está. Logo dará um telefonema para ver se alguns de seus homens buscaram abrigo no Centro Alice Crandall. O AC, como é chamado, recebeu o nome da benfeitora, que doou o casarão vitoriano à cidade para servir de abrigo a mulheres sem-teto, desalojadas ou vítimas de maus-

-tratos. O AC é mais radical do que o Fort Street, mas existe uma relação amistosa entre os dois administradores.

Adam fica aliviado ao ver Ishmael aparecer. Temia ter que servir todo esse povo sozinho. Como um cão, Ishmael sacode a cabeça cheia de trancinhas, molhando as paredes do corredor dos fundos. Enfia a cabeleira no chapéu e se senta para trocar as botas por sapatos que trouxe numa sacola plástica. Ishmael também olha para Adam com um sorriso.

– Você veio, cara.

Mas o que é isso? Será que todos esperavam que ele negligenciasse seu dever? Adam descobre que está começando a se aborrecer com a ideia de que os outros achem que ele é um fresco, um covarde, um voluntário só nas horas boas. Cara, ele *andou* até aqui. Seis quarteirões que bem podiam ser 12 quilômetros, de tanto que demorou.

Está prestes a dar um safanão em Ishmael quando sente a mão de Big Bob em seu ombro.

– Tentei falar com você.

– Saí cedo – explica Adam, um pouco desdenhoso. – Estou aqui.

Big Bob aperta o ombro de Adam. Um gesto como o de um bom professor ou de um respeitado chefe de escoteiros. Esse pequeno sinal masculino de aprovação toca Adam em um lugar há muito enterrado. Faz muito tempo que ninguém o aprova. Já foi compensado, premiado com bônus, já recebeu do alto escalão palmadinhas nas costas por cumprir suas metas. Chegou mesmo a ser aplaudido por um auditório lotado depois de uma apresentação em PowerPoint. A plateia o havia saudado como piratas que se deparam com um navio carregado de ouro.

A única aprovação que desejou ardentemente durante mais de duas décadas foi a do sogro. Adam lamentou tanto a perda da estima dele quanto a de qualquer outro bem. Herb Carruthers o aprovara e, como um pai sem filhos homens, tratava o genro como um herdeiro. Sterling, a queridinha do papai, absorvera as lições da mãe, uma verdadeira socialite, e quando Adam a pediu em casamento, ela insistiu para que ele pedisse a bênção do futuro sogro.

Adam convidou Herb para encontrar-se com ele no clube de Harvard. Ambos foram recebidos como sócios. Adam adorava o clube, adorava sentir-se bem-vindo, ter o direito de sentar-se naquela sala, um igual entre gigantes, aos 26 anos. Enquanto comia seu salmão grelhado no almoço, Adam cuidadosamente listou seus ambiciosos planos, construindo uma visão de futuro que o sogro em potencial aprovasse – um futuro altamente alcançável, sobretudo com a influência de Carruthers. Mas Adam teve o cuidado de evitar qualquer sugestão de expectativa de que o sogro fosse ajudá-lo. Em vez disso, afirmou que vislumbrava uma vida boa, em que Sterling gozaria de todos os direitos e privilégios da sua classe. Carruthers não ergueu os olhos do prato uma única vez, comendo como um estivador enquanto Adam expunha sua estratégia. Finalmente o rapaz fez uma pausa, esperando que o homem dissesse algo.

Depois de raspar o prato, Carruthers recostou-se na cadeira, limpou a boca com o guardanapo de linho e arrotou.

– Isso é tudo?

Seus olhos azuis de mármore encontraram os de Adam, as pupilas como minúsculos alfinetes, mesmo à luz suave do restaurante. Olhos de predador.

– Não vou desapontar o senhor – garantiu Adam, temendo ter parecido pomposo demais ou deixado escapar algum traço da linguagem chula da adolescência, apesar de ter sido bem treinado em Harvard.

– Uma pergunta.

– Pois não – concordou Adam, sentindo uma ponta de ansiedade, uma sombra de medo de que Carruthers pudesse considerá-lo um garoto-prodígio mas não um bom candidato a genro. Medo de que não o aprovasse e ponto.

– Você veleja?

A ansiedade transformou-se em alívio.

– Não, senhor.

Uma resposta honesta.

– Se entrar para a família, vai ter que velejar.

Herb Carruthers pôs-se de pé e estendeu a mão para Adam. Negócio fechado.

◆◆◆

A mão de Big Bob em seu ombro causa em Adam uma emoção dolorida, a sensação de que o que mais lhe faz falta na vida é alguém que genuinamente o aprove.

– Vamos ao trabalho.

◆◆◆

Uma hora depois, Big Bob se junta aos homens atrás do balcão e comenta:

– Estou sentindo falta de Jupe.

Ishmael enche um prato fundo com sopa de abóbora apimentada, salpica um punhado de salsinha e coloca numa bandeja.

– Ele é doido por aquele cachorro. Talvez não entre porque o cão não pode entrar.

– Hoje não vou proibir ninguém de entrar. Slicker está aqui com o cachorro – diz Big Bob, tamborilando sobre o balcão de metal. – Não, Jupe anda agindo de um jeito meio estranho ultimamente. Na verdade, também não me lembro de tê-lo visto ontem.

Adam pousa uma travessa de batatas sobre o balcão:

– Já ligou para os hospitais?

– Costumo começar pela polícia. Muito bem. Se alguém o vir...

– A gente grita – garante Ishmael, enchendo mais um prato fundo.

Adam pega um prato e o coloca na beirada do balcão.

– Jupe tem problemas mentais?

– Somos proibidos de comentar, mas se eu fosse dar um palpite, diria que ele é um daqueles sujeitos brilhantes que surtam. Era professor de alguma coisa no MIT ou numa outra universidade do gênero. Ciência espacial, eu acho. Por isso é que tem o apelido de "Júpiter".

– Achei que fosse veterano de guerra.

– Que nada. Arrumou aquelas roupas num depósito da Marinha. Um monte de caras usa isso para evitar confrontos. Ele é professor. Se começar a falar de estrelas, ele vai te dar uma aula.

– Você acha que ele está lá fora?

– Espero que não. Morrer congelado não é nada legal.

– Acha que ele não entrou por causa do cachorro?

– Pode ser.

– Por que alguém abriria mão de comer e se aquecer por causa de um cachorro?

– É como aquela gente do furacão Katrina que se recusou a ser resgatada para não abandonar os bichos. Isso é devoção, cara.

– Isso é loucura.

– Talvez – diz Ishmael, servindo o restinho da sopa do dia e fazendo um sinal com a cabeça para Adam remover o caldeirão.

– Espero que ele apareça.

– Eu também.

◆◆◆

Do lado de fora, o vento aumentou de intensidade, soando como um apito agudo e constante contra a lateral do prédio. Zéfiro investe com fúria sobre a rua deserta. As luzes piscam, empalidecem, recuperam a força e Adam pensa em Gina e seus peixes ornamentais.

CAPÍTULO 18

No fim da madrugada do dia seguinte, a tempestade de neve havia se acalmado. Já estava claro quando acordei no meio de um sonho e vi homens de pé diante da nossa manilha. Não sei como nenhum de nós os ouviu ou farejou. No entanto, a neve pisada em torno da entrada do nosso abrigo improvisado anunciava alto e bom som a nossa presença ali. Os homens não precisaram de narizes ou ouvidos para nos encontrar. Os felizes labradores haviam entrado e saído várias vezes, o tempo todo deixando grandes pegadas descuidadas que simplesmente gritavam: "Aqui!" Eu devia tê-los posto para correr quando tive chance.

Quando vimos os homens, meu primeiro instinto – assim como o dos demais companheiros – foi dar no pé. Demos meia-volta e corremos na direção da outra extremidade aberta. Mas eles eram profissionais e nos encurralaram; havia homens nas duas saídas, calçando botas enormes, com varas e cordas nas mãos e até mesmo uma pistola de dardos.

Os labradores saíram, apatetados e aliviados por verem humanos no controle. Tive a esperança de que talvez, depois de reencontrarem a dupla perdida, as autoridades nos dessem uma trégua. Nada disso.

A cadela pelo-de-arame tentou fugir, driblando os homens e se esquivando de suas pernas compridas afundadas na neve até os joelhos. Mas essa mesma neve foi o que a atrapalhou. Sem poder correr em cima dela, a cadelinha afundou, expressando com ganidos o seu descontentamento. Uma mão enorme ergueu-a e capturou-a numa caixa, os gemidos abafados porém não calados.

Olhei para o meu mentor. Sua cabeça atarracada estava baixa, a boca arreganhada com os dentes à mostra. Ele não rosnou, mas seus lábios tremiam num alerta. De repente me dei conta de que isso era um erro. Meu único encarceramento me ensinara a fingir boa vontade. Ele já estivera preso. Mas ser confinado agora, com seu humano desaparecido, era algo impensável. O seu apego àquele homem, que se parecia mais conosco do que com sua própria espécie, comprometera meu novo amigo.

Como vou encontrá-lo? Ele não vai saber onde estou! Meu mentor deixou escapar um ganido agudo, um som pungente e débil. Subitamente ciente da sua demonstração de fraqueza numa hora imprópria, ele transformou o ganido em um rosnado forte. Pelo eriçado, dentes à mostra. Implacável.

E então levaram a gente.

◆◆◆

Por mim, tudo bem. Era o mesmo abrigo para onde me levaram quando eu estava ferido. A comida era boa, o interior, quentinho e seco. Não exatamente um spa, mas nem por isso um mau lugar para passar um ou dois dias protegido das intempéries. Eu não pretendia ficar muito tempo.

Tentei dizer isso ao meu mentor, mas ele não entendeu. Ele estava em pânico e nada que eu dizia parecia tranquilizá-lo. Ele simplesmente continuou a rosnar.

Foi a sua ruína.

CAPÍTULO 19

Adam passa com dificuldade por entre os homens sentados no estreito corredor do primeiro andar do Centro. Eles estão saciados, aquecidos e relutam em partir, embora a tempestade já tenha acabado há algum tempo. Os limpadores de neve aplainaram as montanhas de gelo nas ruas e o sol brilha ofuscante quando reflete na neve alva. Mike varre a calçada em frente ao instituto.

A maioria dos homens acampou nos dormitórios lá em cima. Outros preferiram dormir sentados, encostados nas paredes, sempre em alerta, como se não estivessem abrigados no Centro Fort Street, mas ainda nas ruas perigosas da cidade. Adam passou a noite toda lá, em parte porque não quis empreender outra luta para percorrer os mesmos seis quarteirões traiçoeiros sob o vento cortante, embora já sem neve, e também porque nenhum táxi viria buscá-lo. Ainda que Rafe e Ishmael tivessem se acomodado na pequena sala reservada aos funcionários, Adam não conseguia se imaginar deitando naqueles sacos de dormir cuja limpeza era questionável. Big Bob também permaneceu acordado a noite toda, cochilando de vez em quando nas cadeiras, assim como Adam. Esses cochilos eram pontuados por telefonemas de hora em hora para a polícia e outros abrigos em busca de Júpiter.

Fazia quase 24 horas que Adam chegara ao Centro, fustigado pelo vento e congelado. Às nove da manhã, ele serviu café e roscas, cortesia da padaria local, esperando que Big Bob lhe fizesse um aceno de cabeça e o mandasse para casa, agora que as ruas estavam limpas e as calçadas, levemente desimpedidas. Ele é um voluntário e tanto! Exigem-lhe que cumpra 20 horas semanais de trabalho e cumpriu 24 em um único dia.

– Faz um favor? – pede Big Bob, cobrindo com a mão o bocal do telefone.

– Claro – diz Adam, com um friozinho na barriga. Um favor. Duas palavras que, independentemente da sua posição na vida, sempre tiveram o poder de pôr sua mente para funcionar a todo o vapor na tentativa de encontrar motivos para dizer não. – Manda.

– Vá até o Hospital Memorial e veja se encontra Júpiter.

O ralo cabelo louro de Big Bob está espetado e suas mãos gordas puxam as raras mechas para a frente e para trás como feixes de trigo ondulando ao vento. Seus olhos azuis estão injetados.

– Eu realmente gostaria de ir para casa – argumenta Adam. A última coisa que deseja é ir ao hospital do bairro procurar um indigente que provavelmente morreu congelado num beco por causa da própria imprudência.

– O hospital fica no seu caminho – insiste Big Bob numa voz que não é muito diferente da que Adam costumava usar numa vida anterior: assertiva, impositiva e fechada a qualquer discussão.

– Como vou saber se ele está lá? Não vão me deixar procurá-lo pelos corredores.

– Fale com Pam Stone, a enfermeira-chefe no sexto andar. É onde ele deve estar, se tiver ido parar lá. Ela vai ajudar.

– Você não pode simplesmente telefonar e perguntar isso a ela?

Big Bob se levanta da cadeira com esforço e espalma as mãos sobre a mesa. Adam pensa no Incrível Hulk.

– Ela não pode dar essa informação.

– Então, eu entro lá, pergunto por um maluco com um gorro de lã, que provavelmente está afirmando ouvir vozes do espaço sideral, e eles me mostram o caminho?

– March, não usamos essa palavra aqui. E ele pode estar inconsciente, incapaz de dizer quem é.

– Ou morto – acrescenta Adam.

Big Bob senta-se pesadamente em sua velha cadeira, voltando à condição pré-Hulk:

– Ou morto. Cheque no necrotério.

◆◆◆

Diferentemente da decoração espalhafatosa do saguão, o sexto andar da área médica é um mergulho abrupto nos anos 1950. Localizado na ala mais antiga do hospital municipal, esse é o único andar intocado por reformas. Cheira a hospital de pobres e indigentes. É um odor similar ao do Centro: desinfetante e roupa suja. A iluminação que vem do teto empresta um brilho esverdeado ao linóleo lascado. Uma barra foi presa, na altura do quadril de uma pessoa, a uma parede bege, que ostenta uma única aquarela desbotada para quebrar a monotonia. Uma cadeira de rodas é o único tráfego no corredor. Adam passa por seu ocupante sem sequer lançar-lhe um olhar.

– Estou procurando a enfermeira Stone – diz Adam a uma jovem voluntária, que traz um sorriso artificialmente animado no rosto desconsolado, o aparelho ortodôntico cintilando à luz esverdeada.

– Ela está com um paciente.

– Eu aguardo.

Não há cadeiras nas proximidades, por isso Adam pousa um cotovelo no balcão do posto de enfermagem e apoia o queixo na palma da mão. O leve ruído que vem das lâmpadas no teto parece produzir um efeito Doppler, pois ele sente o sono bater. Agudo e grave, agudo e grave. Escorregando para o mar aberto da exaustão, Adam luta para manter os olhos abertos.

– Posso ajudá-lo?

Adam desperta assustado e fica envergonhado ao sentir uma leve umidade no canto da boca. Uma mulher alta de meia-idade está diante dele, o jaleco rosa-shocking como um flash colorido no corredor bege.

– Estou procurando um homem. Um dos nossos...

Adam hesita. Qual é mesmo o termo que Big Bob usa para se referir aos sem-teto?

– Um dos nossos hóspedes no Centro Fort Street. Ele não apareceu durante a tempestade. Tem problemas mentais, e Bob Carmondy acha que talvez esteja aqui.

– Qual é o nome dele?

Maldito Big Bob, que não disse o nome verdadeiro do sujeito.

– Não sei ao certo. O pessoal o chama de Júpiter.

Pamela Stone aperta os braços cruzados de encontro ao estômago. Adam olha para o chão, incapaz de encarar aquele olhar reprovador. A enfermeira está calçando sandálias Crocs, também rosa-shocking.

– O senhor sabe que não posso lhe dizer quem são os nossos pacientes, não?

– Claro que sei, mas Bob disse que a senhora talvez pudesse ajudar. Só queremos ter certeza de que ele está bem.

– Se por acaso, andando aí pelo corredor, o senhor descobrir que um amigo seu está aqui, não há nada que eu possa fazer. Aliás, o senhor é o parente mais próximo...

– Mas eu não...

Pam Stone ergue um dedo para interrompê-lo, quase tocando os lábios de Adam.

– Como não ouvi o senhor dizer que não era, tenho que partir do princípio que é.

Adam se aproxima do ouvido da enfermeira.

– Eu nem sei o nome verdadeiro do cara.

Depois fica constrangido ao pensar em seus dentes sem escovar, no corpo sem banho.

– Abernathy. Charles Abernathy – diz Pam Stone antes de se afastar.

Muito bem, missão cumprida. Júpiter está aqui. Posso ir para casa. Adam tira o celular do bolso, pensando em ligar para Big Bob e depois chamar um táxi.

– Celulares são proibidos aqui. Interferem nas máquinas.

A voluntária novinha com o avantajado aparelho ortodôntico balança um dedo na cara dele e diz, franzindo a testa:

– Detesto essa regra.

Enfiando o celular de volta no bolso, Adam caminha em direção ao elevador. Uma janela grande no final do corredor filtra a claridade de inverno através de uma tela metálica, o brilhante raio de luz forçando Adam a entrefechar os olhos. Ele passa por quatro portas amplas o bastante para permitir a passagem de cadeiras de rodas, cada qual se abrindo para um quarto ocupado. A claridade faz Adam desviar os olhos para dentro dos quartos, mas a arrumação das camas o impede de ver os pacientes. A quarta porta dá num quarto maior, que abriga três camas. Recostado no leito mais próximo da janela e mais visível do corredor repousa a forma magra de Júpiter. Pelo menos Adam acha que é ele. Esse doente foi barbeado recentemente e está sem gorro. O cabelo espalhado no travesseiro é amarelado e entremeado de fios brancos. Comprido mas penteado, como se alguém tivesse cuidado dele. Uma onda de pânico embrulha o estômago de Adam e ele não consegue decidir se foge ou se entra para fazer uma visita a um homem que só conhece de vista, do outro lado do balcão de comida.

Júpiter – Charles Abernathy – o vê.

Há um momento crucial durante o qual Adam poderia continuar andando e fingir não ter visto o homem. Poderia seguir em frente, semicerrando os olhos para protegê-los da claridade no final do corredor. Então ligaria para Big Bob e voltaria para casa. Favor feito.

Mas Júpiter sorri – um sorriso automático de quem vê um rosto familiar. Apesar da distância entre os dois, ele reconhece Adam e, como se mendigasse na rua, chama:

– Ei, companheiro!

Porra.

De repente, a parca de Adam parece pesar uma tonelada. Ele abre o zíper e se livra do casaco, entrando em seguida no quarto e parando ao pé da cama.

– Como você está? – indaga, com um sorriso forçado de comercial de pasta de dentes.

– Meio sem graça. Às vezes eu acho que posso ficar sem meus remédios, mas invariavelmente fica provado que estou errado. Vão me mandar de volta para o sanatório para eu me ajustar – responde Júpiter, fazendo uma careta ao pronunciar a palavra *ajustar*. – Mas preciso lhe pedir um enorme favor – acrescenta, quase como se estivesse à espera de Adam.

Dois favores em um único dia. Adam cerra os dentes.

– Vamos ver se posso ajudar.

– O meu cachorro – explica Júpiter, com os olhos começando a marejar. – Não sei onde ele está.

– Ele vai ficar bem.

– Não. Preciso saber se ele está bem. Preciso saber onde ele está.

– Ele tem uma placa de identificação. Alguém vai tomar conta dele.

– Que nada, aquela placa é velha. E era de outro cachorro. Só coloquei para não me chatearem.

– Mesmo assim, não se preocupe com isso. Agora você precisa pensar apenas em si mesmo.

Júpiter começa a chorar de verdade.

– Não posso deixar de me preocupar. E se fico preocupado, não consigo prestar atenção no que os médicos dizem. – De repente, Júpiter se põe sentado. – Vou cair fora daqui. Me dá a minha calça.

– Não. Fique onde está.

Merda, agora ele vai ser o responsável pelo sumiço, pela saída sem autorização médica ou sabe-se lá o nome que se dá ao ato de deixar o hospital sem receber alta.

– Não posso. Benny é a minha vida.

Júpiter agora chora a plenos pulmões, inconsolável. Gira as pernas magrelas para fora da cama. Os fios que se enroscam sob o tecido fino da camisola hospitalar ficam tão esticados que quase derrubam o monitor que registra os sinais vitais do paciente. Uma campainha ecoa pelo corredor.

– Tudo bem, tudo bem. Acalme-se. Eu vou, eu vou.

Adam quer que Júpiter volte para a cama. A visão daquelas pernas magrelas com as veias saltadas e os joelhos protuberantes é íntima demais. É mais fácil dizer que vai procurar o cachorro do que lutar com o cara e botar aquela enfermeira rosa-shocking contra ele.

– Vai mesmo? Promete?

As lágrimas cessam e um sorriso de dentes tortos aparece.

– Volte para cama que eu vou descobrir o paradeiro dele.

Jupe concorda e Adam sai a toda na direção do elevador.

– Cuide dele até eu sair daqui. Não vai demorar, prometo. Obrigado. Obrigado. Obrigado.

A porta do elevador silencia o som dos gritos felizes e agradecidos de Júpiter.

CAPÍTULO 20

Estou mandando. Cala a boca. Eu estava farto do meu mentor. Só Deus sabe o que deu em mim para achar que esse borra-botas chorão, barulhento, covarde e medroso merecia a minha adulação. Repeti várias vezes que ele precisava dançar conforme a música e parar de morder toda vez que alguém aparecia para alimentá-lo. Mas ele não me ouviu. Como um animal pode ser tão burro? Ele não conseguia suportar a dor da separação de seu humano. Francamente, não entendo. Sei que muitos da nossa espécie criam vínculos com humanos, formam duplas, mas essa sua devoção escrava me parecia meio exagerada. Somos cães. Não se espera que nos lembremos de muita coisa além daquilo para o que fomos treinados. Bola pra frente.

Eu, por outro lado, tive um desempenho digno de Oscar. Adooooro gente. Tudo o que quero é um beijinho no meu focinho feioso, um lar onde o rango corra solto e abundem brinquedos de borracha. Eu realmente contava que a reprise do meu último desempenho me arranjasse outro lar de onde eu pudesse fugir com facilidade. Mas não antes da primavera, claro. Chega de invernos na rua. O que eu não contava era com a falta de interessados em adoção no mês de fevereiro. Parece que as pessoas só querem um animalzinho na primavera ou não estão a fim de dar passeios diários com a temperatura perto de zero e o vento gelado como uma lufada do ártico. As pessoas realmente só querem cachorros quando está calor. Fiquei desanimado.

Os funcionários eram gentis e a minha vida pregressa me habituara a viver enjaulado, mas eu estava entediado. A essa altura já me acostumara a ir e vir como bem entendia, circulando pelo meu território demarcado, cumprimentando os vizinhos, checando as lixeiras. Fora o passeio diário na coleira e as duas refeições diárias, eu não tinha muito com que me ocupar. Eu dormia. O que é divertido, mas na verdade eu sentia vontade de ver alguns velhos amigos. Depois que meu mentor desapareceu pela porta no final do corredor – de onde ninguém retorna –, perdi todos os conhecidos dos meus tempos de rua.

Isso já bastava para fazer um cão adulto morrer de tédio.

CAPÍTULO 21

Se Adam achava que o hospital fedia, o abrigo municipal de animais lhe causava ainda mais repulsa por causa do cheiro pungente de urina. Mesmo na recepção impecavelmente limpa, ele conseguia sentir o odor persistente dos hóspedes.

– Vim procurar o cachorro de um cara que está no hospital.

Adam esperou três dias para começar a caçada ao cão de Júpiter. Ao sair do hospital, foi direto para casa e dormiu o resto do dia. Depois de acordar apenas para comer uma tigela de cereais, voltou a dormir. Foi a primeira vez em meses que não tomou sua dose de uísque nem sonhou. Quando o táxi parou diante do seu prédio, Adam pagou a corrida e atravessou a rua na direção da loja de peixes ornamentais. A porta estava fechada, mas ele pôde ver o brilho verde azulado da iluminação dos aquários. Gina provavelmente esperou a tempestade passar e foi para casa, pensou ele.

Nos dois dias seguintes Adam se viu ocupado demais com compromissos, advogados, psiquiatra e lavanderia para ao menos procurar o endereço do abrigo municipal de animais.

– Quando foi que ele perdeu o cachorro? – pergunta uma encarregada.

– Não sei. Acho que foi durante a tempestade – responde Adam à jovem com o cabelo preso em um rabo de cavalo, jaleco lilás e sandálias Crocs combinando. Será que todo mundo usa esses sapatos esquisitos? Como é possível diferenciar as enfermeiras das atendentes ou as veterinárias das recepcionistas hoje em dia?

– Qual é a raça do cão?

Adam tenta se lembrar do encontro com Jupe na rua ou na varanda do centro.

– Não sei. Tem pelo curto, escuro. – Havia prestado tão pouca atenção ao cachorro que era como tentar lembrar-se de um detalhe da vida de alguém. – Acho que tem um pouco de branco no pelo também. É mais ou menos desta altura – calcula, indicando os próprios joelhos. – Seu nome é Benny.

– Um terrier?

– Não, mais parecido com um boxer, mas com rabo.

Adam agora ganha mais confiança, mais certeza da descrição.

– Pit bull?

Ele dá de ombros:

– Sei lá. Pode ser.

A moça belisca o lábio inferior com dois dedos.

– Vou ter que falar com o veterinário. Preencha isto com as informações que tiver – instrui a moça, prendendo um formulário a uma prancheta da qual pende uma caneta atada a um barbante, e empurrando-a por sobre o balcão na direção de Adam. – O bem-estar do animal é a nossa prioridade.

– Quer dizer que devolver o cachorro a seu dono é prejudicial a ele?

A moça parece aflita.

– Por favor, espere aqui – diz ela, apontando para um par de cadeiras de plástico cor de laranja.

A boca de Adam está seca. Segundo o Dr. Stein, ele pode começar a identificar os sintomas de raiva observando sua postura e o gosto em sua boca. As mãos estão tremendo? A ideia é respirar fundo e mentalmente livrar-se da irritação antes que ela cresça demais. Na recepção do abrigo há um filtro de água gelada, mas não há copos. Adam fica tentado a pôr a boca sob a torneirinha e beber um gole. Baixa os ombros e depois os gira, para cima e para baixo, para aliviar a tensão. Vira a cabeça para um lado e para o outro e depois a inclina para a frente e para trás. Pronto. Agora, sorria. Adam se orgulha de estar lidando um pouco melhor com as frustrações do que no passado. Atualmente a demora nas entregas dos correios ou os engarrafamentos no trânsito não o irritam tanto quanto antes. Ele não atribui isso ao ritmo lento dos seus dias nem à falta de um trabalho gratificante. Acha simplesmente que está progredindo na direção daquilo que o Dr. Stein chama de "equilíbrio".

– Senhor...

Um sujeito grandalhão usando um rabo de cavalo entra, apressado, pela porta de vaivém que separa a recepção do restante da instituição. Veste um jaleco azul e, previsivelmente, Crocs azuis.

– March. Adam March.

– Sou o Dr. Gil.

O nome no crachá diz outra coisa: Gilbert Dufrense. *Dr. Gil.* Quanta simpatia. Deve encantar as senhorinhas que têm gatos.

Adam entrega a prancheta ao veterinário e aguarda em silêncio enquanto o homem estuda o formulário preenchido.

– O cão não é seu? – indaga ele, olhando para Adam pela primeira vez.

– Suponho que seus funcionários tenham lhe explicado a situação. Tenho um amigo doente cuja única preocupação é recuperar seu cachorro.

O Dr. Gil pousa a prancheta no balcão e aponta na direção das duras cadeiras de plástico. Adam não faz qualquer movimento para se sentar. Essa missão já ocupou metade da sua manhã.

– Sr. March, temos uma política aqui.

– O cachorro não está com vocês?

– Creio que esteve, sim.

– Duas coisas me vêm à cabeça: primeira, como o senhor sabe se o cachorro desse indivíduo está ou não aqui, já que nenhum de nós foi olhar? Segunda, os direitos civis de um homem doente estão em perigo.

Adam gostaria de ter se barbeado e vestido outra coisa que não a calça jeans habitual e o moletom desbotado dos Red Sox.

Os dedos do veterinário de jaleco azul acariciam o queixo numa atitude pensativa. Adam nota que as mãos do médico estão metidas em luvas de látex, como se ele houvesse se esquecido de que a finalidade das luvas é mantê-lo a salvo de contaminação.

– Dois cães da raça pit bull deram entrada aqui. Um nós já conhecíamos. O outro se mostrou... hostil.

– Benny provavelmente não seria hostil – comenta Adam, dando de ombros.

Está tentando imaginar se algum dia viu o cão de Jupe agir de forma hostil ou amistosa. Não se lembra, mas a lógica diz que o cachorro de um sem-teto agirá de um jeito ou de outro. Deve ser sintomático o fato de não se recordar de ter visto nenhum dos outros homens brincar com o cão.

– Por que não facilitamos as coisas indo ver se o cachorro está aqui? – sugere Adam.

Subitamente, o Dr. Gil arranca as luvas, dobra-as juntas e as atira na cesta de lixo por cima do balcão alto, como se isso fosse o ápice do seu dia.

– O.k.

Os dois atravessam um corredor curto, passando por portas com placas identificadoras: CIRURGIA, SALA DE EXAME 1, SALA DE EXAME 2, ADOÇÕES.

No final do corredor há uma porta sem identificação e o Dr. Gil a empurra, revelando uma cacofonia de latidos, gemidos, ganidos, rosnados e uivos. O barulho equivale ao do pregão da Bolsa de Valores. As vocalizações são acompanhadas do som de portas de metal sendo sacudidas, tigelas de ferro sendo empurradas, unhas arranhando o chão de cimento. O cenário faz lembrar filmes de prisão.

– Estes cachorros estão aqui para adoção?

– Alguns talvez sejam adotados. Outros vão para pais de criação.

– O que significa... – Adam sabe o que isso quer dizer quando se trata de crianças. Parece mais humano quando aplicado a animais. Mais generoso.

– Que são levados para lares temporários para testar se funcionam como animais de estimação.

– E os que são adotáveis? São mesmo adotados?

– Nem sempre.

Como ele. Adam se lembra bem da assistente social explicando que não havia esperança de encontrar um lar de verdade para ele.

– Você agora é um rapazinho, Adam – disse ela, como se estivesse lhe dando uma boa notícia. – Logo, logo será adulto e dono do próprio nariz.

Adam olha para os focinhos encostados nas grades e imagina que os animais não tenham noção da própria desesperança. O fedor lhe causa repulsa, um misto de jornal molhado, desinfetante e cheiro de cachorro. O veterinário caminha na frente, apontando para cada gaiola, identificando as raças mais próximas às características dos ocupantes.

– Pastor alemão?

– Não.

O cachorro marrom e preto de porte médio e com uma orelha em pé arreganha de leve o lábio com indiferença.

– Beagle?

Definitivamente uma aparência de cão de caça. Olhos chorosos e uma expressão de culpa.

– Não.

– Border collie?

– Olhe, eu disse que era um cachorro preto e branco de pelo curto – insiste Adam, enquanto o peludo border collie o contempla com um olho azul e o outro castanho.

– A descrição de cães é mais arte que ciência. O que uma pessoa descreve como vira-lata, outra pode descrever como labrador.

Os dois homens alcançam o fim do corredor. Ainda falta um cachorro, mas Adam já chegou à conclusão de que o cão de Jupe se foi há muito tempo. Está prestes a indagar se existe outro abrigo na cidade quando vê o último animal. Este se encontra em um pequeno cercado e não numa gaiola. Não há nada lá dentro exceto o cachorro e uma tigela de água, como se ele estivesse ali apenas para mudar de cenário. Como se fosse partir em breve. Como se estivesse no fim da linha.

É um cão malhado, uma orelha caída e a outra cortada pela metade; uma pincelada branca no peito, no qual se vê uma cicatriz comprida, estreita, de aparência ainda feia, que reluz, rósea, à luz fluorescente do canil. Senta-se com uma dignidade muda em meio aos companheiros barulhentos. Adam fica de pé diante da porta trancada do cercado, os dedos apertando o metal da tela, encarando o cachorro, querendo que ele seja o de Jupe. O animal ergue os olhos para encontrar os dele. A boca se abre; uma língua comprida e larga rola para fora. Ele se põe de pé e balança levemente o rabo de um lado para outro. Sua expressão é a de quem tem uma última esperança na vida.

– É este.

– Tem certeza?

Certeza é exatamente o que Adam não tem.

– É ele.

– O senhor não pode adotar em nome de outra pessoa.

– Então, serei um dono “temporário” até Charles voltar para casa.

– Escute, sei que está tentando fazer um favor a um amigo, mas essa não é a nossa política – explica o Dr. Gil, com a mão sobre o cadeado. O cachorro inclina a cabeça, ansioso para saber a continuação da história. – Principalmente quando se trata de pit bulls.

– Logo o senhor, um veterinário, prefere destruí-lo a lhe dar uma chance de ser salvo?

– Ele tem cicatrizes. Já participou de lutas. Em geral, essa raça não serve como animal de estimação.

– Mas ele já é um.

Adam sente a raiva brotar. Não é homem de ouvir um não. É um homem que diz não.

– Eu pago fiança – diz ao veterinário.

Faz-se um longo e desconfortável silêncio enquanto os dois se encaram olho no olho. Finalmente, o Dr. Gil balança a cabeça:

– O senhor tem que preencher os papéis de adoção, provar que é proprietário ou que o seu locador permite cães no imóvel.

– Tenho uma ideia melhor – argumenta Adam, de olho em uma prateleira cheia de correntes e guias. – Eu levo o cachorro e faço uma bela doação ao abrigo – conclui, puxando da prateleira uma guia.

– O senhor vai pagar a taxa habitual de adoção, de 200 dólares, e assinar um documento que diz que não passará o cachorro adiante.

– Salvo para o seu legítimo dono.

– Que irá nos devolver o cachorro caso decida não ficar com ele. Essa é a nossa política – insiste o veterinário, cruzando os braços sobre a barriga volumosa.

Adam não sabe por que está discutindo com o Dr. Gil, mas não está disposto a ceder a esse sujeito pomposo que provavelmente não conseguiu ser um médico de verdade e por isso cuida de animais. Não vai permitir que esse Sr. Azulão o impeça de levar esse cão idiota, que acabará sendo destruído de qualquer jeito. Adam sabe que é dinheiro perdido. Ninguém vai recompensá-lo por tirar esse cachorro daqui. Ninguém irá chamá-lo de benfeitor da humanidade. Nem vão elegê-lo pai adotivo do ano durante o tempo em que se dedicar a transformar num inferno a vida de alguma criança inocente, ameaçando usar o cinto se vir uma toalha jogada no chão.

Adam se recompõe. Que porra deu nele? De repente se vê com a prancheta na mão, do lado de fora do abrigo, devendo mais 200 dólares ao cartão Visa – quantia que não tem qualquer esperança de recuperar – e segurando a guia de um cão que tem quase certeza de não ser o certo.

Os dois param na calçada, esperando para atravessar a rua e chegar até o carro. Adam baixa os olhos para o cachorro. O bicho está olhando para ele, a língua pendendo para que todos vejam como é feliz.

– Acho bom você ser o Benny.

Puxa com força a guia e a dupla atravessa a rua.

CAPÍTULO 22

– Resgatei o cachorro – diz Adam, entrando no escritório de Big Bob. – Agora o que eu faço com o bicho?

– Jupe está aqui.

Uma leve camada de suor brota na testa de Adam. Graças a Deus. Ao contrário do que garantiu ao veterinário, Adam não tem a menor intenção de levar o cachorro para casa. Neste exato momento, o cão está sentado no banco traseiro do Lexus, com uma fresta de janela aberta, o assento de couro cor de creme coberto por uma toalha. Adam não tem como saber se ele vai ficar quieto ou acabar com o carro.

– Jupe está bem?

– Ele melhorou. Está mais centrado. Vai ficar feliz de ver o cachorro. Desde que chegou só fala nisso, que você vai encontrá-lo. Desculpe ter te arrumado esse abacaxi, cara, mas você vai ganhar mérito por essa boa ação – acrescenta Big Bob, usando um eufemismo para pontos ganhos no serviço comunitário.

Todas as horas trabalhadas são documentadas, cada hora passada no centro significa uma hora a menos a cumprir. "Mérito", no léxico de Big Bob, significa uma hora extra de serviço descontada. Claro que Adam acabou de gastar uma manhã inteira e 200 dólares para prestar esse serviço, no entanto, decide não falar nada.

– Vou buscar o cachorro.

O interior do carro cheira a uma mistura de xampu medicinal e mau hálito. O animal o saúda como se reencontrasse um velho amigo, abanando o rabo, deixando a língua pender em uma careta feliz.

– Venha. Seu dono quer dar uma palavrinha com você – diz Adam antes de fazer o cachorro subir com ele pela escada dos fundos.

Jupe aguarda no refeitório vazio. Já passa bastante do horário do almoço e a maioria dos homens foi embora ou se acomodou na sala de recreação. As mesas estão desarmadas e encostadas na parede. Jupe usa seu gorro de lã novo, e a jaqueta do Exército está abotoada até o pescoço. Adam pode perceber que seus olhos estão nublados pelo conforto das drogas lícitas. Ele parece alguém que se vê em terra firme após uma longa viagem pelo mar.

Adam imagina que essa calma induzida vá para o espaço quando Jupe se deparar com o cachorro perdido. Sua intenção é entregar a guia ao dono e se mandar antes que o homem tenha tempo de lhe dar um abraço agradecido. A última coisa que Adam quer é um abraço. Já é tarde e ele está louco para voltar para casa, abrir a garrafa de uísque e relaxar em frente à TV. Isso é tudo o que deseja. A solidão de um lento torpor.

– Este não é o Benny.

– Claro que é – afirma Adam enfiando a guia na mão de Jupe. – Pegue.

O cachorro se senta e olha para Adam, depois para Jupe e para Adam novamente.

– Eu conheço meu próprio cachorro. Não é este. Deve ser um vira-lata qualquer.

– Olhe, ele era o único...

As lágrimas começam a rolar pelo rosto encovado de Jupe, que não faz qualquer gesto para enxugá-las.

– Benny! O que aconteceu com ele? Você procurou em todos os lugares?

Adam cutuca com a extremidade da guia a mão fechada de Jupe.

– É um cachorro legal, fique com ele.

De repente, a expressão no rosto de Jupe muda e é possível ver um lampejo do antigo professor, pai ou marido.

– Você acha que é fácil assim transferir afeto? Você acha que poderia amar uma criança estranha que lhe fosse entregue para substituir seu filho? Será que você faz a mínima ideia do que seja amar alguém ou alguma coisa? Meu cachorro é meu amigo, companheiro, minha proteção nas ruas. Não amei o bastante a minha família nem a mim mesmo, mas amo Benny.

Depois, de forma igualmente repentina, Jupe volta a ser o homem árido, de rosto encovado, de um instante atrás. Em seguida, dá de ombros e se afasta de Adam e do cão.

O cachorro se põe de pé, estremece e boceja.

Adam engole em seco. Seu peito parece oco como o do Homem de Lata. Pode ouvir o coração pulsar em seus ouvidos. Sabe que precisa assumir o controle, mas está paralisado, incapacitado. Sente o cachorro cutucar-lhe a perna, como se quisesse dizer "Vamos embora".

Big Bob assistiu a toda a cena, assim como Rafe, que está de pé à porta da cozinha, as mãos de folha de palmeira alisando o rosto. Adam pensa ter ouvido gargalhadas, discretas manifestações de graça às suas custas. O familiar bolo de frustração lhe embrulha o estômago, atiçando a raiva prestes a explodir. Tentou fazer uma boa ação e acabou se dando mal.

– Cara, que cachorro legal – exclama Rafe, num tom apenas uma nota abaixo da gozação. – Vou arrumar algo para ele comer.

Adam demora a se virar, custando a concluir se Rafe está zombando dele ou sendo sincero.

– Bem, você tentou – consola Big Bob sem se aproximar muito. – Acho que vai ter que ficar com ele ou devolvê-lo.

– É. Que maravilha.

Adam tinha um encontro marcado com um cliente em potencial para meia hora depois, do outro lado da cidade.

– Dá para ele ficar aqui até eu voltar?

– Não. Acho que não seria uma boa ideia.

– Eu não posso ficar com ele.

– Deixe-o no abrigo a caminho do seu compromisso.

– Não vai dar tempo. Por favor. Encontrei a droga do cachorro, ou pelo menos achei um que se parece com ele. O mínimo que você pode fazer é ficar com o bicho por umas horinhas.

– Não, sinto muito. Está frio lá fora, ele pode esperar no seu carro.

Adam puxa com força a guia presa à coleira de metal e arrasta o cachorro para fora do refeitório, a caminho do corredor dos fundos. Rafe está lá com um prato de sobras de comida e uma tigela de água. O cão devora rápida e ruidosamente a gororoba no prato e bebe até o fim a água da tigela. Rafe o observa com a mesma satisfação com que admira os homens saboreando a sua comida.

– Ele está com uma baita fome.

– Quer para você?

Rafe faz um muxoxo.

– Não dá. Onde moro é proibido ter animais.

– Sorte sua.

– Além disso, minha mulher ia me matar se eu levasse um cachorro desses para casa.

Adam fica perplexo. Rafe jamais mencionou uma esposa antes. Por outro lado, ele também não. É como se a vida dos dois começasse e acabasse naquele casarão vitoriano. Suas conversas giram em torno de esporte e política, as diferenças entre eles deixando muito pouco território em comum. Nenhum dos dois fala de sua vida particular.

– Ora, quem sabe ela muda de ideia.

Rafe alisa o rosto com as pontas dos dedos, como se pensasse no assunto.

– Não.

Adam aperta com mais força a guia e arranca o cachorro da frente do prato que ele ainda continua a lamber.

◆◆◆

Adam abre a porta de trás do Lexus. Durante a hora e meia que passou refestelado no banco traseiro enquanto Adam fazia de tudo para impressionar empresários que aparentavam não ter mais que 12 anos de idade, o cachorro conseguiu empestear o carro com seus peidos e emporcalhar a porta e as janelas com marcas de focinho. A cara dele se abre num sorriso quando balança a língua ao ver Adam chegar. O rabo sacode, nocauteando o couro clarinho.

Adam agarra o cão pela coleira e o tira do carro, marchando com ele até a porta do abrigo de animais. Um recuo estratégico é uma atitude mais honrosa do que a derrota total. Vai devolver o cachorro, tentar pegar seu dinheiro de volta e esquecer aquela confusão.

Fechado.

Porra. São só quatro da tarde. Que raio de expediente é esse?

Adam dá uma olhada em volta, à procura de um lugar onde amarrar o cão. Talvez possa simplesmente deixá-lo ali e depois gravar uma mensagem na secretária eletrônica do abrigo explicando seus motivos. Com certeza algum funcionário aparece no fim de semana para alimentar os animais. Tão rápido quanto a ideia ocorre, ele a descarta. Provavelmente será denunciado por crueldade se agir assim. A última coisa que Adam March precisa é de mais problemas. Na semana que vem, ele irá se encontrar com o juiz Johnson e tem esperança de que o magistrado lhe dê uma folga, talvez até suspenda temporariamente a sua sentença.

– Muito bem, seu idiota, acho que você vai ter que ficar comigo.

Adam enfia de novo o cachorro no Lexus imundo e ruma para casa.

CAPÍTULO 23

Adam tem apenas uma vaga noção de como cuidar de um cão. Jamais teve um, nunca permitiu a presença de um em casa, embora Ariel tivesse implorado várias vezes ao pai que lhe desse um animalzinho de estimação, um labrador negro e gordo como os que todas as outras crianças ricas arrastavam diariamente para passear.

– Por que não? Por que não podemos ter um?

A resposta de Adam era sempre um inequívoco não. Vez por outra, ele jogava a culpa em Sterling.

– Não seria justo com a sua mãe. Ela já tem muita coisa para fazer.

O que, mesmo sendo pequena, Ariel não engolia. Adam arrumou desculpa melhor:

– Não seria justo com... – dizia ele, acrescentando o nome da governanta do momento – porque ela já tem muita coisa para fazer.

Ariel precisava se contentar com os cavalos, que, pelo menos, moravam em outro lugar.

Assim, ver-se em seu quarto e sala cara a cara com o cachorro menos atraente que já viu faz Adam ter certeza de que pirou de vez.

O cão, com seu pelo tigrado e aquela estranha orelha pela metade, fica sentado olhando para ele. De vez em quando sua boca se abre e a língua pende para fora. Ele emite uma espécie de suspiro, passa a língua no focinho, primeiro para a direita, depois para a esquerda, antes de finalmente devolvê-la à boca, o tempo todo mantendo os olhos em Adam, como se esperasse um discurso ou um show de sapateado. Ou uma briga.

– Não se espalhe muito. Amanhã você vai embora – diz Adam enquanto balança um dedo na direção do cachorro.

Sorvendo o último gole de uísque que restou no copo, Adam se dirige para o quarto e fecha a porta atrás de si. Deixa as roupas caírem no chão, enche novamente o copo, usando a garrafa que fica na mesinha de cabeceira, e se deita, tomado por uma onda de exaustão que o impede até mesmo de ler o artigo da *Business Week*. Terminado o uísque, apaga a luz.

No mesmo instante, ouve o som de unhas arranhando a madeira.

– Vá dormir.

Rec, rec. Como um predador das histórias de Stephen King.

– Para com isso.

O som se torna rítmico, persistente.

– Já chega!

Se essa droga desse vira-lata danificar a madeira, com certeza o senhorio não irá devolver o valor da caução no dia em que ele se mudar dessa pocilga. Adam dá um salto da cama e escancara a porta.

O cachorro está sentado, o rabo varrendo o chão para lá e para cá, a boca aberta. *Au. Au.* Soa quase como uma sílaba. Ele fica de pé, a própria imagem da felicidade, ao ver Adam na sala.

Adam bate a porta, volta para a cama e cobre a cabeça com um travesseiro.

◆◆◆

Para variar, dorme até tarde. Grogue depois do inusitado sono pesado, Adam sai do quarto e quase pisa no montinho de cocô depositado cuidadosamente em frente à porta. O cão dorme a sono solto no sofá.

◆◆◆

Os gritos e cacarejos dos dois papagaios dentro da loja de Gina DeMarco aumentam quando Adam e o cachorro entram. Gina está inclinada sobre um aquário de peixes ornamentais pousado numa das prateleiras inferiores. O jeans de cintura baixa deixa aparente o sedutor espaço logo abaixo da última vértebra da coluna. Ela fica em pé, a boca esboçando um discreto sorriso surpreso que rapidamente desaparece.

– O que temos aqui? – indaga, dando um passo para o lado a fim de avaliar o cachorro, voltando em seguida os olhos para Adam. – Jamais imaginei que você fizesse o gênero pit bull.

– Não faço.

O cachorro estica o pescoço, forçando a coleira tipo enforcador, na tentativa de se aproximar da gaiola dos papagaios.

– Certo. Então o cachorro que está com você não é um pit bull.

– É uma longa história – esclarece Adam, puxando o animal para perto de si.

– Onde o arrumou?

– No abrigo.

O desdém de Gina desaparece de repente, sendo substituído por uma aprovação cheia de ironia.

– Uau! Sorte sua. Os melhores cães são os resgatados. Parece que sabem que foram salvos. Tenho três galgos...

– É temporário. – Adam não está interessado em recitar toda a triste história, quer apenas comprar um pouco de ração. – Não vou ficar com ele.

– Guarda temporária é bacana também.

Guarda temporária. A expressão não tem uma conotação positiva para Adam.

– Não. Não é guarda temporária.

Gina ignora a declaração, como se Adam fosse um garotinho se recusando a comer ervilhas.

– Como ele se chama?

– Não tem nome. Não precisa de nome. Vou devolvê-lo ao abrigo assim que abrir.

– Por que o pegou se não vai ficar com ele? Ele é uma criatura viva. Você não pode chegar à conclusão de que não serve e devolver como se fosse uma droga de camisa.

– Como eu disse, é uma longa história. Eu estava tentando encontrar o cachorro de um cara, mas não é este. Ele volta para o abrigo.

O cachorro está novamente esticando o pescoço, forçando a coleira, o focinho castanho-claro em ação.

– Dê uma chance a ele.

Adam dá um puxão e o cão se senta.

Gina se inclina sobre o balcão, expondo a pele acima do cós do jeans.

Ela enfia a mão num vidro e tira dele um biscoito canino. Com cuidado, se aproxima do animal, que tem os olhos fixos no petisco. Ele abaixa a cabeça e passa a língua nos lábios.

– Ei, garoto.

Gina oferece o biscoito e o cachorro exibe boas maneiras ao tirá-lo com delicadeza da mão da moça. Ela endireita o corpo e sorri.

– Parece bonzinho. Acho que você deveria ficar com ele.

A ideia de acrescentar um cachorro feioso à sua lista de preocupações é absurda. Adam desconhece a política do seu prédio em relação a animais, mas pode apostar que não deve ser favorável a cães como aquele.

– Não posso ficar com ele.

Gina estende a mão e toca no braço de Adam, como se o consolasse.

– Claro que pode – diz ela, e Adam percebe aquele sutil sotaque sulista. – Ele gosta de você.

A sensação da mão dela em seu braço agrada Adam, o toque persuasivo de alguém que se acha capaz de fazê-lo mudar de ideia.

– Mas eu não gosto dele.

– Vai gostar. Ele é uma graça.

Adam solta uma gargalhada.

– Não exatamente. E ele baba. E fede.

– Ele é um cachorro.

Gina passa a mesma mão que tocou o braço de Adam na cabeça do cão, que estremece sob o carinho. Ela tatibitateia com ele, depois olha para Adam e solta um suspiro.

– Pode ser muito gratificante resgatar um animal que teve um começo difícil e lhe dar uma vida satisfatória. Fiz isso com galgos, e vários amigos meus adotaram pit bulls.

– Não adianta, eu já disse: não vou ficar com ele.

– Então por que o trouxe aqui?

– Não tenho o que dar para ele comer.

Gina agora olha para Adam claramente desapontada.

– Dê uma chance a ele. Você nunca precisou que alguém fizesse isso por você?

Adam quase ri da sinceridade dela, do final feliz que Gina pretende produzir.

– Sempre criei minhas próprias oportunidades.

– E veja aonde isso o levou.

– Como assim?

– Vejo você ali, olhando pela janela o dia todo. Perde muito tempo para alguém que tem coisa melhor para fazer.

Adam sente o rubor começar a lhe subir pelo rosto, a irritação vibrando por baixo da pele, a necessidade de revidar.

Gina vira as costas e deixa Adam sozinho enquanto se dirige aos fundos da loja. Volta com um pequeno saco de ração, duas latas de ração úmida e uma bolinha de tênis.

– Isso dá para uns dois dias. Não se esqueça de lhe dar água também.

Com cuidado, ela oferece ao cão mais um biscoito.

– Acho que você está cometendo um erro – diz Gina.

– Se acha ele tão maravilhoso assim, por que não o adota?

– Eu adoraria, mas tenho os três galgos, que ocupam um bocado de espaço.

– Quanto lhe devo? – indaga Adam, pegando a carteira no bolso de trás.

– É um presente. Para o cachorro. Jogue a bolinha para ele de vez em quando. O exercício vai fazer bem aos dois.

– Não. Sem presentes. Quero pagar.

– Esqueça.

Gina aperta a boca e cruza os braços, as mãos definitivamente se recusando a aceitar dinheiro dele.

Adam não sabe exatamente o que fez de errado, mas alguma coisa ele fez. Todas as mulheres têm esse inefável poder de transmitir decepção sem palavras, e ele está engolindo uma boa dose de desapontamento dessa mulher que mal conhece. Ela põe a ração numa sacola e a entrega a ele.

– Obrigado.

– Acho que para ele seria melhor estar morto do que não ser amado.

– Morto? Ele será adotado.

– Não é muito provável.

– Você acabou de dizer que tem amigos que adotam pit bulls. O que faz com que seja improvável no caso dele?

– Onde ele estava?

– Na última jaula.

– Já disse tudo. É o corredor da morte. Você é a última chance dele.

O cão, tendo desistido de puxar a guia e tentar cheirar tudo o que estava ao alcance do seu focinho, relaxa a tensão e se senta. Ergue os olhos para os dois humanos, acompanhando a conversa como um juiz de futebol. Adam vira de costas para o balcão e quase tropeça no animal. O impacto de seu joelho contra as costelas do bicho é suficiente para arrancar um uivo do cão.

– Olha, já chega – diz Adam, dando um puxão na guia.

– Está falando comigo ou com o cachorro?

Adam não responde, puxa o pit bull para perto de si e sai da loja. Que mulher insuportável!

◆◆◆

Enquanto espera o sinal abrir, Adam ouve o cachorro rosnar, um ronco grave, áspero, dirigido a um ponto da rua. Um homem de meia-idade vestido de moletom passeia com um labrador. O rosnado do cachorro aumenta para algo parecido com um rugido e Adam quase se desequilibra quando ele investe ferozmente contra o cão que se aproxima. A sacola com a ração cai na calçada e a bolinha de tênis sai rolando. O cão é forte o bastante para Adam precisar usar as duas mãos para impedi-lo de alcançar o labrador louro.

– Esse cão é perigoso, cara. Ponha uma focinheira nele, o.k.?

O dono do labrador puxa o seu animal e aperta o passo, resmungando sobre as leis municipais. O pit bull late a plenos pulmões, como se a mera existência daquele labrador fosse uma ofensa pessoal contra ele. O labrador dá uma olhada para o cão enfurecido e depois, melancolicamente, para a bolinha de tênis que continua a rolar.

– Para com isso!

Adam puxa a guia, mas o cão ignora a pressão. Assim que o sujeito e o outro cachorro desaparecem na esquina, o pit bull se senta, passa a língua nos lábios e coça a meia-orelha, olhando depois para Adam como se esperasse um elogio.

É preciso despachar o cachorro. Já.

CAPÍTULO 24

Fiquei envergonhado de ter que fazer minhas necessidades dentro de casa, mas, já disse, nunca fui domesticado. Eu nem sequer pensaria em sujar o local – que, aliás, não era muito maior do que a minha jaula lá no porão –, mas o cara não me deu nenhuma pista de qual seria o comportamento adequado. Sua linguagem me era familiar. Eu entendia o "Cala a boca!" e o "Para com isso!", mas as minhas tentativas de comunicação foram ineficazes. Ele não falava a minha língua. Por isso, fiz cocô num lugar que o levasse a entender o recado. Nada de deixá-lo escondido atrás da mobília. Nada disso. Eu tinha que fazê-lo justamente onde o humano pudesse pisar. Acho que provoquei a reação que esperava. Mais uma vez, ouvi palavras familiares, mas ele não tocou em mim. Depois de reclamar bastante, ele teve o bom senso de ficar envergonhado. "Você precisava ir até a rua, não é? Eu devia ter pensado nisso. A culpa não é sua." Bem, as palavras não foram exatamente essas, mas percebi, graças à sua postura sentada com a cabeça entre as mãos, que ele entendera o espírito da coisa.

Depois que ele pôs a coleira em mim, descemos os três lances de escada até a rua. A calçada estava desimpedida, mas o gramadinho que a separa do asfalto estava cheio de neve. Levantei a perna para marcar meu novo território junto a um hidrante, mas fui arrastado antes de encerrar os trabalhos. Esse cara não sabe nem segurar uma guia.

Então – nossa, como foi divertido! – entramos naquele lugar onde o cheiro de guloseimas e brinquedos de borracha era inebriante. A mulher chegou até a me tocar com dedos carinhosos, coisa que eu jamais havia experimentado na vida e que, descobri, ansiava loucamente para provar. Os ruídos maternais que saíam da sua boca bastaram para me dar saudades da minha infância. Ai, quem dera que o cara tivesse a ideia de me deixar ali.

Então, dá para acreditar? Um daqueles labradores da noite da nevasca surgiu saltitante pela rua, se mostrando para mim, gabando-se de ser o cãozinho mimado de alguém. Acho que dei o troco. O cão ganiu agressivamente, mas por puro medo. Eu faria picadinho dele se o babaca tivesse coragem de se afastar do dono. O cara que puxava minha guia ficou surpreso, mas ele tinha uma pegada forte. Sorte do labrador.

Ele deu um puxão na guia e lá fomos nós de volta para o seu apartamento. Se eu esperava uma reprise do meu primeiro lar adotivo, com um belo quintal fácil de escapar, estava definitivamente enganado. Antes que ele conseguisse destrancar a porta da entrada, defequei. Já que não ia poder desfrutar da tranquilidade de esvaziar meu intestino num jardim, precisava dar conta do recado antes que ele me arrastasse para dentro do prédio. Tenho meus princípios.

Não deixa de ser confortador reconhecer o comportamento de um macho humano, e a linguagem desse cara me era totalmente familiar. Ele falava como os rapazes do porão. Resmungando, sim, mas sem gritar. E sem violência, é verdade. Não fiquei confinado numa jaula, mas ele mantinha distância de mim. Não tive dúvida de que a minha carreira de lutador seria revivida. Que outro motivo o teria levado a me resgatar do abrigo? O cara era durão e eu sabia que ele estava atrás de alguém igualmente másculo. Desde o primeiro momento, gostei do jeito dele. Tudo bem, minha forma física não é das melhores, mas poderíamos dar um jeito nisso rapidinho. Eu estava até ansioso para começar o treinamento. Seríamos uma dupla. Com certeza.

Quando entramos no apartamento, ele despejou um pouco de ração em um pote de plástico. Um bom começo. Devorei a comida e fiquei esperando mais. Ele não prestava a menor atenção em mim, o tempo todo falando sozinho em um pequeno brinquedo que os humanos costumam encostar no ouvido. De repente, ele parou e começou a xingar. Levei um susto. Não tenho muito orgulho disso, mas esse meu reflexo de medo está lá. Então saí correndo e me escondi debaixo da mesa. As pernas da mesa e das cadeiras formavam uma verdadeira caverna onde eu podia me proteger. Dali, conseguia ver o homem andando de um lado para outro, mas ele não tinha como me alcançar.

– Qual é o seu problema? – gritou ele como um macho alfa.

Auuuu, respondi, admitindo a posição de superioridade dele na nossa relação. Ele tinha mãos que podiam abrir latas, então eu precisava ser subserviente.

– Seu sortudo desgraçado! O abrigo não aceita devoluções nos fins de semana. Merda! Eles precisam repensar essa política.

Sorri. Eu não fazia ideia do que aquelas palavras significavam, mas consigo perceber quando as coisas estão melhorando.

Auuu!

– Deve haver algum outro abrigo para onde eu possa levar você. Quem sabe exista algum específico para pit bulls? Isso, boa ideia.

Ele ficou entretido durante um bom tempo, mas, no final, gritou para o seu pequeno brinquedo:

– Merda! Merda! Merda!

Mais palavras, mas eu sabia que elas eram apenas sons. Inclinei-me para lamber minhas partes baixas. Eu estava saciado e, pelo menos por enquanto, em segurança.

CAPÍTULO 25

Hoje é dia de Adam ficar com a filha, a visita concedida pelo tribunal e por Sterling. Ele já desistiu de tentar trazer Ariel ao apartamento. Em vez disso, se encontra com ela em Sylvan Fields, onde será forçado a esperar no carro que a menina venha se arrastando até ele. E a leva para almoçar num restaurante que não tem mais condições financeiras de frequentar enquanto ela passa mensagens de texto para as amigas, sem dúvida se queixando da tarde desperdiçada. Depois irão ao shopping e ela testará sua paciência entrando em todas as lojas, largando-o sozinho num banco como uma mala abandonada. Em seguida, voltarão para Sylvan Fields e Sterling lhe dará uma bronca por ter cedido ao gosto questionável de Ariel para roupas – isso depois de ele ter comprado para ela algo que custou o que não poderia pagar.

Qualquer esperança de um trabalho de consultoria ou emprego em sua área até agora revelou-se inútil.

Adam se lembra de descer com o cachorro antes de sair. O ar da manhã é de um frio cortante. Ele calça os pés desnudos em um par de botas de grife surradas e veste a parca sem fechar o zíper.

– Anda logo.

O cachorro obedece alegremente. Na rua, Adam se abaixa com o saco plástico na mão para apanhar a sujeira. Ele não sabe se algum vizinho observa seu comportamento, mas não quer correr o risco de alguém se queixar com o zelador sobre a existência do cão, ainda que seja apenas até o abrigo reabrir na segunda-feira. Nenhum outro lugar poderá recebê-lo. Quando o resgatou, Adam assinou um contrato comprometendo-se a devolvê-lo à mesma instituição. Ele não vai quebrar as regras.

O cachorro cutuca Adam com o focinho, avisando que está na hora de subir.

– Nada de cocô em casa.

Au.

– Certo.

◆ ◆ ◆

Adam derrama mais ração na tigela, enche um pote com água fria e aponta para o sófá:

– Fique longe dele.

A boca do animal se abre e a língua pende num tácito acordo de cavalheiros.

Adam tranca a porta ao sair. Não faz ideia do tempo que um cão demora para arrumar problemas, mas supõe que as coisas fiquem sob controle durante as seis horas, no máximo, em que Ariel suportará a companhia do pai. O cão já saiu, comeu e bebeu água, e Adam tomou o cuidado de deixar a televisão ligada para que pense que está acompanhado. Decide ignorar o fato de que não sabe se o bicho tem autocontrole suficiente para se comportar. Depois se consola com a ideia de que, até agora, ele só fez cocô no chão uma vez. Não roeu nada, nem latiu ao ouvir barulho. Se é difícil controlá-lo na rua, onde investe sobre qualquer cachorro que vê, em casa, pelo menos, tem sido bonzinho.

◆ ◆ ◆

Ariel se afasta lentamente da porta da casa. Mal se pode dizer que está vestida, com as pernas magrinhas de amazona dentro de uma meia-calça, uma saia enrolada na cintura, o casaco totalmente aberto. Por causa da baixa temperatura, ela calçou botas acolchoadas, como as de Gina. Os dois polegares da menina estão ocupados mandando torpedos para os amigos. Entrando no carro sem dizer uma palavra, ela ignora o "oi, meu bem" do pai. Enquanto Adam se encaminha para a saída da residência, passando pelos arbustos que margeiam a passagem de automóveis, Ariel termina de redigir suas mensagens e olha para ele.

– Este carro está fedendo!

– Você reparou? – indaga ele, tentando fazer graça, mas sem conseguir.

– Eca. Cheiro de cachorro molhado.

– Engraçado você dizer isso. É mesmo de cachorro molhado.

De repente, Ariel se dá conta do que ele falou e arregala os olhos.

– Você tem um cachorro? – indaga, com ênfase na palavra *você*, como se de repente ele tivesse passado a praticar esportes radicais.

– Temporariamente.

– Posso vê-lo?

Adam reconhece um dilema quando se vê diante dele. Se apresentar Ariel ao cão e depois devolvê-lo, ela ficará com uma baita raiva dele. Se não lhe mostrar o cachorro, ela também ficará com uma baita raiva dele. Uma situação sem saída, como ele conhece muito bem.

– Ele só está passando o dia comigo. Não faz sentido conhecê-lo.

Ariel enfia as mãos dentro dos punhos do casaco, sua postura espelhando o fracasso dele como pai.

– Ótimo.

– Reservei uma mesa para nós no Trois Chevaliers – diz Adam, ciente de que esse restaurante sofisticado é o favorito da filha. Sempre que a leva lá, permite que ela tome uns golinhos de champanhe. Seu talão de cheques grita McDonald's, mas o orgulho e o cartão de crédito exigem Trois Chevaliers.

– Tá.

– Tudo bem na escola?

– Tudo.

– Já houve algum concerto ou alguma peça este ano?

– Não.

– Como anda aquela sua amiga, a Kiki?

O revirar de olhos de Ariel não tem charme algum.

– Não estudamos mais juntas.

– O vovô e a vovó vão bem?

– Acho que sim.

– E a sua mãe?

– Por que você fica fazendo essas perguntas? São sempre as mesmas e as respostas são sempre as mesmas. Pergunte direto para a mamãe.

Adam engole em seco. Eis por que ele não pergunta direto a Sterling: a menos que esteja querendo alguma coisa, ela jamais atende os telefonemas dele. Tudo de importante a ser tratado entre ele e a ex-mulher é deixado a cargo de intermediários. Ariel, para o bem ou para o mal, tornou-se a única ligação com a sua vida anterior. Seu balcão de recados. Pobre garota. Não é de espantar que odeie esses encontros forçados.

Desde que identificou nos gestos dela a sombra dos gestos da tia, Adam vê cada vez mais traços de Verônica em Ariel. É como se as frágeis lembranças da irmã encobrissem a realidade da sua filha emburrada. O habitual tom de voz dela ecoa a recordação da raiva de Verônica. "*Estou caindo fora, velho.*" Sem gritar, enunciando cada palavra com uma camada de desdém quase palpável. Pensamentos sobre a infância vêm assaltando sua mente com muita frequência desde que teve aquele surto. Adam está sendo assombrado pelo espectro da irmã na expressão do rosto da filha.

Adam tenta mais uma vez:

– E o cavalo, como vai?

Ariel não aproveita a oportunidade para comentar as habilidades, as gracinhas e os hábitos divertidos do cavalo, como costumava fazer.

– Bem.

Ela põe um fone de ouvido e continua a olhar a paisagem.

Essa situação é dolorosa demais para Adam, e já está se arrastando há tanto tempo que ele se pergunta se Ariel um dia amolecerá. O que ele fez, ao ter aquele ataque de fúria, corrompeu para sempre sua imagem aos olhos da filha. E Sterling faz de tudo para que assim permaneça.

Ariel o trata como Verônica tratava o pai – com desprezo. Mas o velho merecia. Ela teve razão em fugir do homem que entregou o filho à caridade pública em vez de ser um pai solteiro. Que largou o filho de 5 anos e meio nas mãos de estranhos. Adam não cometeu nenhum ato dessa natureza, mas é o que parece. Ariel lida com o pai como se ele fosse um homem caído em desgraça, mal disfarçando sua indiferença. É uma repugnância mais profunda do que a que os adolescentes costumam demonstrar pelos pais ou será que ele está ficando paranoico? Não foi ele quem escolheu sair de casa. Ele foi obrigado pela esposa, que se negou a ficar ao lado do marido.

Verônica pode ter fugido, mas seu pai desistiu dela. Adam não vai desistir de permanecer na vida de Ariel. Depois de estudar a filha enquanto espera o sinal vermelho abrir, ele pergunta:

– Por que você tem tanta raiva de mim?

Ariel não responde. O iPod bloqueia o som da voz dele. O pai não é nada para ela.

CAPÍTULO 26

Adam acorda assustado. O cachorro está olhando para a porta, de pé, próximo ao sofá onde Adam adormeceu. Ele ouve uma leve batidinha. Enxugando o filete de baba que escorre pelo canto da boca, Adam se levanta. O cachorro dá um latido agudo, cheio de significado.

– Cala a boca!

Já se passou mais uma semana. O abrigo continua fechado, por tempo indeterminado, por causa de problemas hidráulicos. Os animais foram espalhados por canis de todo o estado. Não, disse o Dr. Gil, ele não pode levar o cachorro para um desses lugares. Afinal, já burlou as regras para entregar o animal a Adam, que terá de devolvê-lo à Sociedade Protetora dos Animais.

Como um hóspede mal-educado, o cão parece ter esticado – e muito – sua estadia.

– Descobri isso na minha prateleira de livros e achei que você pudesse querer.

Gina DeMarco está à porta do apartamento de Adam. Sua parca emoldura o rosto oval, o branco do pelo artificial contrastando com o tom oliva de sua pele. Ela está meio sem fôlego e tem as bochechas coradas de frio.

– Entre, entre.

Adam fica meio envergonhado por ser flagrado portando-se como um velho no meio do dia. Está de camiseta e jeans, os pés enfiados em um par de chinelos. Ele aperta o botão do controle remoto para desligar a TV. Ninguém jamais veio visitá-lo aqui. Sua outrora adversária na guerra pelos direitos dos animais é a primeira pessoa a cruzar a soleira da porta depois que o locador lhe entregou as chaves. A ocasião desperta nele uma civilidade latente.

– Eu ia fazer um chá. Aceita uma xícara?

Ele espera não estar com mau hálito. Rafe serviu purê de batatas com alho no almoço.

– Não posso. Deixei a loja sozinha. Só queria dar isto a você – explica Gina, entregando a Adam um livro fininho: *Seu pit bull, o que esperar e o que fazer.*

– Você sabe que...

– Eu sei que você não vai ficar com ele, mas estará com ele até o abrigo reabrir. Por isso, bem que podia dar uma olhada no livro. – Gina não parece alguém que distribui presentes. – Ninguém jamais entrará na minha loja procurando um livro como este. Eu o recebi junto com uma encomenda de livros sobre peixes ornamentais. O distribuidor falou que eu podia ficar com o exemplar, pois haviam cometido um erro. É seu.

Para ser educado, Adam abre o livro, que está cheio de fotos coloridas de cães que se parecem mais ou menos com o seu. Com *esse*. Só que esses cachorros têm orelhas iguais. Os capítulos falam de história, parâmetros de criação e adestramento, comandos do tipo *Senta*, *Quieto*, *Siga-me*. Adam baixa os olhos para o cão que, alegremente, se virou de barriga para cima para aceitar os carinhos de Gina.

– Obrigado.

– Leia – recomenda ela, recolocando o capuz. – É melhor aprender alguma coisa sobre o cachorro, já que vai empurrá-lo para alguém.

– Quando o abrigo voltar a...

– É, sei disso. E você sabe que aquilo é o corredor da morte.

Adam pousa o livro na mesinha em frente ao sofá.

– Tudo bem. Obrigado.

– De nada.

Gina abre a porta e Adam sente uma onda de frustração tomar conta dele.

– Espere. Posso levar uma xícara de chá para você, se quiser.

Gina baixa o capuz e estuda Adam com seus olhos cor de azeite, a expressão sugerindo que não esqueceu a ligação dele com a indústria de cosméticos. Mas depois amolece.

– Seria legal. – *Cheria*. Aquele resquício de uma vida anterior. – O movimento está meio fraco hoje.

– Combinado, então.

– Leve o cachorro.

– Por quê?

– Por nada. Apenas leve-o.

◆◆◆

Segurando duas canecas cheias de água quente numa das mãos e a guia do cachorro na outra, Adam atravessa a rua por entre os carros que aguardam o sinal abrir. O cão trota ao seu lado, a enorme boca aberta como se estivesse em algum tipo de jogo, parecendo, para todos os efeitos, um animal de estimação brincando com seu dono. Adam não olha para ele, apenas torce para que nenhum outro cão apareça antes que se livre das canecas de água quente.

No interior da loja, o ar é abafado e exala o aroma de água de aquário. Adam é recebido pelos gritos dos papagaios, e seu olhar registra o brilho tropical num mundo invernal. Ele pousa as canecas no balcão e pega no bolso dois saquinhos de chá cuidadosamente embalados num saco plástico.

– Não consegui trazer o açúcar e o leite com as duas mãos ocupadas. Vou dar um pulo aí do lado e ver se arranjo alguma coisa.

Gina se inclina, apoiando os cotovelos no balcão. O cabelo cor de mel está solto e uma onda emoldura seu rosto.

– Tenho as duas coisas aqui. Não precisa se incomodar.

Ela pega uma caneca e tira a tampa.

Adam abre o plástico, deixando Gina escolher o saquinho de chá que deseja. Ele ainda está de casaco e segura a guia do cachorro.

– Adam, por que não o solta? Ele não vai arranjar encrenca aqui. Não tem muita coisa que alcance.

Adam solta a corrente, mas o cachorro continua parado, sem saber que está livre para passear pela loja.

– Como ele vai indo?

– Fora se apropriar do sofá e tentar atacar qualquer cachorro que encontre na rua, acho que se pode dizer que vai indo bem.

– Estar preso a uma guia às vezes causa isso em alguns cachorros. Eles se sentem ameaçados.

– Mas me parece que ele é a ameaça.

Gina balança o saquinho de chá dentro da xícara e depois o recolhe com uma colher que trouxe junto com o leite e o açúcar.

– Acho que ele será um bom menino. É quieto.

– Realmente, não recebi nenhuma queixa sobre latidos.

– Não, estou falando do comportamento dele. Alguns cães se movimentam sem parar. Este aí gosta de observar tudo – comenta ela, olhando por cima do balcão para o cachorro, que levanta os olhos para a moça com adoração. – Ele é bonzinho.

Essa observação é dirigida ao cachorro, que balança o rabo de um lado para o outro.

– Tem certeza de que não quer ficar com ele?

– Eu ficaria, se não fosse...

– Pelos três galgos – completa Adam, pegando a colher da mão de Gina e pescando o saquinho de chá do fundo da sua caneca.

O objeto da conversa começa a achar difícil demais permanecer sentado e se deita no chão, espreguiçando-se de lado e soltando um grunhido de satisfação.

Gina e Adam prestam exagerada atenção em suas canecas. Não há mais nada óbvio sobre o que falar. É como se fosse um primeiro encontro ruim. Um encontro às escuras que deu errado. Só existe uma coisa em comum entre eles – não é o local de trabalho, a escola ou um amigo, mas um cão.

O constrangimento de serem estranhos imperfeitos. Nenhum dos dois quer falar sobre o tempo, mas nenhum outro tema surge durante um longo momento. Adam se vê atipicamente mudo e se pergunta quão rápido conseguirá tomar seu chá e dar o fora dali.

Gina DeMarco bebe seu chá aos golinhos, faz uma careta diante do vapor de água quente que sobe pela pequena abertura na tampa da caneca e dirige uma pergunta a Adam:

– Vou tentar encontrar algum biscoito lá no depósito, você quer?

– Claro, se não for dar trabalho.

Gina desaparece e Adam solta um suspiro. Que grande imbecil ele é. Por que achou que ela iria querer a sua companhia? Quando Gina volta com um pacote aberto de biscoitos recheados, ele pega um e faz uma pergunta para quebrar o silêncio:

– Há quanto tempo você é dona da loja?

Gina mordisca a beirada do biscoito e dá de ombros.

– Parece uma vida, mas só faz uns 12 anos. Sou a dona desde que meu avô faleceu. Antes eu trabalhava aqui. Quando ele começou a ficar meio confuso, parou de atender os fregueses e passou a se dedicar só aos aquários. Então, um dia, ele aumentou a temperatura da água e praticamente cozinhou os peixes. Quando cheguei, eu o encontrei catando os coitados com a redinha e depois colocando-os de volta na água, estranhando o fato de ficarem de barriga para cima.

Gina dá de ombros, num gesto delicado.

– Eu não podia deixá-lo sozinho aqui. Passávamos muito tempo juntos, mesmo quando ele já estava mal. Fiquei com ele até o fim, jamais precisei levá-lo para uma casa de repouso. Vovô foi muito bom para mim.

– Era você que cuidava dele, não os seus pais?

– Há muito tempo, minha mãe e meu padrasto me mandaram para a casa do vovô. Não temos muito contato desde então.

A observação de Gina tem os contornos gastos de uma velha história.

Adam saboreia o biscoito, áspero e doce:

– Onde você nasceu?

– Nasci em Louisville, mas moramos em vários lugares, na Carolina do Norte e do Sul, no Texas... Em qualquer lugar que tivesse uma base do Exército, qualquer lugar movimentado.

Gina descansa os cotovelos no balcão. Vários potes de vidro estavam ali para receber doações: salve os galgos, salve os pôneis, salve os animais com pedigree. Salve este, salve aquele, salve a mim.

Ela rearruma os vidros, colocando-os em fila.

– Tenho um outro banquinho aqui atrás, se você quiser.

O espaço atrás do balcão é estreito, um corredor entre as prateleiras presas na parede do fundo e o balcão com seu mostruário de remédios para pulgas e carrapatos, panfletos ensinando a alimentar seu hamster e seu peixe Betta e a cuidar de aquários de água salgada. Adam se senta no banquinho de madeira que encontra sob a bancada e pousa a caneca de chá, tirando outro biscoito do pacote.

– Seu pai serviu no Exército? – indaga ele.

– Meu pai e meu padrasto. Meu pai morreu no Vietnã. Meu padrasto era amigo dele.

– Vários dos nossos rapazes serviram no Vietnã.

– Nossos rapazes?

Adam se dá conta da armadilha que armou para si mesmo. Como explicar seu "emprego" para Gina? O Dr. Stein teria algo a dizer sobre isso, algo na linha "Esta é a sua chance. Comece com a verdade e veja aonde ela o levará". O médico está decidido a fazer Adam perder a mania de querer ter controle sobre tudo.

– Faço trabalho voluntário no Centro Fort Street.

– Que ótimo – diz Gina, encarando-o com aprovação e melhorando a avaliação que fez dele.

Um leque de cores tinge seu rosto de pavor.

– Na verdade, não é exatamente *voluntário*. É serviço comunitário obrigatório.

Adam pode ver o medidor de aprovação tornar a descer. Não treinou como contar a história, não sabe se deve revelar os fatos importantes ou apenas torcer para que ela não queira ouvir mais nada. Gina se dedica ao chá, põe mais açúcar, uma gotinha adicional do leite da caixa que encontrou nos fundos da loja. Concentra-se em não formular a pergunta que Adam vê tomar forma enquanto ela deliberadamente presta atenção na bebida.

O cão, que andava vagando pela loja, arrastando a guia de um metro e tanto atrás de si, de repente percebe que está do lado errado do balcão. Dá a volta e se aproxima, encostando o focinho na perna de Adam.

– Vejam quem está aqui! – exclama Gina, estendendo o braço por cima dos joelhos de Adam para acariciar o cachorro. – Você também quer um biscoito? – Então ela pega um biscoito canino, que o cão delicadamente tira da mão dela. – Ele é um doce, embora eu tenha certeza de que já participou de lutas.

Ela estica mais o braço para tocar a cicatriz no peito do cachorro. Seu cotovelo encosta na perna de Adam, que imagina ter sentido o toque do seu cabelo sob o queixo, mas ele mantém os olhos no cão.

– Dizem que depois que fazem isso, não há salvação para eles. Mas nem sempre é verdade.

Adam bebe seu chá sem olhar nem para o cachorro nem para Gina.

– Você podia batizá-lo de Cassius. Ou que tal George? Clay ou Foreman, talvez? Bons pugilistas que eram boas pessoas.

– Não acho uma boa ideia lhe dar um nome.

– Porque não vai ficar com ele?

– Porque não vou ficar com ele.

Gina puxa o lábio inferior e cruza as pernas.

– Vamos direto ao assunto.

– Como?

– Temos uma questão mal resolvida e acho que se conversarmos a respeito nos sentiremos melhor.

Adam fica confuso. Será que ela está falando do serviço comunitário? Então a ficha cai.

– Vendemos a divisão de cosméticos. O Fraîche Crème saiu do mercado.

– Sim, mas vocês realmente suspenderam os testes com animais?

Adam está totalmente despreparado para isso.

– Havia testes em andamento que foram até o fim. Mas nenhum teste novo teve início. E nenhum coelho voltou a ser usado. Saí do departamento logo depois do protesto de vocês – concluiu, suficientemente próximo da verdade.

– Eu sei. Mas você não saiu do departamento, foi promovido. Lembro-me de ter lido no jornal. Foi a melhor coisa que fizemos por você, não é?

Depois de todos esses anos, ainda existe nela um ódio óbvio e indignado quanto à política da Dynamic. A mão que não está segurando a caneca treme ligeiramente, como se uma onda de adrenalina percorresse o corpo de Gina.

Adam sente seu próprio ódio fervilhar. Ele pode ter sido promovido, o que acabaria acontecendo mais cedo ou mais tarde, mas durante seis semanas Gina e seu grupo transformaram a vida dele num inferno. Ovos atirados em seu Lexus zerinho; faixas e cartazes ofensivos levados pelos voluntários do TANM, que se postavam ao longo da rua que dá acesso à entrada da Dynamic; gritos e acusações televisionados todas as noites pelas emissoras locais; especialistas que o condenavam pessoalmente. Adam se abrigava na sede da divisão 18 horas por dia, consultando assessores e advogados, e mal chegava em casa a tempo de trocar de roupa para o jantar ou o evento beneficente do dia. E jamais tinha tempo de ver Ariel antes que a babá a pusesse na cama.

Um tilintar da porta da loja se abrindo rompe o silêncio. Gina cumprimenta o freguês pelo nome e passa algum tempo atendendo-o. O homem de meia-idade pede orientações sobre o equilíbrio de pH em seu aquário. Gina discute o problema com ele, as sobrancelhas benfeitas arqueadas de preocupação. Quando lança um olhar para Adam, que continua atrás do balcão, a expressão fria em seus olhos diz que o assunto não está encerrado. O freguês paga a compra e sai, com mais um tilintar na porta. Os dois estão novamente a sós.

– Ele é um freguês assíduo. Não consegue manter seus peixes vivos, mas continua tentando. Um dia desses acabará desistindo ou conseguindo acertar.

– Mais ou menos como todos nós – comenta Adam, engolindo o restinho do chá que ainda está quente e queima sua garganta ao descer. – Não se deve remoer o passado. É preciso seguir adiante.

Gina assente e volta a atenção para a própria xícara.

– Entendo. Há certas coisas que queremos deixar para trás.

– Isso mesmo – concorda Adam, pousando a caneca vazia ao lado da de Gina no balcão. A dele é um pouquinho mais alta e mais estreita. As mãos de ambos se tocam. – Embora eu esteja aprendendo que mesmo quando deixamos as coisas para trás, elas não somem, nos perseguem como fantasmas.

De repente, a imagem do cão correndo rua abaixo com a vara pendurada no pescoço surge na cabeça de Adam, que se dá conta de que é muito possível que se trate deste mesmo animal.

O cachorro emite um leve *rrr rrr* pelo nariz enquanto o rabo bate no velho chão de madeira.

Gina continua no caixa, arrumando notas de dinheiro na gaveta, calada.

– Está na hora de ir – diz Adam.

– Obrigada pelo chá – agradece Gina, entregando a ele as duas canecas vazias.

Ela põe de volta os biscoitos no pacote e se ocupa de pequenas tarefas enquanto Adam sai de trás do balcão, o cão seguindo-o, a guia arrastando no chão. Ele se sente vazio, decepcionado, como se tivesse fracassado em alguma coisa.

Parando na porta, ele diz:

– Isso é passado, Gina. Está morto e enterrado.

– É. Passado. Nós dois éramos bem mais jovens naquela época – concorda ela com uma pontinha de sarcasmo.

– Não sabíamos o que estávamos fazendo – completa Adam, odiando-se por ficar na defensiva.

– O que não serve de desculpa.

– Talvez não, mas aconteceram muitas outras coisas no mundo de lá para cá.

– É. A Enron, o 11 de Setembro, a Guerra do Iraque, a recessão. Talvez os olhos de um coelho pareçam frivolidade.

– O que você quer que eu faça?

– Sei lá – diz ela, soando meio derrotada. – Acho que você podia compensar. – Gina olha sugestivamente para o cachorro. – Um acertozinho de contas?

Adam puxa a guia, pondo o cachorro de pé. O som dos sininhos contra a porta de vidro dói em seus ouvidos.

CAPÍTULO 27

Meu humano e eu temos dado longos passeios, agora que o tempo está um pouquinho melhor. Às vezes até corremos, embora isso não me agrade tanto. Prefiro uma perambulação olfativa, mas quem está na chuva... Ele vem adquirindo energia. Chegamos a sair dos limites do meu velho território. Às vezes, quando ele reduz suficientemente o ritmo, farejo um leve odor de um velho amigo ainda pairando no local. Às vezes farejo o cheiro de um dos rapazes. Dou um puxão na guia quando isso acontece. Não quero voltar para aquele porão.

Ele ainda não me pôs numa arena nem me arrumou uma luta com seus colegas.

A vida anda um bocado boa por aqui. Passo bastante tempo sozinho, mas sou livre para andar pelo apartamento, me espreguiçar, derramar água e dormir um sono tranquilo. Saímos de carro. Não sou desses cachorros que penduram a cabeça para fora da janela. Sento-me dignamente no banco de trás, olhando para a direita e para a esquerda, estudando com a maior autoridade a paisagem que se revela à minha volta. Às vezes vamos a lugares onde detecto o cheiro da minha espécie, como aquele em que nos conhecemos. Dá para ouvir o barulho dos meus companheiros mesmo na quietude protegida do carro, em cujo banco dianteiro eu pulo assim que o humano sai.

Toda vez que ele volta, entra no carro sem falar. Todas as vezes, sou previdente o bastante para passar para o banco de trás.

Após uma dessas visitas, ele estacionou próximo à calçada e me deixou no carro, com a janela aberta o bastante para que os aromas sedutores da rua chegassem até mim, mas não o suficiente para eu pôr a cabeça para fora. Fiz cara feia para um homem de gorro que prendeu um pedaço de papel debaixo do para-brisa, mas fiquei calado. Estava entediado e pulei para o banco da frente para mudar a vista. Foi quando vi o humano do meu mentor agachado, encostado na parede do prédio que cheira a comida. Seu odor viajou até meu nariz, por isso não tive dúvida quanto à sua identidade. Fiquei um tanto animado, imaginando que talvez o meu mentor estivesse com ele. Mas não. O homem estava sozinho, sem qualquer companhia, embrulhado no cobertor, tremendo de frio, estendendo um copo na mão desnuda a qualquer humano que passasse. "Tem um trocado?" Sua lamúria de submissão raramente era ouvida pelos outros.

Vi meu humano sair do prédio dentro do qual sumira, observei-o aproximar-se do carro, passar pelo humano do meu mentor sem parar. Arrancou o pedaço de papel de debaixo do limpador de para-brisa e sentou-se ao volante. Então abaixou a cabeça como um filhote que leva uma bronca. "Você bem que podia ser o cachorro dele."

De repente, ele abriu a porta do motorista e me agarrou pela guia, praticamente me jogando para fora do carro. Caminhamos até onde estava o homem agachado e o meu humano começou a latir contra ele. O outro latiu de volta e eu me encolhi, abaixei a cabeça, aguardando alguma pista quanto ao que o meu humano esperava de mim.

– Fique com ele – latiu o meu humano.

– Foda-se! – rosnou o humano do meu mentor.

– Ele precisa de você – uivou o meu humano.

– Eu não preciso dele. Ele não é o Benny – ganiu o humano do meu mentor.

O cara segurando a minha guia me pôs de pé com um puxão e escancarou a porta do carro. Pulei rapidamente para dentro e me espremi num canto. Acho que talvez eu tenha rosnado. Um rosnadinho de protesto: *Que porra deu em você?* Eu me deixei levar pelo momento. Era o mais próximo de uma briga em que eu me metia havia muito tempo. Sim, definitivamente eu rosnei, baixo e em uníssono com os seus resmungos.

Ele me olhou com seus enormes olhos humanos de alarme. Éramos dois machos poderosos disputando autoridade.

– Nunca mais faça isso.

Entendi o sentido, não as palavras exatas. Aguardei, preparado para apanhar, que era o que os rapazes fariam. Era o que eu esperava. Talvez até gostasse da ideia – finalmente poríamos as cartas na mesa. Mas ele não me bateu. Apenas sentou-se e fechou a porta com um estrondo. Fui atirado de encontro ao encosto do banco traseiro quando ele arrancou com o carro.

CAPÍTULO 28

Adam é chamado à sala do juiz, que o espera de pé, de costas para a porta, passando o dedo indicador pelas lombadas verdes dos livros de direito arrumados em fila nas prateleiras. Ele está atento à sua busca, não diz nada a Adam, que fica largado no meio da pequena sala. É uma técnica antiga, estratégia que o próprio Adam costumava usar com os funcionários autoconfiantes demais. Deixe-os esperar até que o silêncio se torne doloroso, um lembrete de que o seu tempo é muito mais importante do que o deles. Um assédio não verbal, não físico. Ainda assim, Adam começa a pensar se o juiz não está exagerando.

A ocasião não é boa, o encontro foi encaixado em um dia lotado de audiências. Adam sabe que não terá muito tempo para impressionar o juiz com seu progresso. Ele sugeriu adiar a reunião, mas o juiz recusou, dizendo que se Adam pudesse esperar até o intervalo do almoço, os dois conversariam. Adam não sabe se encara isso como uma boa ou má notícia. Pergunta-se agora se o juiz já almoçou ou se está faminto e impaciente.

Já se passaram seis meses. Resta ainda meio ano para cumprir em Fort Street. Ele foi promovido à função de servir a sopa. Conhece a maioria dos homens pelo nome. Big Bob gosta dele. Ele se dá bem com os colegas de trabalho. O que mais o juiz pode querer? Ao retardar seu discurso, o juiz confere ao encontro um peso maior do que exige um simples "monitoramento". Adam já se convenceu de que o homem vai se virar, apontar um dedo e... E o quê? Adam não se permite imaginar.

– Você já aprendeu a ter humildade?

O juiz, com efeito, virou-se. Embora não esteja apontando um dedo, segura um livro volumoso, como se fosse a Bíblia sobre a qual Adam devesse jurar.

Adam é tomado por uma onda de raiva. Um zumbido no ouvido e a tontura provocada pelo aumento da pressão sanguínea chegam a balançá-lo. Respira fundo. Mais uma vez. Sente o gosto de ferro e engole.

– Creio que o relatório de Carmondy lhe mostrará que venho desempenhando bem meus deveres e com uma atitude satisfatória.

Big Bob mostrou seu relatório a Adam – uma avaliação de um parágrafo –, no final sua disposição para ajudar é mencionada de uma maneira que extrapola a descrição do seu cargo. Ambos sabem que isso se refere à obediência relutante dele quanto a procurar Jupe e o cachorro.

– Humm – murmura o juiz Johnson, indicando a cadeira do outro lado da mesa.

Adam se senta.

– Suponho que ache que eu deveria reduzir sua sentença. Que seis meses de bom comportamento já bastam.

Adam pigarreia:

– Não, não acho.

Isso nitidamente surpreende o juiz.

– Por que não?

– Eu quis dizer que não acredito que o senhor faça isso – responde Adam, alisando a calça e cruzando uma perna sobre a outra numa postura deliberadamente informal.

Adam entende o juiz. Sabe que ele preferiria vê-lo suplicante, submisso, agradecido. E, provavelmente, deveria se mostrar assim. Não existe nada que Adam deseje mais do que ser liberado do serviço comunitário, que está lhe tomando muito tempo – tempo esse que deveria ser dedicado à consultoria que, ele acredita, o ajudará a melhorar de vida. Basta arrumar o primeiro cliente. Este o indicará a outros, e outros... uma cadeia infinita de clientes, todos conduzindo a um novo tipo de sucesso.

Ishmael e Rafe brincaram com ele no dia anterior:

– Nunca mais vamos ver você por aqui. Você vai se mandar mais rápido do que o cavalo favorito no dia do Grande Prêmio.

– Eu mando um cartão-postal – respondeu, brincando, surpreso com o repentino nó na garganta. Adam atenuou sua fraqueza momentânea com uma promessa mental de incluir o Centro Fort Street em sua lista de doações dali em diante, ou, pelo menos, após se recuperar de sua recessão. – Além disso, nem é certo que eu me safe. Não tirem ainda o meu nome do escaninho.

Adam sabia que estava sendo otimista demais.

Por isso mesmo apresentou-se ao juiz em seu melhor terno, com um par de sapatos bem engraxados e, só para impressionar, portando sua pasta de couro de executivo.

Homens como o juiz Johnson frequentam o mesmo clube de golfe do qual Adam é sócio – ou melhor, era. Comparecem aos mesmos jantares e eventos beneficentes de gala, comem os mesmos canapés e tomam os mesmos vinhos caros. Só que Adam não vê um canapé há quase um ano e sua bebida habitual continua a ser um uísque solitário.

É por isso que está adotando essa postura desafiadora e blefando. Em qualquer outro cenário, Adam seria igual ao juiz Johnson. Ririam tomando drinques e discutindo estratégias econômicas. Adam se pergunta se o juiz percebe isso.

O juiz continua sentado em sua cadeira de espaldar alto. Inclina-se para a frente, com os cotovelos sobre a mesa, estudando Adam por cima do aro dos óculos exageradamente grandes. Seus olhos lacrimosos são indecifráveis.

Adam tira um pelo de cachorro do joelho da calça. Uma notinha no jornal local informou que o abrigo reabrira. Talvez hoje mais tarde ele faça uma nova tentativa de livrar-se do cão. Tentou outros abrigos, mas ninguém o quis. Em um deles, o funcionário foi direto: esses cães não são adotados. Os que já participaram de lutas conseguem uma passagem para um só destino.

– Os pit bulls entregues voluntariamente são submetidos à eutanásia piedosa – esclareceu o rapaz.

Entrega voluntária. Adam arrastou o cachorro de volta para o carro, frustrado. Ele não quer o bicho, mas também não será responsável pela sua morte. Pensa em Gina. Ele a viu andando na rua hoje de manhã, um trio de galgos deslizando, como alces, ao seu lado. Adam comprou o último saco de ração em outra loja. Se sobrar alguma coisa, doará ao abrigo quando devolver o cachorro.

Ele torce, ou melhor, reza, para o juiz liberá-lo.

– Você tem razão. Fez progresso, mas vai cumprir sua sentença até o fim. Nos vemos em setembro. Marque uma hora com a minha secretária quando sair.

O juiz abre o volumoso livro de direito, arruma os óculos no rosto e se esquece de que Adam um dia esteve nesta sala.

◆ ◆ ◆

A porta do corredor está meio emperrada e Adam a empurra com o bico do sapato de 300 dólares. Sobe as escadas, o ritmo das passadas já reduzido ao de uma caminhada penosa quando alcança o terceiro piso. O peso da sentença se abate sobre ele. Os intermináveis meses de punição servil, a complicação extra de tentar montar seu próprio negócio e o domínio que o Centro Fort Street exerce sobre ele pesam nos ombros de Adam a cada passo, fazendo-o acreditar que não conseguirá mais andar. Não fazia ideia de quanto ansiava pela liberdade até que ela lhe foi negada. Nos últimos tempos, via a si mesmo como um homem livre, pronto para retomar seu lugar na sociedade. Aprendeu uma lição. Está trabalhando a própria humildade. Reassumirá as rédeas de sua vida e terá seu poder plenamente restaurado daqui a seis meses. Mas por enquanto continuará servindo comida de porcos aos sem-teto. Bem, não exatamente. A comida de Rafe não combina com essa expressão. Rafe. Ishmael. Mike e Big Bob. Eles praticamente fizeram uma festa de despedida. Até eles acharam que Adam estava reabilitado.

O cão o aguarda, como sempre, sentado no meio da sala, como se não tivesse passado horas e horas dormindo no sofá. As profundas depressões nas almofadas são mais do que prova, porém o animal sempre finge inocência, cumprimentando-o e bocejando. Diariamente, Adam indaga: "Você estava no sofá?" E, diariamente, o cachorro balança o rabo pontudo e faz uma expressão que pergunta: "Quem? Eu?"

Hoje, Adam nem sequer olha para ele. Larga a pasta no chão, tira o sobretudo elegante e o joga no sofá cheio de pelos de cachorro, arranca a gravata e entra na cozinha. A garrafa de Dewar's está pela metade. Pega um copo que repousa na pia. Sem ao menos passar uma água para lavar o que sobrou da dose de ontem, está prestes a se servir de dois dedos de uísque quando o celular toca. Adam vê que é uma ligação de Ariel e pousa o copo vazio na bancada.

– Oi, meu bem.

– Posso dar o bolo em você no sábado? Taylor vai dar uma superfesta de aniversário e vamos todas fazer umas compras antes. Eu quero tanto...

– Tudo bem. Divirta-se. E dê os parabéns a Taylor por mim – concorda

Adam, desligando o telefone antes mesmo de ouvir o "obrigada" da filha, que é especialista em encontrar motivos para não passar os sábados com ele. Esse é só mais um que Adam jamais terá de volta.

Então, Sterling telefona. Em algum momento do ano passado, os advogados deixaram de ser intermediários dos dois e ela descobriu que era possível ligar e atormentá-lo pessoalmente com frequência. Talvez até esteja sentindo prazer nisso.

Não há qualquer preâmbulo nas conversas com Sterling nos últimos tempos. Ela simplesmente dispara o assunto como um míssil, não permitindo ao ex-marido um instante de transição entre o "Alô" e o "Eu quero". É quase como se lhe negasse a chance de falar, como se algo na voz dele a obrigasse a recordar os anos que viveram juntos. Houve uma época em que, quando se falavam por telefone, ouviam um ao outro. Despediam-se com um afetuoso "Te amo" ou "Não demoro" ou "Estou com saudades". Agora a despedida é o som do aparelho sendo desligado.

Pior, Adam sabe que, uma vez encerrada a lista de exigências, Sterling vai começar a recitar os defeitos dele: seu temperamento difícil, seu caráter pouco confiável, o fato de ter destruído a vida dela – quer dizer, o status social dela, que, até onde Adam pode ver, não baixou sequer um ponto no sociômetro. Ela ficou com os amigos do casal. Continua com as casas. Ainda preside os eventos de caridade que viram notícia na TV.

Sterling liga unicamente para providenciar o que lhe convém, para pedir alguma coisa, para humilhá-lo. Adam desapontou-a de tal maneira que ela se vinga do ex-marido a cada telefonema.

Por isso, é com enorme relutância que ele aperta o botão para atender. Em vez de ser a mulher com quem Adam esperava passar o resto da vida, Sterling transformou-se numa marreta que o golpeia com seus pecados sempre que possível.

Desta vez, ela aborda a súbita necessidade de um carro para Ariel, que fará a prova de direção dentro de um mês. Sterling acha que todo jovem de 16 anos deveria ganhar um carro no aniversário, um Miata ou um Volvo, algo seguro e sofisticado. Algo que desperte a inveja das filhas de 16 anos de todo mundo.

Em determinado momento do telefonema, Adam se desliga da voz de Sterling, que soa como uma abelha zumbindo ou como a campainha do celular de outra pessoa; ou seja, uma chatice difícil de ignorar. Ele afasta o telefone do ouvido e passeia pelo pequeno apartamento. Afofa uma das almofadas que o cachorro achatou. Lava o copo de geleia sujo e o enche de água. Palavras miniaturizadas pela distância do telefone, como se Sterling estivesse aprisionada no fino aparelho mas continuasse a zumbir lá dentro. Ele ouve algumas coisas. Uma frase aqui, outra ali saem com inesperada clareza. É preciso considerar a necessidade de comprar um trailer para transportar o cavalo se quiserem que Ariel participe das competições importantes.

Adam despeja a água do copo na tigela do cachorro e abre a garrafa de uísque.

O zumbido de Sterling está cada vez mais longe. O celular descansa na bancada. O copo está cheio de uísque. Faz-se um instante de silêncio. Depois ouve-se a voz perguntar se ele ainda está ali. Adam não sabe. Ainda está ali? O Adam que ele foi um dia? Ele não tem dinheiro para encher o tanque de gasolina, quanto mais para comprar um carro para uma filha que o trata com desprezo. Ela não precisa de mais um símbolo de status, de mais um item da lista mate-os-vizinhos-de-inveja. A ideia de que a princesinha do papai será privada de alguma coisa é absurda. Adam sabe o que é privação. Privação é não ter um tênis novo quando seus dedos estão saindo pelo buraco do sapato velho.

Adam aperta o botão de encerrar a ligação com tanta força que desliga o aparelho. Delicadamente, ele pousa o celular na bancada, serve mais um pouco de uísque no copo de geleia quase vazio e vai para a sala.

A verdade é que se as coisas ainda fossem como eram antes, se ele não tivesse ferrado sua própria vida num ataque de fúria, teria o maior prazer em sair para comprar um carro para Ariel. Ele adoraria contemplar a satisfação estampada no rosto da filha ao ver o Volvo ou o Miata novinho, ou qualquer que fosse o carro da moda no momento, na entrada de casa, envolto num belo laçarote. Ele não negaria isso a Ariel por nada neste mundo.

Uma pontada de ansiedade é adicionada ao peso do desespero. Ele não está livre de Fort Street. Quando será que vai superar essa decadência, essa pobreza? Desde os tempos de estudante, quando dirigia ônibus até tarde da noite para pagar a universidade, Adam não se preocupava em comparar os preços dos produtos no supermercado, não deixava de abrir uma conta que chegava pelo correio nem pagava apenas o valor mínimo do cartão de crédito.

A mesa, sob a qual o cão se enfiou deixando de fora apenas a ponta do rabo, está repleta de correspondências fechadas, ao lado de um laptop que ele está cansado demais para abrir. Está cansado demais para fazer uma pesquisa de emprego na internet, cansado demais para pensar.

Adam toma um trago do uísque. A queimação diminui a cada gole.

CAPÍTULO 29

Foi meio desconcertante observá-lo choramingar daquele jeito. Principalmente quando começou a chorar para valer. Nunca vi um humano assim. Muitos da minha espécie ganem, mas aquilo foi doloroso de ouvir. Ele parou de brincar com seu brinquedo e começou a gritar tanto que me escondi debaixo da mesa. Se ele ficasse emitindo sons como aqueles, eu trataria de dar no pé. Eu sabia o que um humano com raiva era capaz de fazer. Não era obrigado a ficar ao lado dele. Na primeira oportunidade, rua! Pra começar, eu não fazia ideia de por que estava aqui. Não treinávamos. Ele não me colocava para lutar. Mal notava minha presença. Ficávamos cada um no seu canto. Não havia nem sombra daquela união que eu vira entre o meu mentor e seu humano, ou o sujeito que me livrou da vara e sua cadelinha, ou mesmo o labrador e seu dono.

Ele ficou parado. Muito parado. Sentou-se no sofá segurando uma bebida, os olhos fixos na sala vazia. Então me coloquei em seu campo de visão, só para ele ter algo para o que olhar. Lágrimas enormes escorriam de seus olhos abertos e rolavam pelo rosto. Ele bebia e chorava. Chorava e bebia. Deitei no tapete, mas mantive os olhos nele.

Quando o copo ficou vazio, ele se deitou, mas o som não cessou. Eu me levantei, me espreguicei, dei uma sacudida no corpo e sentei. Se ele tivesse parado de fazer aquele barulho, eu poderia ter me desligado. Mas ele não parou. O som continuou, um gemido primitivo de desespero, de angústia. Não como um animal na boca de seu predador ou um lutador na arena após ser derrotado. Aquilo mais parecia os ganidos dos cães que acabaram no abrigo comigo, dos que haviam se perdido, separados de seus humanos, incapazes de cuidar de si mesmos. O som do abandono. Não muito diferente do uivo triste do meu mentor quando se deu conta de que não veria novamente o seu dono. Ou até meio parecido com o som que eu mesmo fiz quando o levaram por aquela porta no final do corredor.

O que me restava fazer? Sou um cão, eu precisava ajudar. Fui chegando de mansinho ao seu lado, cheirando sua mão até sentir seus dedos deslizarem pela minha orelha. Encostei o focinho na sua bochecha e dei uma lambida. Não tinha um gosto ruim. Era salgado. Ele não me empurrou, por isso cheguei mais perto, insistindo e me aproximando, até que estávamos dividindo o sofá. Ele descansou um braço no meu lombo e encostou o rosto no meu. Então, dormimos.

CAPÍTULO 30

Adam sonha que está caminhando por um corredor movimentado. Precisa fazer alguma coisa, mas não consegue se lembrar o quê. Os braços sentem o peso de algo que ele não vê. É empurrado de um lado para outro por uma multidão que caminha na direção oposta. Acorda assustado.

O cão conseguiu imprensá-lo contra o encosto do sofá, o corpo inteiro grudado ao seu, o focinho quadrado enfiado em seu pescoço, o hálito úmido fazendo cócegas. Adam luta com o peso do cachorro para conseguir se sentar. De repente, o animal desce do sofá, dá uma espreguiçada e um bocejo.

– Ao menos um de nós teve um sono decente.

O cachorro, satisfeito, estremece vigorosamente e senta-se no chão na frente de Adam.

Adam afaga sua cabeça, notando como é macia. O osso do crânio é duro como pedra, mas o pelo curto e malhado é suave como seda. Adam repete o gesto. O cão abre a boca e mostra os dentes numa espécie de sorriso. O rabo espana o chão para lá e para cá.

– Você é um cachorro feio – diz Adam, num tom que leva o cão ao delírio. – Eu devia chamar você de Feioso, cara.

O animal se põe de pé, balançando o rabo de excitação pelos elogios de Adam.

– O abrigo reabriu, sabia? O Dr. Gil me deixou um recado.

O cachorro começa a dançar nas patas traseiras, animado com essa conversa incomum.

– Está preparado para voltar?

Hunnha hunnha.

– Amanhã, talvez.

Adam se levanta. O céu do outro lado da janela está escuro e ele não sabe ao certo que horas são. Pode ser o fim da tarde ou antes do amanhecer. Ele se sente como se tivesse sido atropelado. O copo de geleia está emborcado ao lado do sofá. Adam consulta o relógio do micro-ondas. Três da manhã. Ele não passeou com o cachorro. Não lhe deu comida.

A última noite de fevereiro é fria, clara e incrivelmente silenciosa. Adam leva o cão para dar uma volta no quarteirão, deixando que o ar frio e cortante lhe limpe os pulmões e clareie os pensamentos. Tudo está tão quieto e tranquilo que ele solta o cachorro para que ele vá farejar num terreno baldio. O único veículo que passa é um carro de polícia e a única alma é a do guarda solitário, que olha para Adam e abaixa o vidro, parecendo quase feliz com a interrupção em sua ronda.

– Só estou passeando com o cachorro – esclarece Adam, mostrando a guia.

– É proibido andar com cães soltos aqui.

– Sei disso. Acho que cometi uma pequena infração.

O policial sorri e segue em frente.

Já faz tempo que o cachorro sumiu e Adam se pergunta se ele voltará. E se tiver fugido? E se, por ser um cachorro de rua, achar que Adam simplesmente o libertou? Adam jamais o deixou sem a guia antes. Não há como saber se o animal atenderá, mesmo que ele chame. Adam aguça os ouvidos, tentando captar algum sinal para localizá-lo no terreno abandonado. Sumiu. Fugiu. Adam pensa na tigela vazia no chão da cozinha.

Adam pega a guia e a enrola na mão. Não pode sequer chamar o cachorro, pois ele não tem nome. Está com o animal há quase três semanas e se recusa a chamá-lo de outra coisa que não "garoto" ou "cara" ou "você". Recusa-se a considerá-lo mais do que um hóspede desagradável.

Vem, garoto. Aqui, cara.

A sensação do pelo macio foi como cetim para os dedos de Adam. A coisa mais suave que ele tocou depois da pele de bebê de Ariel.

A distância, o som de fungadelas.

– Ei, garoto!

Emergindo da escuridão, lá vem o cachorro com o rabo abanando.

Uma sensação de alívio indescritível percorre o corpo de Adam. Sua mão treme um pouco quando ele prende a guia na coleira.

– Bom garoto – diz ele, afagando a cabeça do cão.

◆◆◆

Adam entra no banheiro e faz xixi, escova os dentes rapidamente e tira o moletom e o jeans, que joga na cesta de roupa suja. Deita-se na cama desarrumada. Depois de um tempo em silêncio, chama o cachorro.

– Você vem?

Seu último pensamento antes de pegar no sono profundo é que nem imagina o que Gina irá dizer quando ele contar que vai ficar com o cão, que ronca ao pé da cama. Mas, de certa forma, é confortante para Adam pensar que ela talvez aprove.

CAPÍTULO 31

Quase não atendi quando ele me chamou. Eu estava livre pela primeira vez em muito tempo e, honestamente, achei que essa fosse a intenção dele quando me soltou da guia. Havíamos nos comunicado, ele me tocando com as mãos e eu tocando-o com o focinho. Um pedaço da barreira entre nós cedeu um pouquinho. Como filhotes, dormimos enroscados um no outro. Então, quando ele me soltou, achei que fosse seu jeito de dizer que eu devia partir para um voo solo mais uma vez. Nosso tempo juntos – cuja finalidade ainda desconheço – havia acabado.

Saímos na noite, as ruas silenciosas como só acontece quando os moradores ficam dentro de suas casas e os carros não circulam mais. Os animais noturnos, como camundongos e ratazanas, espreitavam em todo canto, mas eu os ignorei, já que estava preso à guia. De nada adiantava mesmo.

Não havia outros cães por ali, nenhum cheiro mais recente do que os daquela tarde chegou ao meu focinho investigador. Demarquei um território fresco. Quando chegamos ao lugar vazio e o homem soltou a guia da coleira, entendi que estava sendo libertado. Bom, pensei. Muito justo. Ele me serviu bem e eu me comportei. Agora é hora de dar o fora. Procurar um abrigo quentinho sob um arbusto, enfiar meu focinho debaixo do rabo e esquecer a vida mansa de cama e comida. Já era. Obrigado e adeus.

Segui em direção à escuridão, esquadrinhando o terreno vazio, checando sinais de outros cães, o cheiro morno de um camundongo, e procurando futuras refeições. Fiquei inebriado com o odor das criaturas livres. Fezes denunciaram a presença de carniceiros, daqueles animais que se alimentam por conta própria e dos que desfrutam da boa vontade humana e esperam comodamente por refeições regulares. Como eu, nesse curto período.

Eu sabia que demonstrações de afeto da parte dele não deviam ser encaradas como amizade. Não ia confundir uma proximidade patética com submissão. Não mesmo. Tudo era muito simples: ele me dava comida, eu era agradável. Não lhe devia coisa alguma. Em compensação, ele também não me devia nada. Senti pena dele naquele momento, só isso. O sujeito estava sofrendo e eu lhe ofereci um consolo momentâneo. O que não significava que seríamos companheiros.

Ouvi a voz dele e entendi o significado do que ele quis dizer, ainda que não compreendesse as palavras. Uma palmada na perna, um assovio grave. Continuei explorando o terreno, mas fiquei dividido entre a liberdade e um lugar quentinho para dormir. Imagens de meus velhos colegas e de latas de lixo se insinuaram em meus pensamentos quando encontrei sinais de ambos sob a neve dura.

Ele chamou de novo, um pouquinho mais alto, ligeiramente aflito. Será que entendi mal? Será que o humano estava apenas me permitindo uma certa privacidade, um leve distanciamento para refletir? Ergui a cabeça, fiquei imóvel como um cão rastreador. Uma brisa cortante levantou pedaços de papel aninhados entre os montículos de neve prensada. Estremeci de frio. Eu não precisava dormir ao relento hoje. Podia ir para casa com ele. Aceitar a guia.

Vem, garoto. Aqui, cara.

Nada em minha experiência me levava a acreditar que os seres humanos são confiáveis. Quando eu morava no porão, os rapazes podiam até ser bem simpáticos, principalmente se estávamos ganhando. Mas, do nada, também podiam nos chutar para o outro canto da sala. Por que eu deveria interpretar um momento agradável entre nós como o prenúncio de uma vida melhor? O que ele pretendia, me soltando e depois me chamando de volta com aquele barulho petulante? Demonstrar sua superioridade? Não, eu ia ficar na minha.

Foi quando ele se calou que entendi. No silêncio total daquela noite de inverno, eu o ouvi suspirar. Um som que indicava rendição, desapontamento.

Voltei para ele. Com o coração aberto. Prenda sua guia na minha coleira por enquanto. Espero até a primavera para me mandar.

Bom garoto.

CAPÍTULO 32

Adam sente um arrepio quando prende a guia na coleira do cachorro. A placa da entrada da loja de Gina dá as boas-vindas e as luzes estão acesas. Parece que os peixinhos que atravessam nadando o arco-íris da vitrine se encontram em seu estômago agora. Faz pouco tempo que ele aprendeu: os peixes ornamentais da A a Z vão de anjo-do-mar a peixe-zebra. Adam vem tentando não passar tanto tempo à janela, ainda sem graça com o comentário de Gina a respeito de sua vida. Muito bem, agora ele está prestes a lhe mostrar que pode mudar, se quiser. Ele falou com o Dr. Stein sobre essa necessidade irracional de dar explicações a uma mulher com quem não tem relacionamento algum, ou pior, que é uma oponente declarada. O psicólogo quer que ele examine a própria motivação.

Não foi Gina que o convenceu a ficar com o cachorro. A decisão foi sua, e ele terá que arcar com as consequências disso durante muito tempo. Adam quer deixar claro para Gina que não resolveu adotar o cão por vergonha dela. E gostaria de lhe pedir orientação sobre adestramento. Essa mania de avançar em todos os cachorros que passam na rua tem que acabar. Talvez ela possa recomendar outro livro.

– Venha.

Ele ainda não batizou o cão. Sempre que pensa em um nome, testa para ver se o animal atende. A essa altura, Garoto é o mais provável. O cachorro não atende nem obedece a qualquer palavra dita suavemente. Adam leu todo o livrinho sobre pit bulls, mas não adiantou muita coisa. Assim, por enquanto, é tudo na base da intuição. Quando ele pega a tigela vazia, o cachorro vem. Quando sacode a guia, o cão se dirige para a porta. Qualquer movimento repentino – como quando ele bateu com o tornozelo na mesinha de centro e gritou um "ai" – assusta o cachorro, que corre para seu esconderijo debaixo da mesa.

– Vamos visitar Gina.

O clima ainda é de pleno inverno. Nesse momento, é impossível se lembrar de como é o calor. Os homens no Centro Fort Street estão calejados pelo frio, as bochechas ressecadas, os lábios rachados e os narizes exibindo veias azuis e avermelhados nas beiradas. Eles tiram as bandejas plásticas ainda quentes da máquina de lavar louça e as seguram junto ao corpo. Vestem várias camadas de roupa, peças descartadas doadas ao Exército da Salvação ou diretamente ao Centro. Na entrada do Fort Street há uma enorme caixa de papelão onde os doadores podem deixar roupas que não querem mais. Ultimamente, ela anda bem vazia. Tudo o que é usável veste o corpo de alguém.

Gina está em pé, emoldurada pelo batente da porta, quando Adam e o cachorro atravessam a rua. Por um instante, Adam imagina se ela estará à sua espera. Então ela se vira. Quem quer que a moça estivesse esperando não apareceu. Claro que não era ele.

◆◆◆

Os papagaios cacarejam uma imitação razoável de um cumprimento quando Adam e o cão entram na loja e encontram Gina de pé com uma rede de pesca na mão. Apesar do frio lá fora, dentro da loja está quente e ela usa uma blusa branca de mangas curtas, abotoada na frente, que delineia o contorno do seu corpo e deixa à mostra um encantador triângulo de pele abaixo da garganta. O cabelo solto e macio cai nos ombros. Ela não parece uma vendedora, mas uma mulher que terá um encontro depois do trabalho. Há uma gota de água em seu pulso.

Quando percebe que Adam e o cachorro estão no meio da loja, Gina pendura a rede molhada em um gancho e cruza os braços. Não sorri, mas as sobrancelhas expressivas se arqueiam como pontos de interrogação.

– Achei que o abrigo tivesse reaberto.

Adam se inclina e passa a mão pelo lombo do cão, que balança o rabo levemente e mantém os olhos fixos em Gina.

– Vou ficar com ele.

Adam espera, também observando o rosto de Gina, com os lábios entreabertos de expectativa pela reação dela. Ele aguarda para ver se a hostilidade com a qual Gina costuma olhá-lo vai desaparecer, ainda que por um instante.

– O que fez você mudar de ideia? – O tom dela é de desconfiança, não de aprovação.

Adam dá de ombros, um gesto praticamente imperceptível sob o volume do casaco.

– Sei lá. Coisas – responde, desapontado, sentindo-se como um garoto mostrando um desenho que não agradou. – Me acostumei com ele.

Muito devagar, relutantemente, um sorriso aflora nos lábios de Gina.

– Se quer a minha opinião, acho que fez a coisa certa.

O desapontamento de Adam some. Ele não faz ideia de por que deseja que Gina seja legal com ele, mas quer a aprovação dela e pronto. Até essa reação modesta o satisfaz.

– Torci para que você dissesse isso. Ainda acho que estou fazendo uma maluquice, mas tudo bem.

O cão se senta e abre a boca em um cavernoso bocejo.

– Você ligou para o Dr. Gil para avisar?

– Não. Por que deveria?

– Ele deve querer saber. Considerando-se... – Gina hesita – as circunstâncias, talvez fosse bom você assegurá-lo de que está decidido a ficar com o cachorro.

– Certo.

Gina estende a mão e pega um biscoito canino.

– Que nome vai dar a ele? – indaga, mostrando o biscoito, que o cachorro pega de sua mão como um cavalheiro.

– No momento, parece que a escolha óbvia é Garoto.

– Ah, não. Todo cão macho do planeta se chama Garoto, pelo menos durante algum tempo. Escolha algo que o diferencie dos outros.

– Você acha que o fato de ser um pit bull não basta?

– Não. Você está dando a ele a chance de ter uma nova vida, uma nova identidade.

– Falando assim, soa como um programa de proteção a testemunhas para cachorros.

– É mais ou menos isso. Não vai ser fácil. Espero que você saiba que terá que dar duro para se entender com ele.

Isso não faz parte dos planos de Adam. Ele acha que as coisas vão bem como estão – exceto pela agressividade do cão na rua.

– Preciso dar um jeito de evitar que ele arranque meus braços toda vez que encontra outro cachorro.

– Ele já está aprendendo isso. Pode aprender mais.

– Assim espero.

– Conheço uns encantadores de cães. Vou ver se encontro os cartões – diz Gina, desaparecendo atrás do balcão.

– Quando foi que os treinadores se tornaram encantadores? Esse cara é fogo. Acho que, para ensiná-lo, vou ter que dar uns gritos com ele.

Gina fica de pé.

– Isso é exatamente o que você não pode fazer. Sério. Ele precisa ser convencido de que é melhor ser gentil.

Adam lembra que o cão corre imediatamente para debaixo da mesa todas as vezes que ele fala alto ao telefone ou reclama do time adversário nas tardes de domingo.

– Tem razão. Ele com certeza é do tipo forte e sensível.

– Não brinque. Deve ser mesmo. Esses cães são criados dessa forma, não nascem assim.

– Disso eu não tenho certeza, mas o tempo dirá – responde Adam, pegando os cartões e passando os olhos na pequena coleção. Sabe que não pode pagar um adestrador, mas continua a conversa. – Qual desses você recomenda?

– Todos são ótimos. Mas acho que você deve começar com o Etiqueta Canina. Eles são muito bons com animais problemáticos – sugere Gina, pousando os olhos cor de oliva em Adam. Pela primeira vez, há neles algo além de desprezo. – Eu realmente acho que existe esperança para ele.

Adam pode perceber em si mesmo uma predisposição para ser gentil, ou talvez apenas uma vontade de achar que não é tão mau assim. Talvez exista esperança para *ele*.

– Você pode chamá-lo de Chance. Está lhe dando uma. Talvez ele também esteja lhe dando uma chance – comenta Gina, corando um pouco.

– Chance de quê?

Gina se vira, pega a redinha e volta a mudar os peixes de lugar. O que quer que ela esteja pensando, não diz. Adam se pergunta se ela não teria ficado sem graça com a própria presunção.

– Chance. É. Quem sabe? Você gosta? Ei, Chance.

O cão, que até então xeretava com o focinho a vitrine de comida para peixes, inclina a cabeça para Adam e a boca avantajada se abre num sorriso canino.

– Acho que ele gostou.

Gina pendura a rede de novo e se aproxima de Adam o suficiente para que ele inspire o leve aroma floral de xampu. Ela se agacha ao lado do cachorro.

– Parece que temos um vencedor – diz ela, afagando a cabeça do cão e depois tocando no braço de Adam. – Você está fazendo uma coisa bacana.

Agora é ele que enrubesce. Gosta daquele toque, tão simples, tão humano. Essa sensação revela a solidão que constitui o tema central da sua vida.

CAPÍTULO 33

O pelo do meu dorso se arrepiou antes mesmo que eu pudesse identificar aquele odor. Numa reação totalmente instintiva, rosnei, um rosnado grave e de alerta, diferente do meu estilo habitual. Não se tratava de outro cão invadindo o território definido pelo comprimento da minha guia. Eram eles. Os rapazes. Os que mantiveram a mim e meus pais no porão, obrigando-nos a competir, a procriar e a treinar. Eu podia sentir a hostilidade pulsando em meu coração. Será que esse encontro foi proposital? Seria ali que a minha liberdade iria acabar?

Ultimamente o meu humano andava falando comigo, repetindo várias vezes a mesma palavra até que eu compreendesse o significado. Era bem divertido. E a recompensa, um biscoito, bastava para me manter concentrado no jogo por vários minutos. Não lembrava nem um pouco o treinamento que os rapazes nos impunham, utilizando paus e correntes. Agora, com as ruas sem neve, até corríamos um pouco; nada de muito difícil, um pequeno cooper de meio quilômetro no parque, em volta do laguinho. Ele bufava e arfava no final, enquanto eu mal começava a ofegar. Ou a minha energia estava recuperada ou a dele já era.

De vez em quando eu deixava meu posto debaixo da mesa para me sentar perto dele e vê-lo brincar com seus brinquedos. Ele chegou mesmo a se tornar generoso com a própria comida, um pedacinho de carne aqui, uma lambida no prato ali, o suficiente para me confundir na hora de avaliá-lo.

Ele falou uma daquelas palavras para mim: *Chance*. Depois: *Quieto*. Essas palavras eram repetidas tantas vezes que eu pude descobrir que a primeira, ou talvez a segunda, me identificava para ele. Na maioria das vezes elas eram pronunciadas juntas: *Chancequieto*. Senti uma ligeira tensão na guia, como uma mensagem direta para mim aqui embaixo. Uma vibração de preocupação, passos acelerados.

Eu não queria parar para não ser reconhecido, por isso comecei a puxar a guia. Ele não me puxou de volta, o que fez com que o enforcador apertasse meu pescoço como quando eu falava com outros da minha espécie na rua. Aparentemente, meu humano também não queria parar. Ambos sabíamos que nada de bom resultaria daquele encontro. O cheiro dos rapazes e o som dos seus pés no cimento me deixaram nervoso. Eu não queria voltar a lutar.

Então ele parou. Os rapazes estavam diante de nós, suas vozes e posturas sugerindo desafio.

Será que esse cara iria brigar por mim, depois de me aplicar um treinamento tão ineficaz? Ou será que me entregaria aos rapazes e deixaria que me levassem de volta para o porão? Dificilmente eu levaria a melhor ao enfrentar um cachorro isca, o que me fez pensar em todos os pobres-coitados que eu havia treinado – certo, massacrado. Esses rapazes não ficariam felizes quando descobrissem que, de agora em diante, eu seria apenas autodefesa no ringue, nada de superioridade física. Eles amarrariam as minhas mandíbulas e os outros me comeriam no almoço.

Percebi que caíra na armadilha de animal de estimação. Era uma situação confortável, e aqueles antigos donos representavam um retorno a um estilo de vida completamente oposto. Grudei em suas pernas, implorando – não me orgulho disso – que ele não soltasse a guia. Não me devolva. Talvez eu não queira ser cão de estimação, mas com certeza não quero voltar para aquele porão. Eu ainda planejava o meu salto para a independência, mas só quando me conviesse. Não por enquanto. E não seria para voltar para minha antiga vida, e sim para me tornar novamente um cão livre.

CAPÍTULO 34

– Ei, cara. Onde arrumou esse cachorro? – indagam dois jovens que surgem de repente.

Eles vestem roupas folgadas, parecendo anões dentro dos gigantescos moletons pretos decorados com o logotipo de uma famosa marca de tênis. Os bonés, também pretos, estão cobertos pelos capuzes dos casacos, que protegem do ar gelado. Nos pés, cintilantes tênis brancos. Um deles usa óculos escuros, o que lhe dá uma aparência de roqueiro. O outro traz uma corrente que vai do cinto ao bolso traseiro. Ela tilinta um pouco enquanto o rapaz se aproxima a passos largos de Adam, o volume da calça obrigando-o a andar de um jeito presunçoso para impedir que a roupa caia pelas pernas.

– Sou criador – é a primeira coisa que vem à cabeça de Adam.

– Parece o meu cachorro. Ele foi roubado. Sabe alguma coisa sobre isso?

– Não – responde Adam, perguntando-se o que está fazendo desse lado da cidade.

Ele tem caminhado com o cão uma hora por dia, conforme a recomendação do livrinho de adestramento. Na verdade, está até gostando dessa atividade forçada. Com os pensamentos voando no ritmo da caminhada, acabou se afastando seis quarteirões da área policiada do centro. Esqueceu de voltar. Adam não se considera preconceituoso, mas está fora da zona de segurança. Um homem branco passeando um pit bull chama atenção por aqui.

– Você está procurando alguma coisa? – pergunta o jovem sem óculos, com uma voz suave. O rosto, emoldurado pelo capuz gigante, tem uma expressão indagadora, os olhos quase amistosos. – Um pouco de aventura?

– Não, só estou passeando com o meu cachorro.

– Posso te arranjar alguma coisa, se quiser.

– Não quero nada.

Adam está encurralado. O cachorro está de pé, com a cabeça baixa, os olhos castanho-amarelados erguidos, o pelo eriçado, o rabo reto como a agulha de uma bússola e os pés plantados na calçada suja. Chance emite uma vocalização intermitente, que tanto pode ser um rosnado quanto um protesto, mas indubitavelmente uma expressão de ansiedade.

– Ei, irmão, tudo bem? – o jovem de óculos diz ao cachorro, abaixando-se e estalando os dedos. O cão rosna e se encolhe atrás da perna de Adam.

– Para mim, ele parece um lutador. Tem certeza de que não está a fim de um pouco de ação?

– Ele é um animal de estimação.

– Não parece. E aquela cicatriz ali?

– Ele é um animal de estimação – repete Adam, espremendo-se para passar entre os jovens altos, que chegam mais perto do cachorro.

Chance abaixa mais a cabeça, mantendo o olhar fixo nos dois. A pele macia em volta do focinho estremece e depois se arreganha, expondo os dentes. Os rapazes recuam.

Repentinamente com medo de que o cachorro parta para o ataque, Adam dá meia-volta, obrigando o cão a fazer o mesmo, e se afastam.

– Cara, parece mesmo o meu cachorro.

Os rapazes riem e entram numa loja de conveniência.

◆◆◆

– Quem você estava defendendo, Chance? – Adam percorreu seis quarteirões em apenas seis minutos. Há uma Starbucks aqui, que tem cadeiras do lado de fora mesmo no inverno. Vão parar um pouco, recuperar o fôlego e a tranquilidade com um luxo: um *mocha latte* duplo no maior tamanho promocional disponível. – A mim ou a você? Conhece aqueles caras?

É possível que os garotos estivessem falando a verdade. Gina disse que o cachorro parece já ter lutado. Mas por que ficou tão nervoso, se os conhecia? O motivo, de repente, parece óbvio.

– Eles machucavam você?

Adam se ajoelha no chão e segura o focinho do cão, forçando-o a olhar para ele:

– Eles obrigavam você a lutar?

O som do riso de um casal que sai da cafeteria faz Adam ficar de pé, envergonhado por ser pego falando com um animal. Dentro da loja, compra um biscoito, que partilha com Chance.

Enquanto ficam ali sentados, o pulso de Adam lentamente voltando ao normal, a bebida doce melhorando seu humor, uma mulher passa por eles. Ela olha para Chance. A expressão em seu rosto é de pânico, como se o cachorro pudesse pular em cima dela a qualquer momento. O medo da fama da raça a obriga a fazer um desvio para passar ao largo de onde os dois estão sentados.

Adam reconhece essa expressão por já tê-la visto antes, uma expressão que, secretamente, lhe enchia de satisfação. Sente um espasmo da dor nas costelas, respira fundo. Será que ele era tão mau, tão intimidador assim? Será que confundiu medo com respeito? Tantas vezes se gabou de não precisar do afeto dos outros, apenas de sua obediência. Não havia um funcionário sequer, exceto os profissionais do mesmo nível hierárquico, que não se dirigisse a ele como Sr. March. Nunca um empregado lhe mostrou as fotos do filho recém-nascido, ainda que ele passasse ao lado do pai de primeira viagem no momento em que mostrava as fotografias aos colegas. Não havia um único subordinado que lhe enviasse um cartão de Natal.

O último biscoito some na boca do cão, que o mastiga ruidosamente. Adam está congelando sentado na cadeira de metal enquanto a temperatura cai. Não tem dúvida de que seu rosto demonstrou esse mesmo medo ao ser confrontado pelos dois garotos. O medo daqueles que se encontram no controle, dos que decidem o próximo movimento.

A dor fantasma surge de novo e ele volta a respirar fundo. O cachorro vira para Adam, os olhos castanho-amarelados esperançosos de ver surgir mais um pedaço de biscoito, o encontro na calçada já esquecido.

– Está na hora de ir para casa.

CAPÍTULO 35

Rafe canta junto com Tracy Chapman em seu iPod, a voz bem abaixo do tom. Hoje ele preparou um bolo de carne com molho ferrugem, purê de batata com alho – sua especialidade – e uma salada que ocupa uma tigela do tamanho de uma caldeira de navio baleeiro. Esta se tornou uma das refeições favoritas de Adam, o que o deixa surpreso, já que bolo de carne, assim como fígado, era um prato proibido na residência dos March. Muitas das refeições de sua juventude tinham como prato principal bolo de carne misturado com pão ou cereal para render e colorido com ketchup. A versão de Rafe, porém, podia ser servida em qualquer dos restaurantes chiques que Adam frequentara no passado. Ele diz isso ao cozinheiro.

– Você acha, cara? Esta receita era da minha avó, que aprendeu com a avó dela e assim por diante, desde que foi trazida pela nossa gente nos navios negreiros.

– Rafe, seu exagero só não é maior do que sua habilidade na cozinha – diz Adam, desamarrando o avental e jogando-o na cesta de roupa suja.

O chef volta a pôr os fones no ouvido, sorrindo.

Adam está de ótimo humor. Duas coisas o animaram imensamente. A primeira foi um cliente – seu primeiro passo para se libertar da dívida pavorosa que contraiu desde que perdeu o emprego e os bens. A segunda foi o fato de Ariel ter lhe telefonado. Ela quer passar o fim de semana com ele, por livre e espontânea vontade. Isso é inédito, e Adam luta contra a suspeita de que o objetivo dela não seja aproveitar a companhia do pai, mas aborrecer a mãe. Ultimamente, Sterling tem se queixado de que Ariel anda aprontando. Suas antigas amigas sumiram e o pessoal com quem ela sai agora é meio esquisito. Adam defende a filha, dizendo que tudo não passa de rebeldia adolescente, mas Sterling, num raro momento de fragilidade, mostra-se preocupada com a possibilidade de haver algo errado, algo além do sofrimento normal da idade. Sterling contou que, de uma hora para outra, Ariel quer desistir de montar. As notas na escola estão caindo, ela não treina mais com a equipe de lacrosse. E ontem chegou em casa com um piercing no nariz.

Adam pensa nas atitudes desafiadoras de Ariel e na versão anos 1960 de Verônica. Piercings no nariz versus minissaias. Desrespeito adolescente normal versus sumiço total.

◆ ◆ ◆

Com tudo em ordem na cozinha do Centro, Adam enfia o casaco, põe no bolso o embrulho com as sobras de bolo de carne que Rafe mandou para Chance e deseja um bom fim de semana para os colegas de trabalho. Está com pressa. O resto do dia será gasto dando os retoques finais no plano de negócios do novo cliente. Uma empresa em início de operação, três empresários com cara de bebê que conseguiram levantar 1 milhão de dólares com os amigos e familiares para abrir uma firma de projetos de pistas de skate. Eles esperam se tornar os maiores arquitetos do ramo e Adam acha melhor deixar em casa o terno e a gravata quando fizer sua apresentação na segunda-feira de manhã. Depois, precisa planejar algumas refeições para Ariel. Dessa vez, ele vai resistir à tentação de levá-la a um restaurante que não pode pagar. Ele mesmo vai cozinhar. Aprendeu bastante com Rafe, embora ainda tenha problemas em calcular as quantidades. Por duas vezes, errou feio no tamanho da lasanha, que durou uma semana. E Chance precisa de seu passeio higiênico.

Faz tempo que Adam não assiste à TV.

◆◆◆

Adam considera as cinco e meia da tarde o melhor horário para levar o cão para passear, pois o parque já está esvaziando. Os dois correm em torno do lago artificial no centro do parque, depois se refrescam andando pela trilha que margeia os jardins. Ainda é muito cedo para se verem flores, mas já se percebe uma sugestão de verde rosado, um indício de reanimação nos ramos acima de suas cabeças. O cão malhado marcha ao lado de Adam, a língua pendente numa expressão de satisfação. À medida que diminui o passo, Adam solta mais a guia e deixa Chance fazer suas necessidades próximo aos jardins recentemente cercados.

Quando eles sobem uma pequena ladeira, Gina aparece com seus três galgos. Ela e Adam param a uma certa distância, inseguros quanto aos cães, principalmente por causa de Chance.

– Vou pôr a guia neles – diz Gina, chamando os cachorros, que olham como alces para Adam. Ele baixa os olhos para Chance e fica aliviado ao ver o rabo do animal balançando de leve.

Será que ele está feliz de encontrar Gina ou está demonstrando que não tem nada contra os três galgos? Muito lentamente, todos se juntam na trilha estreita. Focinhos farejam, rabos começam a balançar. Não há hostilidade. Os galgos se movem com altivez, rodeando Chance, entrelaçando suas guias. Para sair do meio da dança coreografada pelos quatro cães, Gina se vira com um movimento gracioso e dá uma gargalhada.

Chance tolera o interrogatório dos galgos. Sem avançar. Sem rosnar. Sem arreganhar os lábios.

– Bom garoto, Chance – exclama Adam, dando uma palmadinha no lombo do cão. O rabo continua a balançar.

– Ele está se saindo bem, não é?

– É. Definitivamente vem se comportando melhor com os outros cachorros.

Então um momento constrangedor se estabelece entre os dois. O que existe é uma ausência de definição. Trocaram palavras ásperas e tomaram chá juntos. Ela o observa, ele a vigia. Mas isso faz deles o quê? O tipo de conhecidos que dão meia-volta para terminar o passeio juntos ou o tipo que passa direto? Se as circunstâncias fossem diferentes, se ela não houvesse estado na trincheira inimiga tempos atrás, será que gostaria dele? Adam fica perplexo diante dos pensamentos que atravessam sua cabeça enquanto procura algo neutro para dizer.

– Bem, foi legal ver vocês – declara Gina, enquanto junta as três guias na mão esquerda. Parece uma charreteira, com os cães altos e claros dispostos à sua frente. – Tchau, tchau, Chance.

– Também estou indo. Podemos voltar juntos? – indaga Adam, puxando a guia e fazendo com que Chance se aproxime mais dele. – É bom para ele conviver com outros cachorros.

Gina assente movendo a cabeça:

– Claro.

Sem hostilidade, mas sem entusiasmo. Se tivesse que classificar essa reação, Adam talvez escolhesse a palavra *cautelosa*. Ele desanima. A essa altura, Gina não deveria ser tão receosa em relação à amizade dos dois. Uma hora ela se mostra disposta a lhe dar conselhos, outras vezes parece resistir a esquecer a ligação dele com a Dynamic Industries.

Caminham na direção da entrada do parque com seus portões de ferro batido. O silêncio não é exatamente confortável, mas também não chega a ser intolerável. Ambos mantêm a atenção nos cães. No entanto, é a lembrança insistente do toque da mão dela em seu braço que encoraja Adam a continuar andando ao seu lado e não dizer "também foi um prazer encontrar você" e seguir seu caminho.

Gina é a primeira a romper o silêncio.

– Afinal, quem você escolheu para adestrador?

– Ninguém. A verdade é que estou sem condições de pagar um adestrador. Pelo menos por enquanto.

Adam imagina que ela possa estranhar que um homem como ele não tenha dinheiro para pagar um simples adestramento canino e quase acrescenta que o treinador de cavalos da filha já lhe basta nessa especialidade. Mas não diz nada. Espera para ver o que ela dirá.

– Existem DVDs sobre adestramento. Você pode pegar na biblioteca municipal – sugere Gina. Se ficou surpresa, não demonstra.

– Boa ideia. Mas Chance já aprendeu o que significa "Sentado". Estamos fazendo grandes progressos com o "Venha". O que ainda não faz efeito é "Fique longe do meu sofá".

– Mas parece que ele não avança mais nos outros cachorros.

– Mais ou menos. Hoje é um bom dia.

– Sorte dos meus garotos.

– Sorte minha.

Eles passam pelo portão do parque. Gina para ao lado de um Prius estacionado.

– Por que você não aparece para pegar uma caminha para ele? Isso talvez ajude na questão do sofá.

– Vou aparecer, sim.

– Tenho algumas que não são muito caras.

– Tenho certeza de que uma cama de cachorro eu posso comprar.

Gina destranca a porta do carro e os três galgos pulam para dentro, enroscando-se uns nos outros no assento traseiro. Ela não oferece carona a Adam. Ainda assim, ele sorri enquanto aperta o passo a caminho de casa.

CAPÍTULO 36

Se está decepcionada por não sair com o pai para um daqueles jantares sofisticados, Ariel tem a delicadeza de disfarçar. Na verdade, ela é bastante agradável e não há sinal do seu iPod ou do celular. Adam acha que deveria ficar desconfiado ou eufórico. Mas talvez ela simplesmente esteja crescendo. Talvez a raiva esteja começando a passar. Ela tem 16 anos, é alta e esbelta. Sua semelhança física com Verônica é reforçada pela maneira como usa o cabelo – nem puxado para trás, amarrado num nó malfeito, nem com o rabo de cavalo infantil que vê em algumas garotas do bairro. Hoje o cabelo louro da filha está solto. Ondas naturais impedem que pareça sem graça. Uma echarpe grossa de cor creme envolve seu pescoço e uma jaqueta preta de pele de cordeiro cai por cima do jeans de grife. Dá para ver a minúscula pedrinha facetada na lateral do nariz, cintilando à luz do sol como um sinal de nascença vermelho-rubi. Não é tão ruim quanto ele imaginava. Com certeza o furo fechará quando a menina superar essa necessidade de automutilação em nome da moda. Enquanto isso, Adam está tentando aprender a olhar para o rosto dela sem ver o piercing. O efeito dessa produção toda é que ela parece ser bem mais velha, e ele sabe que é exatamente essa a intenção.

Sterling quer que Adam converse com Ariel sobre os amigos, o comportamento, as atitudes e o mau desempenho dela na escola, e voltou a lembrá-lo disso quando ele pegou a filha. Adam resolve fazer o papel de pai bonzinho. Por que estragar a tarde, já que, por enquanto, está tudo tão bem? Talvez quando levá-la de volta a Sylvan Fields amanhã ele diga alguma coisa. No momento, porém, vai aproveitar esse clima de cooperação, essa rara proximidade entre os dois.

Quando param no estacionamento atrás do prédio dele, Adam dá uma palmadinha no joelho de Ariel.

– Tem alguém que quero lhe apresentar.

Imediatamente, Ariel fica tensa:

– Quem? – indaga a menina, que solta o cinto de segurança mas não abre a porta.

– Não vou dizer, é surpresa.

Ele fica espantado com a reação da filha. Adam acabou não contando que havia decidido ficar com o cão que chamara de temporário.

– Você vai gostar dele.

Ariel visivelmente relaxa, sorri e prende uma mecha de cabelo atrás da orelha. Três brincos emolduram a delicada orelha que um dia o deixou maravilhado enquanto contemplava a filha dormindo.

– Certo. Ele. Tudo bem.

Nitidamente, Ariel não está disposta a aceitar outra mulher na vida do pai. Ele sorri, depois pensa em Gina. Se estivesse pronto para namorar, ela seria uma candidata provável? Comprou na loja dela uma cama de cachorro, e Gina se mostrou paciente enquanto Chance experimentava os vários modelos. Ambos sabiam que ele encontraria uma cama igualmente boa e mais barata em outro pet shop, mesmo assim ele lhe entregou seu cartão Visa endividado, inconformado por se preocupar com o que ela pensa a seu respeito. No entanto, existe algo em Gina que permanece nele sempre que a encontra.

Adam e Ariel sobem a escada dos fundos até o apartamento. Ele tenta não ver o lugar com os olhos dela. Apesar de ser um corredor relativamente normal, sem o cheiro horrível de comida vindo dos vizinhos, com uma ou outra porta decorada, a aparência é de um antigo corredor industrial. Carpete cinza, paredes bege. Luminárias sem graça iluminam a passagem, mesmo em plena luz do dia. O único edifício residencial que Ariel frequenta na vida fica na Park Avenue, em Nova York. Não há corredores ali; o elevador se abre no hall dos avós, que são donos do andar inteiro.

Adam se apressa em destrancar a porta.

Chance está sentado no meio da sala, as três almofadas amassadas no sofá são uma prova evidente de que a nova cama de cachorro foi um desperdício de dinheiro. Ao ver Ariel, o cão espana o chão com o rabo para lá e para cá e abre a boca, deixando a enorme língua pender para fora. Os olhos se entrefecham. Ele fica de pé e se sacode. Depois, senta-se novamente. Como acontece diante de qualquer estranho, a reação de Chance é cautelosa.

– Nossa, pai. Que p... diabo é isso?

– Meu cachorro.

– Um pit bull? Você tem um pit bull?

Mas ela está rindo e batendo nos joelhos para chamar o cão.

– É o mesmo que você tinha antes?

– É.

– E o que aconteceu para você ficar com ele?

– É uma longa história.

– Você sempre diz isso.

Chance caminha até Ariel, o rabo ainda balançando. A menina estende uma mão hesitante, permitindo que o cão a cheire primeiro antes de afagá-lo sob o queixo. Adam se pergunta onde foi que ela aprendeu a abordar cães estranhos. Certamente não foi com ele, que nunca soube como fazer isso. Existe tanta coisa que Adam não sabe sobre essa jovem. Não estava presente quando a fadinha do dente apareceu pela primeira vez. Passou em Hong Kong a noite em que ela se apresentou no coral da escola. Mesmo muito depois de começar a andar, ela quase sempre estava dormindo quando ele chegava do trabalho. Adam, como o restante de seus colegas, enfatizava a qualidade do tempo passado com os filhos. As férias para esquiar em Aspen. As aulas anuais de tênis que faziam. Ora, ele compensava sua ausência.

– Qual é o nome dele?

– Chance.

– Interessante – comenta a filha, enquanto passa os dedos para lá e para cá na cabeça e no lombo do cão, fazendo-o estremecer de prazer. – De quem foi a ideia?

– De Gina.

Mais uma vez, a tensão fica à mostra no retesamento dos músculos da boca de Ariel.

– Ela é dona do pet shop do outro lado da rua, que vende artigos chiques para animais de estimação e peixes ornamentais. Comprei a cama de cachorro com ela – explica Adam, num tom de voz indiferente até para seus próprios ouvidos.

Ariel relaxa de novo, como se uma dona de loja não fosse alguém que pudesse interessar ao pai. Ela se ergue para tirar o casaco, dá uma olhada em volta, larga o casaco sobre o sofá e vai buscar algo para beber na geladeira praticamente vazia.

Adam não tem a menor ideia do que vai fazer para entreter a filha nas próximas 24 horas.

◆◆◆

O bolo de carne de Adam não é tão saboroso quanto o de Rafe, embora ele tenha seguido fielmente a receita. O purê é passável, e ele trapaceou usando molho pronto. A salada, porém, está ótima. Ariel não só não torceu o nariz para o cardápio plebeu como se serviu de uma segunda fatia, embora fina, do bolo de carne.

– Então, pai.

– Sim?

Lá vem algum pedido que ele terá que negar. Um novo par de sapatos, uma escola melhor. Brincos de brilhantes. Ele vai decepcioná-la com a vaga promessa de alguma aquisição no futuro.

– Fui convidada para uma festa hoje à noite.

– Está dizendo que quer voltar para sua casa à noite? – indaga ele, desapontado.

Esse é um pedido que ele não pode negar, mas por que ela não falou antes?

– Não. É uma festa no MIT. Um cara que conheço…

– Não. De jeito nenhum. Quem colocou essa ideia na sua cabeça?

Adam recolhe os pratos e os põe dentro da pia. Comprou sorvete para a sobremesa. Escolheu um que vem com uns pedacinhos, lembrando-se de que Ariel sempre pedia essas coisas quando tomavam sorvete de casquinha.

– Tem sorvete de sobremesa.

– Pai, eu prometi que ia. Está tudo bem. Conheço as pessoas.

– Não. E aí, quer sorvete ou não?

Talvez se ele falar bem alto essa fantasia ridícula da filha de ir a uma festa de fraternidade no MIT se dissipe como uma nuvem de fumaça. Adam tenta não pensar que o dia inteiro de bom comportamento, conversas animadas e até mesmo o dever de matemática feito a quatro mãos na sua mesa não passou de uma estratégia para amolecê-lo.

– Mas, pai, todo mundo vai estar lá, todos os meus amigos. Se eu não aparecer, vão pegar no meu pé durante uma semana. Consegui convites para o pessoal e todos vão me encontrar lá. É totalmente seguro.

O cão se refugia debaixo da mesa. Nem mesmo a ponta do rabo é visível fora daquele diminuto perímetro. Descansa o focinho sobre as patas, mas os olhos não param sob as sobrancelhas móveis.

Ariel anda para lá e para cá na sala pequena, inicialmente usando um tom petulante, depois assumindo uma postura aduladora. A voz de Adam, que começa dura e firme, acaba embargada pela raiva.

– Nenhuma menina de 16 anos que vai a uma festa de fraternidade pode esperar que seja um programa seguro. Além disso, que tipo de aluno universitário convida uma criança...

– A mamãe disse que eu podia ir.

Ariel deve achá-lo um idiota.

– É, e eu vou ser coroado rei da Inglaterra. Tente uma mentira melhor.

– Eu não acredito que você não vai deixar. Você sempre disse que é importante estabelecer contatos.

– Não. Isso é coisa que a *sua mãe* diria.

Adam abre a torneira com tanta força que um jato de água quente espirra nele. Larga as panelas na água, joga um pouco de detergente líquido e começa a lavar furiosamente. O som da água corrente abafa a voz de Ariel. Adam fecha a torneira. Ela ainda não perdeu o fôlego.

– A Courtney vai. A festa é do primo dela.

Courtney Bevins. Filha do homem que ficou com o cargo de Adam na Dynamic. Seu ex-protegido. Aquele que convenceu Wannamaker de que Adam não deveria assumir a presidência. Ele descobriu isso.

– Courtney e os pais não são meus amigos.

– A mamãe gosta deles.

– Mesmo com tão pouca idade, tenho certeza de que você pode ver como essa amizade me agride.

Adam se cala. Ariel se cala. O pulso dele começa a se normalizar. Caso encerrado. Bola pra frente.

– Pai?

Ele se afasta da pia para virar-se para a filha. Ariel vestiu o casaco, pegou a bolsa escandalosamente cara e pendurou-a no ombro. Trocou a calça jeans por uma saia curta bem justa e calçou botas até os joelhos com saltos tão altos que parecia ser impossível alguém caminhar sobre eles. A jaqueta de pele de cordeiro está aberta, revelando um top decotado e colado no corpo, cuja visão provoca um choque no pai.

Ela o encara com uma expressão desafiadora que Adam talvez admirasse se não fosse dirigida a ele. A firmeza do queixo, o jeito como tira o cabelo dos olhos com um safanão, a forma como os lábios se entreabrem, tudo faz Adam pensar no que a espera em uma casa cheia de pós-adolescentes bêbados e excitados.

– Eu vou, pai. Você não pode me impedir.

– Não se atreva, Ariel.

– Você não tem a minha guarda. Eu vou. Odeio você.

– Não me responda, mocinha.

Ariel puxa a maçaneta com muita força e perde o controle da porta, que bate contra a parede.

– Não vire as costas para mim.

– Foda-se.

Será que ela disse mesmo isso ou ele ouviu um eco do passado? A dor fantasma, que nos últimos meses o tem atormentado menos, aperta seu peito como um torno.

A porta bate.

De debaixo da mesa, Chance dá uma olhada, mas não abre mão da segurança de seu esconderijo.

Adam congela. A água escorre pelo seu pulso, molhando a manga da camisa. Ele precisa trazer Ariel de volta, mas, ao mesmo tempo, acredita que alguns minutos na rua, onde há poucos táxis trafegando e não há estação de metrô por perto, serão suficientes para fazê-la mudar de ideia.

O pai nada fez para impedir a irmã de sair. Ficou na cozinha. Resmungando consigo mesmo. Sentou-se à mesa e abriu o jornal.

Então, Adam pensa em como a filha está vestida e imagina quem mais pode abordá-la na rua. O cão sai do esconderijo sob a mesa, passa ao largo de Adam e mantém os olhos fixos no dono, que está inclinado para a frente, apertando as costelas com as mãos molhadas. O Dr. Stein recomendou-lhe que não se esquecesse de respirar fundo e engolir a raiva quando ela aparecesse. Vai respirar fundo. De novo. Aí poderá sair atrás dela. O cão fareja a mala que Ariel trouxe e olha para Adam.

– Está tudo bem, garoto, tudo bem.

Adam ainda está inclinado para a frente, com os olhos fechados, resfolegando, do mesmo jeito que fica quando corre com o cachorro em volta do lago.

O focinho de Chance encontra o nariz de Adam. O susto faz Adam ficar de pé.

É quando se dá conta. Talvez o pai não pudesse ir atrás de Verônica porque Adam ficaria sozinho no apartamento. Não é de lamúrias que ele se lembra, mas de orações. Adam foi o motivo por que Verônica não voltou. Não havia outra pessoa para ficar com ele. O pai não a deixou partir, talvez simplesmente tenha sido incapaz de impedir.

Mas Adam não está incapacitado e Ariel não fugiu. Pegando as chaves e o celular, sai porta afora. Ouve Chance latir uma vez enquanto desce as escadas do prédio.

CAPÍTULO 37

Tirando o fato de que eles não se morderam, o confronto entre meu humano e seu filhote foi tão lastimável quanto qualquer luta a que já assisti na arena. Uau. Fiquei escondido sob a mesa, com a cabeça baixa, as orelhas grudadas na cabeça e os olhos fixos nos combatentes.

Observei as pernas dos dois dançarem por toda a sala, ambos usando as vozes como armas. Então, o filhote saiu batendo a porta. Meu humano ofegava, não como vitorioso nem como vencido, mas como um cão puxado para fora do ringue a fim de tomar fôlego para a investida final. Senti orgulho dele e toquei sua cara para fazê-lo saber que tinha um parceiro na arena.

Depois que ele saiu, fiquei ali por um bom tempo, sentindo o aroma dos corpos furiosos. O silêncio era tão grande, tão grande, que dava para ouvi-lo gritar lá embaixo na rua. Arranhei a porta. De repente distingui o barulho de um carro, um som tão familiar quanto a voz dele. Então, restou o silêncio normal do apartamento. Andei até a minha tigela de água, bebi um pouco, cheirei meu prato de comida vazio, tentei virar a lata de lixo com sua sedutora promessa de restos, mas ela estava bem presa entre a bancada e a parede, além de ter uma tampa diabolicamente inteligente que resistia a todas as minhas tentativas de abri-la.

Aí pulei no sofá, amassei as almofadas para ficar mais aconchegante e me acomodei para esperar a volta dos dois. O que acabou demorando um bocado, até para os padrões de um cão.

CAPÍTULO 38

Os dois minutos que levou para chegar à rua foram suficientes para que Adam perdesse Ariel, como se ela tivesse evaporado na noite. A calçada está vazia e ele não acredita que a filha pudesse andar tão rápido com aqueles saltos. Ou que ele havia demorado mais do que supunha para descer as escadas e chegar ali. Adam aguarda, ouvindo o coração bater forte dentro do peito, tentando adivinhar em que direção ela foi. Ariel não conhece a vizinhança, não conhece o bairro, não podia saber para que lado andar a fim de chegar ao metrô. Mas *ele* sabe e é para lá que se dirige agora, a passo acelerado, poupando-se para correr de verdade assim que avistá-la.

Na estação, Adam pega seu bilhete e se encaminha para a plataforma. Montes de casacos escuros e saias curtas. Não há muitas garotas louras. Então ele vê uma loura de costas, encostada numa pilastra. Embora ela seja um pouco mais baixa que Ariel, Adam tenta se convencer de que é a filha e que essa consciência recente da sua altura não passa de ilusão. Com certeza Ariel ainda cabe em seu colo. Obrigando-se a respirar mais devagar, Adam se aproxima da moça lentamente, como quem não quer nada, cheio de esperanças. Mas, claro, não é ela.

Ou a menina deu sorte e encontrou um táxi ou já havia combinado de ser resgatada de carro por algum amigo. Adam volta para pegar o Lexus e partir para Cambridge. Vai encontrar Ariel, mesmo que precise entrar em todas as casas da fraternidade e bater na porta de cada quarto. Ele não vai perdê-la. Continua ligando para o celular da filha, o dedo apertando continuamente o botão de rediscagem. Ele sabe que ela deixará cair na caixa postal, mas quer que Ariel saiba que ele está chegando.

Mesmo dirigindo em disparada pelo Memorial Drive, Adam pensa nas festas que frequentava na época da faculdade e se dá conta do que Ariel, em sua rebeldia adolescente, não sabe: nenhuma festa de fraternidade começa tão cedo. Nada de interessante acontece até quase meia-noite, muito menos às sete e meia. Sendo assim, para onde ela foi? Quem estará com ela? Talvez haja tempo para encontrá-la e levá-la para casa. Adam começa a relaxar. Sterling provavelmente tem o número do celular daquela maldita Courtney ou de alguma outra amiga de Ariel. Como último recurso, ele dará esse telefonema. Mas, agora, ele tem um plano.

Entrando no estacionamento do Trader Joe's, Adam liga mais uma vez para a filha. Quando a ligação cai no correio de voz, ele se arrepende de não ter acrescentado mensagens de texto ao seu pacote de telefonia celular. Ninguém atende. "Ariel, quero que você me encontre no centro estudantil.

Não vou envergonhá-la na frente das suas amigas. Se quiserem, posso levar todas para casa. Sem perguntas, sem consequências."

Ele acredita, no fundo, que Ariel tenha juízo e vá encontrá-lo.

◆◆◆

Este não é um centro estudantil como os da sua época – é praticamente um shopping. Adam se dá conta de que, com tantas lojas e lanchonetes, será impossível encontrar a filha se não tiver uma dica de onde ela possa estar. Mais uma vez, digita o número do celular de Ariel e deixa um recado: "Estou no primeiro andar, em frente à entrada que dá para a Massachusetts Avenue."

No centro estudantil, Adam se sente um voyeur, ou, no mínimo, um homem de meia-idade sentado num lugar que o torna suspeito. Quase todas as outras pessoas são jovens e as que não são têm a aparência apropriada de professores – meio míopes, carregando livros debaixo do braço e pastas na mão. Nenhuma delas dá a impressão de ser um pai perturbado à caça de uma filha rebelde. Adam bebeu café suficiente para passar a noite toda acordado e não tem certeza de quanto tempo pode permanecer ali, sentado como um sem-teto, observando todas as garotas que passam à sua frente de top e minissaia, antes que um guarda do campus se aproxime.

Nenhuma delas é Ariel. Ele realmente acreditou que fosse encontrá-la aqui. Achou que ela ouviria suas mensagens. Talvez tenha deixado recados demais, todos com a mesma ladainha para ligar de volta, e Ariel não ouviu o último, com as instruções de onde ele estava esperando. Ou não ouviu nenhum.

Adam frequentou muitas festas de fraternidades para conhecer os danos que os jovens podem causar a si mesmos com a liberdade inebriante da vida sem supervisão. Viu sofás atirados pela janela e incendiados, estava presente quando uma garota em coma alcoólico foi largada na porta do hospital local. Não faz tanto tempo uma estudante morreu por causa disso aqui mesmo. Rapidamente seus pensamentos evoluem para drogas e estupro, predadores sexuais à espreita em cada esquina. Essas imagens provocam centelhas de angústia que fazem suas mãos tremerem como se ele tivesse passado a noite inteira bebendo. Ariel é responsabilidade sua e ele a perdeu. A tela do celular mostra que já passa de meia-noite e meia. O centro estudantil agora se parece mais com uma estação rodoviária de madrugada: os que ainda permanecem ali estão mergulhados nos livros ou adormecidos nos sofás, as mochilas e bolsas servindo de travesseiro ou apoio para os pés.

Ele não ousa tirar os olhos da porta. Não ousa perder a esperança. Não ousa esperar sentado nem mais um minuto.

O primeiro estudante de quem se aproxima é um negro corpulento que veste um moletom estampado com caracteres gregos que Adam não consegue identificar. Carrega uma pasta de laptop e traz no rosto uma expressão cansada, como a de alguém que não dorme há dias e mal pode esperar para desabar na cama. Dirige-se para a saída, os ombros curvados e a cabeça baixa. O rapaz tem o físico de um touro e não dá a impressão de ser muito receptivo, lembrando a Adam os garotos que o pararam na rua para perguntar sobre Chance. Não fosse pelos caracteres gregos no peito, Adam teria procurado outra pessoa.

– Posso falar com você?

Ele para, surpreso ao ver Adam bloqueando sua passagem.

– Acho que sim.

O jovem endireita a postura, impondo sua altura e envergadura. Não se mostra hostil, apenas aborrecido. Podia afastar Adam com uma das mãos. Em vez disso, aguarda para ouvir o que ele tem a dizer.

– Estou tentando encontrar minha filha. Ela foi a uma festa de fraternidade e preciso achá-la. É menor de idade.

O rapaz o encara com uma preocupação genuína e Adam sente a corrente de ansiedade vibrar. Pelo visto, tem razão de temer pela segurança de Ariel.

– É difícil dizer. Sempre dão festa por aqui. Talvez em Back Bay. Tem certeza de que é uma festa de fraternidade?

Adam registra a dificuldade de encontrar Ariel nesse mundo de estudantes.

– Espere. Vou ligar para uns amigos.

Adam se espanta com a incrível destreza do grande polegar do rapaz. No momento seguinte, escuta-o conversar com alguém.

– E aí, cara? Tem alguma coisa rolando por aí?

O rapaz olha Adam nos olhos e balança a cabeça, agradecendo ao amigo em seguida e desligando o telefone.

– Meu amigo disse que talvez alguma esteja acontecendo no TDC, no Memorial.

– Muito obrigado, você me ajudou muito.

– Espere aí, cara. O que você vai fazer?

– Vou entrar de penetra na festa.

– Boa sorte – deseja o grandalhão de moletom, que põe o boné da Alpha Phi Alpha na cabeça e se encaminha para a porta.

Adam o segue. Ao chegar lá fora, caminha a passos rápidos na direção da casa dessa tal fraternidade. O ar da madrugada é congelante. Ele levanta mais a gola do casaco e se arrepende de não ter pegado o cachecol que ficou no banco do carona. Grupos de estudantes passam trombando por ele, indiferentes ao homem solitário que abre caminho em meio à multidão do sábado à noite. Adam gostaria de perguntar se está na direção certa, se o lugar está próximo, mas nenhum dos jovens sequer lhe lança um olhar. Estão protegidos pelos amigos e insensíveis ao homem de meia-idade de expressão aflita que usa um casaco impróprio para o frio e faz um enorme esforço para não ceder à histeria.

Os rapazes que o barraram na porta da fraternidade são educados. Quando Adam diz que está procurando a filha, um deles se oferece para acompanhá-lo. Ele não vai ficar parado esperando ao pé da escada. Vai atrás do seu guia, olhando em todos os quartos por que passarem, apesar da garantia do sujeito de que nenhuma garota nova teria permissão para entrar numa noite para "maiores de 21". Adam morde a língua e não comenta que não acreditou nessa regra nem por um minuto.

– Ela parece mais velha. Pode enganar qualquer um.

– Conferimos as identidades. De vez em quando algum calouro tenta entrar com uma namorada do ensino médio, mas somos muito cuidadosos em relação a isso.

Ele pergunta se Adam sabe quem Ariel teria ido visitar.

– Não.

O primo de Courtney Bevin. Adam se esforça ao máximo para lembrar se Ariel mencionou algum nome específico, de homem ou mulher. A única coisa que lhe ocorre é o profundo silêncio da filha. E o fato de não saber nada sobre a vida dela, apesar dos interrogatórios nos dias de visita. Ele perguntava, mas Ariel ignorava suas tentativas de perfurar a barreira que ela construiu em volta de si como filha e como adolescente.

A música é ensurdecedora, os corpos se espremem no salão. Um DJ negro arranha discos enquanto um hip-hop entretém a plateia predominantemente branca. A luminária do teto foi substituída por spots estroboscópicos, tornando assustadores os rostos dos dançarinos que ora aparecem, ora somem. Adam faz força para distinguir o rosto de Ariel, mas a luz piscante torna impossível fixar o olhar em alguém.

O cheiro de vômito sobe do chão. Na sala ao lado há uma mesa cheia de copos de plástico, que alguém enche num pequeno barril. Em outra sala, aparentemente há um concurso para ver quem é capaz de entornar mais rápido uma caneca de cerveja de 400ml. Três rapazes já estão caídos e Adam é incapaz de dizer se estão respirando. Será que deve ligar pedindo socorro? Um pequeno aposento à esquerda abriga dois homens calados, debruçados sobre um tabuleiro de xadrez, alheios à algazarra na casa.

– E lá em cima? Ela pode estar lá com alguém.

– Não posso deixar você subir, cara. Questão de privacidade.

– Estamos falando da minha filha de 16 anos. Se acontecer alguma coisa, você e seus irmãos vão se dar mal. Fraternidades já foram fechadas antes.

O rapaz olha para um amigo, que apenas dá de ombros.

– Tudo bem, mas não bata nas portas trancadas. Só procure nos quartos que estiverem com a porta aberta. E não diga que eu o levei lá.

Eles exploram todos os andares, checando cada quarto cuja porta se encontra aberta. Na maioria dos aposentos há alunos. Quando Adam aparece, vários deles escondem as mãos atrás das costas ou batem a porta. Poucos dormitórios estão vazios.

A batida hip-hop penetra nos ossos de Adam, que tem a sensação de que sua busca está sendo conduzida no ritmo da música, uma dança estranhamente coreografada na qual ele próprio é o solista mas desconhece os passos.

– Ariel! – grita Adam com as mãos em volta da boca de andar em andar.

Adam volta para a rua. Os rapazes sugeriram que ele procurasse em dois dormitórios próximos dali. A magnitude dessa busca é desanimadora. Não vai ser possível vasculhar todas as casas e fraternidades do campus. Quem ele procura não quer ser encontrado. Adam se senta no primeiro degrau do velho casarão e apoia a cabeça entre as mãos. Ele precisa ligar para Sterling, ver se ela tem alguma ideia de quem Ariel conhece aqui. Vai ter de tolerar a raiva dela e aceitar a merecida culpa. Tira o celular do bolso para telefonar para a ex-mulher. Há uma mensagem de ligação não atendida na tela. Ele não ouviu o telefone tocar, o hip-hop abafou qualquer outro som.

Com o coração na boca, Adam aperta a tecla para identificar a chamada. Durante o instante que demora para ver o número de origem, ele percebe que está rezando, fazendo acordos com um Deus misericordioso de quem há muito se esqueceu. Esse vestígio de crença dói em seu coração quando ele fecha os olhos, aperta a tecla de rediscar e espera a ligação se completar.

CAPÍTULO 39

O posto policial do campus fica na Vassar Street, não muito longe de onde Adam está. Mal consegue se lembrar de onde largou o carro, por isso faz o caminho a pé, aproveitando o tempo para controlar a emoção, recuperar o fôlego e se recompor. As luzes dos postes o perseguem. Há pouca gente na rua agora: estudantes trôpegos, de braços dados, voltando às gargalhadas para a segurança de seus dormitórios; um ciclista solitário pedala no meio da rua, aproveitando a ausência de tráfego. Um homem passeando com um cachorro grandalhão emerge das sombras. Adam pensa que provavelmente vai encontrar a casa uma bagunça. Pobre Chance, abandonado sem qualquer hesitação.

Ultimamente, Adam tem conversado com Chance como se ele fosse um ser consciente. No início, ficava um pouco envergonhado de pensar que se habituara tanto à presença do cão que começava a achar que era um amigo.

– Viu aquela jogada? Que diabo ele estava pensando? – indagava.

Mas ele não parou de falar com Chance. Expressar em voz alta o próprio raciocínio ajudava, ainda que a resposta fosse apenas um olhar ou uma cabeça canina em seu colo. De vez em quando o cachorro vocalizava um leve rosnado compreensivo, afirmando que realmente se tratava de uma jogada idiota ou concordando com o que quer que Adam tivesse dito. Nesses momentos, Adam passava o braço em volta do cachorro e era recompensado com uma lambida na bochecha. Então ambos se recostavam, seguros quanto à própria masculinidade.

Ariel está esperando o pai, sentada em uma cadeira de encosto duro diante do oficial de plantão que ligou para Adam. Fica de pé ao vê-lo entrar pela porta. Lágrimas já secas deixam seu rosto inchado e ela está impregnada de cheiro de vômito. Um risco fino macula a perfeição do casaco de pele. A meia-calça está rasgada acima das botas, como se ela tivesse tropeçado e caído de joelhos. O cabelo está todo emaranhado. A bolsa cara sumiu.

– Sr. March, sua filha é uma garota de sorte. Foi assaltada, mas não foi agredida. Nós a encontramos sozinha na rua, embora ela tenha dito que estava com amigos.

– Ariel?

– Papai.

Há anos ela não o chama assim.

– O que houve?

– Estou bem.

– Cadê seus amigos?

– Não sei.

– O que aconteceu?

Ariel limpa a boca com as costas da mão. As unhas estão quebradas e a palma, arranhada.

– Eu caí.

– Alguém empurrou você?

– Não. Estávamos indo para uma outra festa e fiquei um pouco atrás do grupo porque todos andavam muito rápido. Aí, tropecei. Acho que ninguém viu, porque todo mundo seguiu em frente. Não me ouviram. Então um cara apareceu do nada e veio pra cima de mim. Achei que ele fosse me ajudar a levantar, mas não. Ele arrancou a minha bolsa. Fiquei com tanto medo que deixei ele levar. Quando consegui me levantar fiquei enjoada. Eu estava sozinha na rua, sem celular nem dinheiro, não sabia o que fazer.

– Como veio parar aqui?

– Um guarda me encontrou. Me trouxe para cá e ligou para você.

– Você andou bebendo? – indaga ele, percebendo que a filha gostaria de negar, mas as provas são óbvias.

– É, andei.

– Como disse o policial, você teve muita sorte. Não faz ideia do que...

– Faço, sim. Não precisa me dizer. Aprendi a lição.

O tom de Ariel é sarcástico, como se a única lição que aprendeu foi que ouviria o sermão de um pai tenso de preocupação.

O rosto dela está borrado e sujo, mas seus olhos secaram. Ariel toma a frente do pai e adentra na escuridão da madrugada. Adam sabe que há muito mais nessa história, detalhes que ele nunca irá conhecer. Esse foi um incidente ao qual ela sobreviveu e que vai fazer parte da vida dela. Talvez um dia, quando Ariel tiver uma filha que faça algo igualmente irresponsável, ela entenda como o pai está se sentindo agora. O pânico pode ter passado, mas a lembrança ficará para sempre.

◆◆◆

A claridade cinzenta do dia substitui o breu da longa madrugada quando o carro se aproxima do prédio de Adam. A porta da loja de jornais está aberta. Adam pensa em todas as noites insones que passou esperando aquela porta se abrir e as luzes se acenderem. Está nostálgico, embora feliz por não mais acordar antes do amanhecer.

Ao seu lado, Ariel cochila. Ilesa, salvo pelos joelhos ralados e o orgulho ferido. Adam se recorda do acordo feito com Deus e murmura uma prece de agradecimento. As velhas palavras *graças a Deus* lhe vêm à mente enquanto ele contempla a filha adormecida. Deixará que ela guarde esse pesadelo para si mesma, assim como ele. Ariel não precisa ter conhecimento da angústia que o pai sentiu ao perdê-la. Desde que seja verdade que nada de mais sério aconteceu para que ela fosse levada até o posto policial do campus, ele se dá por satisfeito. A lição aprendida: não ande com amigos que abandonam você vomitando sozinha na rua e que a deixam ser roubada. E agradeça por não ter sido pior.

Adam se pergunta se Verônica algum dia aprendeu sua lição.

Ele não acredita na hipótese de que o pai não pôde ir atrás de Verônica por sua causa. Podia ter levado Adam junto ou deixado o filho com um vizinho – eles moravam numa rua que tinha outras três casas e certamente alguma mulher estaria disposta a tomar conta de um menino enquanto um pai desesperado procurava a filha rebelde. Adam sabe que jamais desistiria de procurar Ariel como o pai desistiu de Verônica e, mais tarde, dele.

◆◆◆

Ariel se mexe quando Adam desliga o motor. O cochilo rápido já afastou a lembrança do perigo que resultou de sua teimosia. Ela o olha com um desprezo envergonhado. O "papai" da hora de aflição já era. Ele voltou a ser anônimo.

– Quero ir para casa.

– Você vai é para a cama. Levo você quando eu estiver pronto.

Ariel entra no banho e Adam põe a guia no cachorro. Ao descer as escadas, sente doer cada músculo tenso das costas e das pernas. Chance se conteve e recebeu o dono apenas com gratidão. Os dois chegam ao terreno baldio e Adam não solta a guia do cão. Já chega de fugas por hoje.

◆◆◆

– Você vai contar para a mamãe?

– Quer que eu conte?

– Claro que não.

Ariel não encara o pai, concentrada em olhar pela janela a paisagem e os marcos de quilometragem que pontuam o caminho até sua casa em Sylvan Fields.

– Ela vai culpar você. Poupe-se de problemas.

– Quanto a isso, acho que você tem razão. Mas vamos ao que interessa. Eu livro a sua pele e ganho algo em troca. Quero saber o que você aprendeu. A não misturar vodca com vinho?

– Ela está namorando, sabia?

– Ela tem esse direito.

– O cara é um idiota. E é bem mais novo que ela. Minha mãe só gosta dele porque ele tem um grande...

– O quê?

– Número de clientes – completa Ariel, os cantos da boca esboçando um sorrisinho.

A semelhança com Verônica é tão vívida que Adam não consegue se conter e para o carro no acostamento.

– Você tem uma tia. O nome dela é Verônica. Ela sumiu quando tinha a sua idade. Fugiu. Nunca mais a vi e não faço ideia do que aconteceu com ela. Era exatamente como você. Bonita e teimosa.

– Eu não fugi.

– Fugiu, sim.

– Eu só queria ir a uma festa. Não pretendia desaparecer para sempre.

– Talvez Verônica tenha pensado a mesma coisa.

Adam engata o carro e volta para a estrada.

CAPÍTULO 40

Eles nem ao menos tiveram a decência de avisar por telefone. Mandaram apenas uma porra de e-mail. "Lamentamos cancelar nosso contrato, mas resolvemos mudar de consultor." Blá, blá, blá. Novo foco. Nova direção. "Não podemos correr riscos. Você devia ter nos contado..."

Os clientes o condenaram também. Eles vão mandar um cheque para compensar o tempo perdido. Quem sabe, uns 200 paus. Pesquisaram seu passado. Descobriram seu erro. Exatamente como Gina. Em sua ficha criminal constam agressão e lesão corporal. Não importa que ele tenha sido sentenciado a prestar serviço comunitário. Provavelmente foi a mulher do grupo que fez a cabeça dos demais. Quem iria querer um consultor como ele, um homem acusado de ser um perigo para as mulheres?

No computador, Adam abre o primeiro esboço do projeto, fixa nele o olhar, admira a forma como teria realizado o sonho daqueles garotos covardes e deleta o documento.

◆◆◆

– Bom dia, Artie.

– Bom dia, Adam.

Como se tornou hábito, Artie, em silêncio, desliza um biscoito pelo balcão, sem jamais olhar para o cão ou para Adam, mantendo a atenção nas palavras cruzadas. O petisco desaparece na bocarra de Chance.

– Ele está dizendo obrigado.

– Se eu tivesse um desses, não precisaria daquilo ali – Artie ergue as sobrancelhas cabeludas, sugerindo que tem uma arma guardada.

– Por onde andava você quando tentei encontrar um lar para ele?

– Gosto da minha liberdade. Nada de animais de estimação.

Adam e Artie já tiveram essa conversa antes. Durante todo o ano em que Adam passou por essa porta sete dias por semana, Artie nunca esteve em outro lugar senão no banquinho atrás do balcão, o charuto pendendo entre os lábios, a testa suja de tinta de jornal e um jogo de palavras cruzadas na mão. Adam duvida que ele desfrute de alguma liberdade. Se pensa que é um cara livre, Artie está redondamente enganado.

Adam enche a caneca de café, pega dois pacotes de bolachas de queijo e um exemplar do *Globe*.

– Quatro e vinte e cinco.

Adam entrega a Artie sua última nota de 10, põe o troco no bolso e se pergunta quando receberá o cheque de indenização dos skatistas metidos a empresários.

Um segundo biscoito canino desliza pelo balcão.

– Para mais tarde.

Gina está destrancando a porta quando Adam e Chance saem da loja de jornais.

– Bom dia, Gina – saúda Adam com a cabeça, sendo premiado com um dos sorrisos da moça. Que ele sabe que é para o cachorro.

– Oi, Adam. Como vai a vida?

– Podia estar melhor – responde ele, sem energia para trocar amenidades com a vizinha imprevisível.

– Você não parece muito bem. O que houve?

Quanta delicadeza. Gina lançou uma boia em sua direção. Embora convencido de que ela a puxará de volta, Adam decide agarrá-la assim mesmo.

– Quer um café? É uma longa história.

Chance puxa a guia com força, doido para se aproximar de Gina. Adam dá um passo à frente, diminuindo a tensão da corrente. A mulher se inclina, afaga a cabeça do animal e depois se levanta.

– Claro, tenho tempo.

Adam entrega a Gina a guia de Chance e seu café e volta à loja de Artie para pegar outro. Está sorrindo e não sabe por quê. O coração bate um pouquinho mais forte.

Os papagaios cacarejam boas-vindas a Gina, que abre a gaiola e põe lá dentro um café da manhã de sementes e frutas, troca a água e dá um pouco de comida na boca de cada pássaro. Deixa a gaiola aberta, de olho em Chance enquanto faz que não com o indicador.

– Deixe-os em paz.

Chance franze o cenho e desaba no chão, soltando um imenso suspiro, como se esvaziasse os pulmões.

Já de volta ao pet shop, Adam fala sobre Ariel e a aventura de sábado à noite. Gina sorve seu café aos poucos, indo de aquário em aquário recolhendo detritos, polvilhando ração e verificando a temperatura enquanto ouve as histórias de Adam.

Ele não mencionará o contrato de consultoria abortado. Não se obrigará a revelar coisas que ela não deve ficar sabendo. É vergonhoso demais.

Gina não diz nada, mas o fato de estar cuidando da loja não sugere desatenção. É mais fácil falar sobre a atitude da filha, suas provocações, a semelhança com a tia na aparência e na atitude sem ter que encará-la. Adam se descobre contando mais do que devia sobre o relacionamento tenso com Ariel e a fuga da irmã.

– E onde está ela agora? – indaga Gina, dando a volta no balcão depois de terminar suas tarefas.

– Levei-a para casa ontem de manhã.

O café de Adam está quase frio.

Gina coloca o pote de ração para peixes de volta na prateleira, demorando-se um momento extra.

– Eu quis dizer sua irmã. O que aconteceu depois?

– Não faço ideia. Ela saiu porta afora e ponto final. – Adam pigarreia, funga um pouquinho, sugerindo que o fato já não tem o poder de magoá-lo. – Meu pai nunca fez nada para encontrá-la.

– Bem, mas você fez a coisa certa. Foi atrás de Ariel.

– Que alternativa eu tinha? Ficar em casa esperando? Na verdade, fiquei impotente, mas ao menos estava perto quando a polícia ligou.

– Ela sabe que você foi procurá-la. Sabe que você se importa.

– Não tenho tanta certeza.

Um dos papagaios sai da gaiola caminhando e se aproxima de Gina no balcão. Inclinando a cabeça para a direita e a esquerda, finalmente empoleira-se no ombro da dona e começa a puxar seu cabelo.

Adam se lembra dos pacotes de biscoito de queijo no bolso e pega um deles.

– Posso dar um para Polly?

– Esse é Fred. Pode dar, sim. Ele adora esse biscoito.

Adam oferece o petisco ao pássaro, que primeiro encosta o bico e depois, satisfeito, aceita a comida, mantendo os olhinhos em Adam o tempo todo.

– Você contou para a mãe de Ariel o que aconteceu? – indaga Gina, tirando o pássaro do ombro e o mantendo na mão.

– Ainda não. Sterling não estava em casa quando deixei Ariel, não tinha voltado da viagem com o namorado novo. A questão é que, se eu contar, as duas vão me odiar. Se não contar... talvez Ariel fique grata pelo meu silêncio.

– Garanto que ela reconhece o que você fez, ou tentou fazer. Se não agora, um dia reconhecerá.

– Assim espero – diz Adam, oferecendo outro biscoito ao papagaio. – Ultimamente tem sido difícil conseguir que as mulheres da minha vida me deem uma folga.

Os olhos de ambos se encontram por sobre a cabeça do papagaio. Nos de Gina, Adam vê uma fagulha de alguma coisa que ela não mencionou. Alguma coisa sobre a vida dele.

– O que foi?

– Nada – responde ela, um leve rubor colorindo suas bochechas. Ele pensa em estender a mão e tocar o rosto dela para ver se a pele é quente. A ideia é tão sedutora que chega a erguer a mão. De repente, Gina dá um passo para trás. O papagaio bate as asas cortadas para recuperar o equilíbrio.

– Tudo bem?

– Tudo – diz ela, o rubor agora escarlate. – Tudo ótimo.

Então, cai a ficha. Gina sabe de Sophie, sabe do episódio todo. Ela procurou o nome dele no Google. Não é mais possível enterrar pecados no passado. Tudo está disponível para o consumo público. Os artigos de jornal e as infinitas discussões nos blogs, está tudo ali, à espera da mera digitação do seu nome em um site de busca. Empregadores potenciais, amigos potenciais, todos podem encontrar as sujeiras da vida de qualquer um. As histórias pessoais são expostas ostensivamente na malha eletrônica da internet.

Adam não pode fazer nada. Sua reputação foi manchada para sempre por causa daquele dia. A ambição desenfreada somada ao recado equivocado, ambos exacerbados pela fome e pelo incipiente ataque de angina, coroados pela estupidez da assistente, detonaram um colapso nervoso. Ele pagou por esse erro. Mas a imprensa e os fofoqueiros de plantão martelam apenas o ato, o ato imperdoável, de estapear Sophie.

Ele se vê pelos olhos de Gina e fica horrorizado. Para ela, ele é um homem que age motivado pelos impulsos mais primitivos. Não há como ela saber que esse impulso surgiu dos recônditos sombrios do seu passado. A mão erguida. Ele viu outras crianças menores que ele, também em guarda temporária, serem maltratadas. Viu-se faminto enquanto outros comiam. Viu o cinto ser tirado do cós da calça, ouviu-o estalar, ser dobrado e ameaçar. Apanhou. Tudo em prol do bom comportamento, da educação, do respeito.

Mas superou isso tudo, saiu do fundo do poço, aprimorou-se. Negou a si mesmo a prática autocomplacente de recordar a escuridão, raramente se permitindo lembrar-se das duas mães de criação que se mostraram boas, mesmo sendo um tipo de bondade bem pragmática. Marge e a Sra. Salter. Jamais voltou para visitá-las, aquelas duas exceções entre as sete. Guardou-as no mesmo armário onde pôs as cinco famílias que o tratavam como uma peça de mobília.

Adam quer contar tudo isso a Gina, explicar-se, conseguir fazê-la parar de olhá-lo com esses olhos cautelosos. Sua expressão diz que por mais que seja educada com ele, por mais que tenha ficado impressionada por ele adotar Chance, estará sempre ciente daquele ato autodestrutivo e o julgará com base nisso. A boia é puxada da mão dele.

– Não sou a pessoa que você pensa. O que aconteceu foi uma loucura. Não sou assim. Eu não...

Prestes a dizer "bato em mulheres", Adam ouve a raiva na própria voz, a crescente frustração. Acorda o cachorro de seu cochilo com um susto.

– Venha, Chance.

O café frio e o jornal ficam para trás.

CAPÍTULO 41

A lâmina afiada do pânico penetra em Adam. Os demônios diurnos, muito mais traiçoeiros do que os noturnos, povoam sua mente.

Com a ficha policial que tem, não vai conseguir emprego nem no McDonald's. Nem sequer poderá retomar o antigo emprego de motorista de ônibus. Acabará na fila junto com os homens no Centro, não servindo, mas sendo servido.

A poupança que o tribunal lhe permitiu manter, com a qual vem pagando pensão à filha e todas as outras despesas que foi obrigado a custear para a família, ficou reduzida a uma quantia ridícula. Talvez tenha o suficiente para mais três meses de aluguel e para o seguro do carro. Nunca teve suas finanças tão descontroladas. Que ironia. Em um minuto que perdeu a cabeça, perdeu sua vida toda. O homem que possuía um cartão de crédito platinado, que jamais permitiu um saldo de 2 dólares pendurado no final do mês, se vê pensando em pegar empréstimos. Sem emprego e sem perspectiva de encontrar um.

Desprezado pela filha, pela ex-esposa e pela mulher em quem se pega pensando, cuja opinião a seu respeito é ruim em razão desse mesmo episódio. Uma mulher tão diferente de Sterling, que se sente confortável consigo mesma, contente com a vida que tem, satisfeita por ser dona de uma loja de peixes ornamentais e de uma casa cheia de cachorros adotados. Ele a chamaria de uma pessoa simples, mas isso poderia sugerir mediocridade. Gina é tudo menos medíocre, e Adam sente que o desprezo dela por ele é mais profundo do que o de sua própria família. Se sua vida tivesse sido diferente, se houvesse optado por um caminho menos ambicioso, talvez encontrasse alguém como Gina e se acomodasse. Passaria a vida se preocupando com o preço da gasolina e não em tornar-se presidente de empresas. Aceitaria sua origem humilde e seria um bom marido e um pai amoroso. Escolheria realizar-se com a família e não com a carreira. Encontraria uma esposa que o amasse pelo que realmente era, não pelo provável sucesso que teria no futuro.

Adam se senta na beira do sofá e põe a cabeça entre as mãos. Devia ligar para o Dr. Stein, sabe disso, sabe que precisa ouvir outra voz que não a sua. Precisa que alguém lhe diga que vai ficar tudo bem, que este é o momento da escuridão, mas que a luz voltará a brilhar.

Na ausência de uma voz confortadora, os pensamentos de Adam ficam mais sombrios. Se ele desaparecesse, será que alguém sentiria sua falta? Se sumisse como Verônica? Ao contrário da irmã, ele não tem irmão ou irmã que desejasse vê-lo de volta. Sua família talvez sentisse alívio com a sua ausência. Adam sabe que *desaparecer* não é a palavra para o que está pensando. Esquecimento. Libertação desse buraco negro em que habita. Como é doloroso pensar que a sua morte causaria apenas um pesar momentâneo naqueles que o conhecem. *Uma pena o que aconteceu com Adam March.* Sterling poderia gozar de notoriedade social como ex-viúva. Ariel conseguiria uma folga na escola. Férias de luto. Notas solidárias. O seguro de vida dele está quitado – uma apólice comprada uma semana antes do casamento e depois ajustada para incluir a filha recém-nascida como beneficiária, juntamente com Sterling. Adam se pega pensando, sem nenhuma originalidade, que vale mais morto do que vivo.

Por isso precisa parecer um acidente.

A menos que sua última vingança seja deixar Sterling e Ariel sem nada.

Um tapa na cara delas pela maneira como o trataram, por terem rejeitado um homem que, no fundo, não é má pessoa.

Adam pensa em Sophie. Como ela ficaria feliz se ele morresse. Seria um favor.

A garrafa de uísque surgiu em sua mão. O copo está vazio. Que quantidade de uísque teria que beber para morrer de intoxicação etílica? Deve haver uma fórmula. Se ele pesa 73 quilos – certo, talvez 75 – e mede 1,82m... Não está a fim de calcular. Será que o meio litro que restou nesta garrafa é o suficiente ou é preciso sair e comprar mais? Vodca seria mais eficaz? Que tal acrescentar um pouco de Tylenol?

Adam se serve de mais meio copo. Nada de apressar as coisas e sair vomitando todo o esforço despendido. Ele tem o dia inteiro. Ops! Não tem, não. Então, pela primeira vez na vida, Adam liga para o trabalho e avisa que está doente. Rafe responde com delicadeza:

– Não se preocupe, cara. Se cuida.

O fato de Rafe engolir sua história de que "está se sentindo um lixo" acrescenta um toque adicional de culpa à cota de Adam.

Nada de bilhete de despedida. Isso ferraria tudo. A não ser que deixe em um lugar discreto, para ser encontrado quando acabar a investigação. Depois que o seguro for pago. Após seu pobre corpo ter sido cremado e suas cinzas, espalhadas. Ou não. É provável que seus restos fiquem no closet de Sterling para serem descartados com outros bens inúteis. Ou largados no crematório. Carga não reclamada.

Esse é um ótimo plano. Ele foi desconectado do mundo à força e agora vai tornar essa desconexão permanente. Não há ninguém que se importe com ele ou precise dele. Ou que vá sentir sua falta nos próximos cinco dias. Exceto Big Bob. Ah, isso é bom. Vão encontrá-lo antes que comece a feder.

Chance caminha até Adam e se senta, abaixa a enorme cabeça e deixa cair algo da boca: a bola de tênis que Gina deu há um mês, que Adam não vê desde então. A bola rola, o cão pula, correndo atrás dela como se a coisa estivesse viva e valesse a pena pegá-la, e depois volta a sentar-se diante de Adam. Mais uma vez, solta a bola.

– Quem te ensinou isso? – indaga Adam, chutando a bola para o outro lado da sala com o dedão do pé.

O rabo do cachorro está em pé, a bola, presa entre suas patas. Ele a atira com o focinho na direção de Adam e ela bate na garrafa de uísque. Adam pega a bola, fazendo-a quicar algumas vezes e em seguida jogando-a contra a parede oposta, onde bate com um baque surdo. O cão mergulha atrás dela em êxtase, o rabo balançando e latindo para Adam prosseguir com o jogo. Larga a bola aos pés do dono, contempla-o com olhos intensos, olhos que declaram que ele vai se importar. Um cão será o único ser a sentir falta dele.

O que aconteceria a Chance se Adam morresse? Voltaria para o abrigo? Para as mãos dos rapazes que o obrigavam a lutar? Gina o adotaria?

Como uma velha roda enferrujada, os pensamentos de Adam começam a se soltar e a girar. Ele é o eixo da roda e seus pensamentos são os raios que levam aos rostos de Ariel, Sterling e Sophie. Suas vozes chegam a ele como ondas de desdém e acusação. Falhou com elas, deixou-as com medo, prejudicou suas vidas. Elas apenas reagiram contra ele – contra seu comportamento, seu gênio, suas questões mal resolvidas.

Ele não está redimido, apesar de prestar serviço comunitário. Perdeu o emprego, o status, a esposa, a filha, os amigos. Acima de tudo, perdeu sua humanidade.

Essa conversão de vítima em vilão o impressiona. Culpa, constrangimento, vergonha. "Não sou a pessoa que você pensa", foi o que disse a Gina. Mas *é*, sim. Ele se transformou nessa pessoa tão artificialmente controlada que um mero equívoco foi capaz de colocar tudo a perder. Uma pessoa que ninguém deseja ter por perto. Um pária.

Ele jamais poderá recuperar sua humanidade se não se desculpar. Nunca encontrará a redenção.

Chance larga a bola. Emite o som de um suave rosnado, como se estivesse falando. O cão atira a bola de tênis babada de encontro ao punho fechado de Adam. Por um instante, os dois se encaram, o homem sentindo imenso conforto no reflexo de si mesmo nos olhos castanhos do cão – os únicos olhos que não demonstram decepção.

CAPÍTULO 42

Não faço ideia de onde esse gene de jogador de bola de tênis surgiu. Só sei que a bolinha caiu da bancada – talvez por causa de um leve terremoto ou, quem sabe, minha tentativa de pegar dali de cima um sanduíche comido pela metade. Seja como for, a bola caiu e me deu uma superideia de como tirar o meu humano desse atoleiro de autopiedade.

Ele estava sentado com a mão fechada em torno de um copo e o olhar fixo no chão, exatamente como no dia em que seus olhos e nariz escorriam e que ele me tocou pela primeira vez – quando ele se deu conta de que eu morava aqui também e de que as coisas ficaram melhores. Por isso o aroma acre do líquido que ele engole agora me preocupa. Ultimamente, ele não vinha se entregando tanto à bebida, o que significa que sobrava mais tempo para mim. Mas notei que ele estava agitado, andando de um lado para outro, sentando e levantando, batendo com os punhos na cabeça. Bebendo. O cheiro de álcool começou a brotar dos seus poros, misturando-se com o medo, a raiva e a dor. Lembrei-me de um cão que conheci no porão, que se mordia numa obsessão autodestrutiva até a pele se tornar uma massa sangrenta de arranhões e feridas.

Observei-o durante um bom tempo, enquanto ele bebia e resmungava, cada vez mais afundado em um estado de ansiedade. Apesar de estar aflito, eu me perguntava por que perdia meu tempo me preocupando com ele. Isso nunca foi algo natural para mim. Certo, eu sabia que existiam cães assim, que até arriscavam a vida por causa de seu humano. Mas não sou desse tipo, disse a mim mesmo com firmeza, recordando que já fui um lutador profissional. O tempo todo venho repetindo que não sou um *animal de estimação*. Meu plano sempre foi partir na primavera ou, no máximo, no início do verão. Não criar laços. Se a porta se abrisse neste exato momento, eu iria embora. *Sayonara*, companheiro.

Eu já havia sido legal com ele antes, mas isso não significava que ia ser uma figura permanente em sua vida. Não ia fazer parte de uma daquelas duplas patéticas de homem e cão que andei vendo nos últimos tempos. Cachorros brincavam com seus humanos no parque, correndo sem qualquer compostura, balançando os rabos como metrônomos desregulados, estampando expressões felizes na cara – tanto o cão quanto o humano. Lambidas generosas no rosto. Para quê? Para nada mais do que eu tinha aqui, uma tigela de água, embora a minha estivesse vazia no momento, e duas porções diárias de quadradinhos secos e crocantes. Uma eventual palmadinha na cabeça. Não, não e não. Sou uma criatura independente, dona do meu destino, um cão que não pertence a humano algum.

Já estava quase escuro e achei que talvez conseguisse que ele me levasse à rua e me soltasse no terreno baldio. Talvez fosse hora de partir. De dizer adeus a esse humano solitário.

Mas, mesmo enquanto pensava nisso, eu sabia que não iria embora. Ele estava falando, mas nitidamente não era comigo. Sua voz arrastada equivalia ao gemido de um campeão derrotado. Senti um aperto no coração, um protesto contra a independência. Cheguei mais perto e deitei na cama que pegamos com a mulher que gosta de me dar biscoitos – embora eu preferisse o sofá fofinho que se amoldava lindamente ao meu corpo. Aconchegar-me ali parecia uma volta à infância. Dessa vez, porém, não consegui ficar confortável, por isso voltei a me postar à sua frente e encará-lo, obrigando-o a olhar para mim e lembrar-se de que eu também tinha necessidades.

Dei uma fungada profunda, enchendo meu focinho com o cheiro dele. Além do odor das emoções e do álcool, dava para detectar o aroma de sua essência. Ao longo dos últimos dias ou semanas, ou qualquer que seja a forma como essa gente chama oficialmente o tempo, venho sentindo alguma coisa além da gratidão normal pela comida que recebo. Gratidão por não apanhar. Por não ser devolvido aos rapazes. Pelos momentos que passamos juntos no sofá e ele me deixa descansar a cabeça em seu colo. Sinto-me agradecido por ele falar comigo, não exatamente por causa da conversa estimulante, mas pelo tom de companheirismo. Esse é o cheiro mais forte, o odor da tranquilidade, da parceria, da conexão. Tive medo de que algo muito poderoso tomasse conta dele, algo que a mera amizade entre nós não bastasse para afastar.

Então, a bola caiu da bancada. Peguei-a e o obriguei a olhar para mim, a sair do transe. Conseguiria fazê-lo jogar comigo? Seria capaz de lembrá-lo de que preciso dele? *Eu preciso dele.*

A princípio, ele me fitou com olhos distantes. Eu, que nunca fui de brincadeiras, empurrei a bola com o focinho até que ela parasse entre seus pés. Olhei-o com cara de idiota e esperei. Alguma coisa finalmente desanuviou seus olhos e ele me viu, fitou a bola e a apanhou.

Atirou-a com força contra a parede, onde ela ricocheteou e saiu enlouquecida pela sala. Peguei-a. Ele a jogou várias vezes para mim e eu voava atrás dela como um cão de caça, até cairmos exaustos no sofá. Eu resfolegava, ele também. Então pegou o copo e, com a mesma força usada com a bola de tênis, atirou-o na pobre parede e quebrou-o em milhares de pedacinhos. Me encolhi. O som feriu meus ouvidos.

Ele estendeu o braço e envolveu meu corpo, encostando sua cabeça na minha. Podíamos muito bem ser irmãos confortando um ao outro.

– Bom garoto.

Foi quando eu soube que talvez jamais voltasse a pensar em deixá-lo. Não enquanto *ele precisasse de mim.* Ergui meu focinho, inclinando a cabeça para trás até alcançar seu rosto com a língua: minha versão particular de "bom garoto".

CAPÍTULO 43

O toque insistente do celular penetra a bruma do sono induzido pelo álcool. É um som irritante que vez por outra invade seus sonhos. O fato de estar com a bexiga cheia contribui para que Adam finalmente acorde e tente em vão localizar a minúscula tecla para atender. O identificador de chamadas mostra um número que ele não reconhece. Jogando o aparelho na mesa, ele se esforça para sair do sofá e vai cambaleando até o banheiro.

Chance o espera na cozinha, a tigela de água vazia numa acusação contra Adam. Ele não providenciou o essencial para o bem-estar do animal. Adam lava a tigela, enche-a de água e observa enquanto o cão sorve a metade. Isso o faz perceber a própria sede. Engolindo dois copos d'água com uma aspirina, conscientiza-se plenamente desse novo dia. Olha os cacos de vidro no chão e as manchas amareladas do uísque que escorrem pela parede branca.

– Pronto para sair?

Rruurrr, responde o cachorro, o que Adam interpreta como um o.k. Chance precisa sair. Ele precisa começar o dia. Um novo dia.

◆◆◆

A loja de Gina está aberta. Adam entra, com Chance a seu lado. O papagaio Fred cacareja um cumprimento, ou um alarme. Gina segura um balde d'água e o rodo com o qual limpa a vitrine. Põe ambos no chão e fica parada. Séria, leva a mão esquerda à garganta num gesto inconsciente que a faz parecer nervosa e, ao mesmo tempo, vulnerável.

– Você me investigou, não foi? Na internet.

– Foi. Estava curiosa. Quer dizer, depois de me dar conta de quem você era, me perguntei por que estaria morando aqui, por que saiu da Dynamic.

Adam aprecia o fato de Gina não negar a própria curiosidade.

– Por que não me perguntou?

Ela franze a boca carnuda:

– Não seria educado.

– Pergunte.

– Vai me contar a verdade?

– O que vou contar é diferente do que você leu, mas é a minha versão da história. Acha que pode entender?

– Acho.

Nos olhos de Gina cintila alguma coisa que o incentiva: um desejo de acreditar nele, de juntar os dois Adam March, o que ela encontrou na internet e o que está agora à sua frente.

Adam pega o balde e o rodo. Puxando Chance pela guia, Gina o segue até a rua. Adam mergulha a esponja na água morna, depois esfrega o vidro. Enquanto passa o rodo de cima a baixo na vitrine, deixando escorrer filetes de água nas beiradas, ele começa a falar.

A história brota bem lá do fundo. Não foi ensaiada, por isso surge aos pedaços, verdades que jamais expressou antes. Gina sabe alguma coisa sobre a irmã dele, mas Adam conta sobre a infância vivida em meio a estranhos, fala do relacionamento com o pai. Nesse processo, ele se pega elaborando e ressuscitando velhas lembranças das profundezas do subconsciente. O Dr. Stein chamaria isso de livre associação. Adam não apenas conta a Gina coisas que ainda não mencionou na terapia, como discute a própria terapia. Fala sobre Fort Street, sobre a raiva que sentiu ao ser condenado a servir comida aos sem-teto e explica sua atual dependência daquele lugar como núcleo dos seus dias.

Não demonstra qualquer constrangimento em comentar o casamento que mais parecia uma sociedade comercial do que um caso de amor. Em discutir o afeto doloroso e permanente por uma filha que o detesta. Em falar sobre Sophie e sobre o que fez a ela, bem como a maneira pela qual a repentina reintrodução de Verônica em sua vida causou sua desgraça.

– Um colapso nervoso?

– Meu analista não consegue fazer um diagnóstico preciso. Não se trata exatamente de um caso de transtorno psíquico nem de depressão. Talvez um pouco de cada coisa. Por isso, concordamos que tive um "surto".

Os olhos cor de oliva de Gina investigam os dele tentando compreendê-lo melhor.

– Mas você diz que dirigia seu departamento, divisão, sei lá, com mão firme. Não era amigo de ninguém. Mesmo na hora de escolher uma esposa, foi calculista. Tudo gira em torno do poder.

Dentro do seu peito alguma coisa amolece, relaxando a tensão que sentiu durante meses, anos, até. É como se a necessidade de tossir desaparecesse de repente.

– É. E agora sei que não se pode controlar tudo. Não dá. Não sou mais assim.

Ele acaba de lavar a vitrine e os dois voltam a entrar na loja. Ela pega o balde com a água suja e some no quartinho dos fundos. Os aquários borbulham suavemente, num barulho de filtragem confortador. Chance vaga por ali, arrastando a guia atrás de si, farejando os brinquedos de borracha e os vidros de remédio de homeopatia, os animais de pelúcia e os bichinhos de cerâmica. Adam apoia o cotovelo no balcão, encarando Gina, que voltou e se posicionou atrás dessa barricada.

Ela olha para ele, a boca com uma expressão que sugere dúvida, enquanto rearruma sobre a bancada a dezena de potes destinados a doações.

– Não acho possível alguém mudar tanto só porque deseja.

– Com a prática, a gente consegue – refuta Adam, pondo a palma da mão sobre o pote destinado ao abrigo onde encontrou Chance. – Já me transformei em dono de cachorro.

– Por que está me contando tudo isso? – indaga Gina. Embora as palavras sejam frias, a expressão em seu rosto começa a se suavizar. – Isso é alguma tarefa de AA, que obriga a sair por aí prestando contas?

– Não, embora o AA talvez não fosse má ideia.

Ele pensa no copo estilhaçado, nos filetes de uísque em sua parede. O terror do fracasso que o fez mergulhar num precipício não pode voltar a assaltá-lo. Apesar de declarar-se um novo homem, Adam sabe que esse precipício se encontra bem próximo. Todo e qualquer pensamento e ação daqui em diante terão o objetivo de mantê-lo longe da borda, como um treinamento: a cada dia ele se fortalece e se afasta mais um pouquinho.

– Já leu "Um conto de Natal", de Dickens? Como na história, eu recebi a visita dos fantasmas do meu passado e tive a oportunidade de acordar para um novo dia, um novo sentido. Você representa o Bob Cratchit da história, o empregado humilde e explorado que entende que as coisas boas da vida não têm preço.

Adam observa uma lágrima solitária escorrer do canto do olho de Gina, cintilando à luz da manhã. Ele estende a mão por sobre o balcão e limpa a lágrima com o polegar, interrompendo sua trajetória. Gina ergue a mão e a fecha sobre a dele. Inclina-se levemente para a frente e os lábios dos dois se encontram.

Adam precisa ir embora, Gina precisa tocar seu dia na loja. Ele tem que partir para o Centro.

– Obrigado por me ouvir.

– Posso fazer uma pergunta?

– Claro.

– Sua irmã. Você chegou a se perguntar por que ela fugiu? De que estava fugindo?

– Sempre acreditei que foi por causa de uma rebeldia adolescente, como a de Ariel. Talvez por um namorado.

– Acha que estava fugindo do seu pai?

Adam dá de ombros enquanto veste o casaco.

– Não sei. Talvez estivesse fugindo de mim, da responsabilidade de cuidar de um irmão caçula.

– Você devia procurá-la, Adam.

Mesmo com todas as facilidades que tinha quando ainda era um homem bem-sucedido, Adam jamais pensou em procurar Verônica. Ela estava tão enterrada num passado esquecido que nunca lhe passou pela cabeça ir atrás dela. Até agora. Até que Gina, com sua delicadeza, deu vida à ideia.

◆◆◆

Adam está sozinho na sala de espera das cocheiras. Sentado no sofá encaroçado, dá uma palmadinha no joelho e convida Chance a sentar a seu lado. Sobre uma pilha de sacos de grãos um gato dorme tranquilamente. Chance, antes de subir no sofá, lança um olhar comprido para o felino.

– Não – comanda Adam, satisfeito ao ver Chance permanecer ao seu lado em vez de perseguir o gatinho. Ultimamente, ele tem assistido muito mais ao programa de TV do adestrador de cães Cesar Millan do que ao seriado da juíza Judy.

Do outro lado da janela, Ariel, que dali não vê Adam, salta numa pista coberta. Os saltos não são altos, mas programados para que ela pratique arrancadas e curvas fechadas. Adam relaxa de encontro ao encosto do sofá e espera a filha terminar o treino. Este não é seu sábado de visita. Ele não veio apanhá-la, mas ter uma conversa há muito adiada.

Adam quase cochila enquanto Ariel dá voltas e mais voltas na pista, o ruído ritmado dos cascos de Elegance criando uma melodia em compasso de quatro tempos. Os pequenos espaços de silêncio quando ela salta são como pausas numa partitura musical. Adam se recompõe quando ouve o treinador encerrar a aula.

No corredor principal das cocheiras, Ariel está tirando a sela da égua. Vê Adam e não interrompe o que está fazendo. Põe a sela sobre a meia porta da baia, pega uma escova de metal e se dedica a escovar o pelo do animal.

– Oi, Ellie – saúda Adam, passando a mão em toda a extensão do pescoço do cavalo, algo que jamais fez antes. Assim como Chance, Elegance tem o pelo macio como seda. A égua aproxima a boca de sua mão procurando guloseimas, mas depois se vira, desapontada.

– Não a chame de Ellie – reprova Ariel, ao mesmo tempo que abre um sorriso desconfiado. – E cuidado com esse cachorro.

– Ele não vai fazer nada.

– O que você está fazendo aqui? Estou de carro hoje. Não precisava vir me buscar.

– Eu sei. Queria conversar e sabia que você estaria aqui.

– Se for sobre aquela noite, sinto muito. Desculpa mesmo. E agradeço por não ter contado à mamãe.

– É um pouco mais do que isso.

– Tá. Vou colocá-la na baia e já volto.

Adam retorna à sala de espera. Ariel demora tanto que ele começa a se preocupar. Quem sabe saiu pelos fundos, pegou o carro e foi embora. É tão estranho pensar em sua menininha dirigindo. E ele não chegou a entrar em um carro com ela ao volante. De alguma forma, perdeu os laços tradicionais que unem pai e filha nas aulas de direção.

A porta de comunicação para as cocheiras se abre e Ariel entra e desaba no sofá, com Chance entre ela e o pai. Começa a afagar as orelhas do cão, a inteira e a pela metade.

– O que será que aconteceu com esta orelha?

– Não faço ideia.

Agora que ela está aqui, Adam não sabe como começar.

– E aí?

– Vou deixar você resolver quando e onde quer me ver. Não vou mais insistir. Você tem 16 anos, pensa por conta própria. Quando quiser me encontrar, estarei sempre à sua disposição.

– Mas por que isso, pai?

Para total surpresa de Adam, Ariel parece magoada.

– Porque não aguento mais essa indiferença. Acho que se a iniciativa for sua, você vai acabar querendo passar algum tempo comigo. Por que nós dois precisamos sofrer?

– Está tentando usar psicologia reversa comigo?

– Não. Estou me desculpando por ter sido um pai péssimo, ausente, controlador e inconstante.

Em algum lugar das cocheiras, um cavalo relincha. O som é penetrante, choroso.

– Achei que podia comprar o seu amor, mas não posso. Tudo o que consegui foi seu desprezo.

– Isso não é verdade. E você não precisa comprar coisas para mim. Achei que tivesse prazer nisso.

– Se tivesse dinheiro, com certeza. Mas não tenho. E você não precisa de nada, Ariel, possui muito mais do que a maioria das pessoas neste país. Os homens com quem trabalho não têm nada, nem casa. E não reclamam. Não lamentam a vida que levam. Vão comer o que servimos e agradecem. Agradecem por lhes darmos a única refeição quente do dia.

Adam percebe que tocou num assunto polêmico e se cala.

– Você gosta de trabalhar lá?

Chance se espreme para descer do sofá e toma a direção do gato adormecido. Aproxima-se dele, mas não demais, fareja e depois desaba no chão, deixando uma lacuna entre pai e filha. O gato sai em disparada.

– Gosto. Gosto muito.

Ariel escorrega para o lado, fazendo com que as coxas de ambos se toquem, as dele vestidas de jeans, as dela de culotes creme. Adam pega a mão da filha. Ariel descansa a cabeça no ombro do pai.

– Me fala da tia Verônica.

– Ela se parecia com você. Quer dizer, você se parece com ela. Não vejo minha irmã desde que ela era um pouquinho mais nova que você. Um dia, ela e meu pai tiveram uma briga feia e Verônica foi embora. Eu era pequeno, tinha uns 5 anos.

Pai e filha estão sentados no sofá velho e torto. O cão ronca baixinho em cima dos sacos de grãos e Adam conta a Ariel a sua história.

CAPÍTULO 44

Sophie Anderson está de pé no corredor de cereais da loja de conveniência Stop & Shop. Adam se surpreende ao ver que está grávida. Quando terá se casado? Será que foi com o sujeito da camiseta preta e das tatuagens?

Podia arrumar coisa melhor, ele pensa. Ela é uma moça inteligente, ainda que meio descuidada.

O Dr. Stein ajudou-o a romper a barreira das medidas cautelares. Com uma ligação, Adam conseguiu alguns números de telefone e apresentou a questão ao advogado de Sophie, ao psicoterapeuta dela e a ela mesma. A ex-assistente recusou-se a encontrá-lo, mesmo que rapidamente e em público. Ela não dará a Adam a oportunidade de se desculpar. O Dr. Stein diz que Adam deve parar de insistir.

– O importante é saber que você deseja o perdão dela, Adam. Não é preciso ouvi-la dizer que o perdoa.

Mas Adam, que não está disposto a desistir, discorda. Se não conseguir pedir desculpas pessoalmente, essa será mais uma pendência assombrando sua vida. Negar a ele a oportunidade de dizer essas simples palavras – "Sinto muito" – equivale a qualquer outra punição que recebeu.

Stein está orgulhoso dele.

Se ele é um alvo fácil de se encontrar no Google, Sophie Anderson não fica atrás. Uma simples busca resolve o problema. Apesar do sobrenome comum, Adam localiza rapidamente o telefone e o endereço da casa dela. É um pouco distante de onde ele mora, mas não seria impossível encontrá-lo por ali. Não se trata de persegui-la, mas de situar-se na mesma área, indo às lojas que ela frequenta. Como a Stop & Shop. Ele precisa de leite e ração para Chance. Por acaso, Adam e Sophie gostam de comer cereais. Também por acaso, ele programou fazer essas compras no horário em que o expediente termina na Dynamic, já que muitos funcionários dão uma passada na loja antes de ir para casa. Como Sophie.

No corredor, ela checa os valores nutricionais na lateral de uma caixa de cereais cobertos de açúcar. Adam fala baixo para não assustá-la, como um homem tentando acordar uma mulher.

– Oi, Sophie.

Mesmo assim, ela se assusta, a boca fazendo um O de surpresa ao ouvir a voz de Adam. Imediatamente ela olha em volta em busca de alguém capaz de evitar esse encontro.

– Eu disse que não queria falar com você. Está me seguindo?

– Não, de jeito nenhum. Olha! – diz ele, erguendo o saco de ração e a caixa de leite. – Simplesmente vi você e... – Adam sabe que tem poucos segundos para se explicar. – Sophie, eu só quero dizer quanto lamento o que aconteceu. Só isso.

Com um breve cumprimento de cabeça, ele se vira, o som da sola do tênis chiando contra a superfície cinza brilhosa do chão de linóleo.

– Sr. March?

Ele para. De um lado e de outro, personagens de desenho animado estampam caixas de cereais com sorrisos convidativos. Sem se virar para Sophie, Adam espera.

– Eu sei que lamenta.

Os ombros de Adam relaxam. Ele passa o peso do saco de ração para o outro braço. E ela fala novamente.

– Mas lamentaria tanto se não tivesse perdido tudo?

É um momento delicado. Adam pensa no instante que precedeu a leitura do bilhete que provocou o colapso nervoso. Se pudesse recuperar aquela vida que se esforçara tanto para conseguir, cheia de serões, reuniões e ansiedade, ao lado de uma família estranha sempre exigindo mais dele, se pudesse voltar a fazer coisas que gente como Gina despreza, na esperança vã de enterrar o passado ainda mais profundamente, iria querer? Adam não se surpreende com a resposta que cresce em seu interior. Não, não queria aquela vida de volta. Ela não lhe agrada mais. Ele não é mais o mesmo homem.

Por isso, Adam diz a verdade a Sophie.

– Lamentaria, independentemente do resultado.

Adam caminha para o caixa. Sorri para a atendente e puxa a última nota de 20 dólares. No carro, Chance o espera. Está escurecendo mais tarde agora, então os dois terão tempo de ir até o parque antes de voltar para casa.

CAPÍTULO 45

No típico estilo da Nova Inglaterra, o verão chegou de forma abrupta. A primavera chuvosa e fria retirou-se, abrindo caminho para o clima quente e úmido. A cozinha do Centro é uma verdadeira fornalha e Adam trabalha de camiseta branca e bermuda. O avental vai até os joelhos, fazendo com que, de frente, ele pareça estar usando um vestido. Traz uma faixa azul em torno da testa, como um apache, para impedir que o suor escorra para os olhos. O figurino de todos é uma variação do mesmo tema, a fim de enfrentar o calor para alimentar os homens, que continuam vestindo o guarda-roupa inteiro, como que impermeáveis ao calor excessivo.

O ar-condicionado no apartamento de Adam quebrou faz uma semana e o zelador ainda não substituiu o aparelho velho por um novo. O cão continua a ser um morador fantasma no prédio, tolerado pelos vizinhos que já o viram e ignorado pelo zelador, que não poderá mais fingir desconhecer sua existência se for obrigado a entrar no apartamento na ausência de Adam. Assim, Chance agora vai para o Centro junto com o dono, que improvisou um abrigo coberto no quintal. Rafe o abastece com as sobras de comida. O cachorro parece bem feliz ali. Quando Adam dá uma olhada pela janela dos fundos, em geral ele está dormindo na sombra. De vez em quando um dos hóspedes fumantes vai até o quintal e se senta nos degraus da varanda. O cão, então, se aproxima, feliz, provocando uma pontinha de ciúme em Adam. Ele quer que Chance seja amistoso, mas que continue a ser um cachorro de um homem só.

Adam anda fazendo hora extra no Centro. Não se trata de trabalho voluntário, mas remunerado. Deram-lhe um pequeno salário para pesquisar possibilidades de subsídios. Fluente na língua das finanças e familiarizado com os questionários para obter doações, Adam montou dois pedidos de subsídio bem-sucedidos nos últimos quatro meses. O salário não é grande coisa, mas dá para a ração de Chance e para o aluguel. O resto continua um problema, mas esse já é um primeiro passo na direção certa. E o trabalho curiosamente o satisfaz.

Já é tarde quando Adam desliga o computador de Big Bob, tira a faixa da testa e troca a camiseta ensopada de suor por uma limpa. Chance está dançando seu número "que bom te ver" nos degraus, as patas dianteiras subindo e descendo, o cabeção balançando de um lado para outro, a língua pendendo e os olhos indagando de Adam: "Está a fim de ir para casa, garotão?"

Unhnnn unhnnn.

Em momentos de devaneio, Adam acha que o cachorro está tentando lhe ensinar um novo vocabulário. Sons diferentes para ocasiões distintas. *Unhnnn* significa "Pode crer". *Rruurr*, "Já ouvi, cara". Ou "Vamos comer". Ou talvez "O que você achou do jogo?".

Adam e Chance deixam Fort Street e tomam seu caminho. O calor escaldante já amenizou e uma leve brisa vem do mar, a quilômetros de distância. Sombras de placas de rua, prédios e carrinhos de compras abandonados projetam figuras monstruosas diante deles. O ruído do tráfego abafa o canto dos pássaros enquanto Adam e Chance caminham. Adam mais sente que ouve o rosnado grave, o tremor chegando à sua mão suada através da guia. Olha para Chance. O pelo dele está eriçado, formando uma crista entre as espáduas. Não há nenhum cão à vista e Chance não está puxando a guia. Não late, apenas emite esse rosnado e pressiona o corpo contra as pernas de Adam. À vista, somente um velho no ponto de ônibus. Então, Adam percebe que Chance está olhando para trás.

Sem as enormes jaquetas, Adam não tem certeza se são os mesmos garotos que encontrou antes, mas o comportamento de Chance demonstra familiaridade. Eles se aproximam, mantendo distância suficiente para que, mesmo que a guia ceda, o cachorro não os alcance.

– Você continua com o meu cachorro, cara. – O mais alto da dupla aponta para Chance e depois para si mesmo. – Ele é meu.

– Não é mais.

Adam não se deixará intimidar por esses dois moleques. Em plena luz do dia, sem os casacos volumosos, ele se dá conta de que são apenas garotos pouco mais velhos do que Ariel. Eles não têm poder nenhum sobre Adam, um sujeito branco no bairro que lhes pertence e que segura um cachorro enorme. Ele se empertiga o máximo possível:

– Quer ficar com ele? Tente tirá-lo de mim.

Os garotos se entreolham, como se desafiassem um ao outro a arrancar a guia da mão de Adam. Olham para Chance, que rosna e late, o rabo balançando violentamente de um lado para outro. Por pouco Adam não perde o controle do cão. Em parte, ele deseja continuar a provocá-los – "Vamos, tentem tirá-lo de mim" –, mas não vão levar Chance, não conseguem se aproximar o bastante. São dois pivetes, garotos que agem como valentões porque é isso o que se espera deles. Adam já foi assim um dia.

Precisou ser assim para sobreviver. Talvez não morasse num bairro tão barra-pesada quanto esse, mas não era muito melhor. Pode ser que esses garotos também não tenham famílias bem estruturadas. Talvez sejam filhos de criação. Quem sabe não existem mais coisas em comum entre eles do que o desejo de ser dono do mesmo cão.

– O cachorro é meu, não seu. Talvez tenha sido seu um dia, mas agora não é mais. Sacou?

Os dois garotos grudam seus iPods nos ouvidos, dão as costas a Adam e somem.

– Acho que demos o nosso recado – diz Adam, inclinando-se para afagar Chance, para acalmá-lo, para garantir que está tudo bem.

CAPÍTULO 46

A princípio fiquei meio chateado de ser deixado do lado de fora do prédio onde meu humano entra com cheiro dele mesmo e sai cheirando a comida e a outras pessoas. Acho que estava ficando meio metido por causa do meu novo status de cão doméstico. Por que deveria ser deixado no quintal como um animal qualquer? Então me dei conta de que era agradável ficar ali fora, perto da janela de onde todos os odores gostosos de comida se originavam. Além disso, eu ganhava pedacinhos de carne e, de vez em quando, um eventual osso para saborear – cortesia do homem de chapéu grande. E não havia ninguém em volta para pôr em risco a segurança dessas guloseimas. Só eu. Como era bom deitar à sombra do abrigo que meu humano construiu, com a tigela de água por perto, descansando o queixo sobre as patas! Lá em cima os pombos voavam felizes, arrulhando e se acasalando. A cerca que delimitava o meu espaço também mantinha longe os cachorros de rua que vez por outra passavam. Por ser um cão, não sei dizer exatamente quanto tempo já durava essa vida mansa, mas a minha sensação era de que toda uma nova geração de cães de rua atingira a maioridade. Em outras palavras, eu não conhecia mais ninguém.

Por isso, agia como se fosse dono desse pedaço de chão. Latia e rosnava. Levantava a perna na cerca, cheio de autoridade. Às vezes, as cadelas, principalmente, ignoravam a minha falta de boas maneiras e se aproximavam. Uma cerca de arame é um obstáculo, mas não é intransponível, então nossos focinhos conseguiam encontrar zonas de cumprimento. Eu balançava o rabo, pedindo desculpas. Elas eram legais. A maioria.

Havia um cachorro grandalhão que passava sempre por ali. Não parecia lutador, mas tinha cara de poucos amigos. O rabo era só um cotoco, que ele mantinha permanentemente ereto, como se fosse comprido. Tornou-se um visitante assíduo, mas jamais superou o desejo de me desafiar. Rosnávamos um para o outro por sobre a cerca, ele zombando do meu cativeiro, eu gritando insultos de volta. *Cara, se algum dia esse portão ficasse aberto, você ia se ver comigo.* Ele era o único que me provocava. Fui obrigado a checar a resistência da cerca me atirando contra ele. Em geral, alguém saía do prédio para pôr fim à confusão. Então, o covarde fugia com o coto de rabo entre as pernas. *Eu avisei, não avisei?*

Quase todos os dias alguns homens saíam do prédio e se sentavam ao pé da escada, junto de mim. Acendiam aqueles palitos que queimam e se reuniam para ficar fazendo fumaça. Eu não gostava muito do cheiro, que me lembrava demais dos meus tempos no porão. Em geral, os rapazes fediam assim, ou de um jeito parecido. Mas esses caras gostavam da minha companhia. De vez em quando, um deles vinha aqui fora. Se eu sentasse ao seu lado, passava o braço à minha volta e falava comigo, contando coisas que com certeza guardava para si mesmo a maior parte do tempo. Esses homens me faziam lembrar um pouco o humano com quem eu morava. Havia uma certa fragilidade em todos eles. As vozes suaves que usavam comigo imediatamente engrossavam sempre que outra pessoa aparecia, como se tivessem vergonha de ser flagrados falando com um cão. Quando se reuniam em grupos, não demonstravam nem um pouco essa fragilidade. Às vezes a gente encontra um cachorro que nitidamente não é um cão de rua. Pode ter se perdido ou se afastado de seus humanos. Esses cães costumam se sair bem como vira-latas, mas há sempre uma desconfiança sobre o porquê de terem acabado assim. Os caras lá do prédio eram desse jeito.

Vi os rapazes outras vezes além daquelas em que estava com o meu humano. Verdade seja dita: ele os enfrentou, rosnou de uma forma bastante profissional. O que ele não entendeu foi por que me queriam tanto de volta. Não estou me gabando, mas fui um cachorro top de linha para eles, um vencedor. Isso os deixava felizes e eles queriam continuar me botando para lutar. Por isso, quando apareciam, encostando-se na grade que cercava o quintal onde meu humano me punha para aproveitar os dias de verão, eu ficava nervoso. Então eu latia. Aí alguém lá de dentro vinha olhar, o que fazia os rapazes saírem de fininho como filhotes que fingem ser legais.

Assim, toda vez que eu me via sozinho no quintal, a angústia crescia. Gostava do meu novo trabalho, que era consolar os homens de rua e fazer dupla com meu humano no jogo da bola de tênis. Simplesmente não conseguia me ver de volta ao ringue. Passei de lutador a pacifista. Admito isso com uma pontinha de vergonha, mas a verdade nem sempre é bela. Um dia fui poderoso e temido. Agora sou amado. Algo muito mais importante.

CAPÍTULO 47

Ainda faltam duas semanas para a audiência final com o juiz Johnson. O verão ficou para trás, as ruas se enchem de estudantes durante a manhã. Um guarda de trânsito olha com uma expressão desconfiada para o homem sem filhos com um cão de aparência feroz. Adam sorri, dá bom-dia, puxa Chance mais para perto de si. Big Bob garantiu que ele receberia um relatório positivo, um genuíno testemunho de bom comportamento e dedicação. Adam provou ser um voluntário dócil e continuará fazendo o trabalho de captação de recursos para o Centro mesmo depois que seu tempo for preenchido com o novo emprego.

Adam foi contratado como consultor de uma empresa no centro da cidade. Dessa vez não se trata de estreantes tentando deslanchar na internet nem de um esquema fantasioso montado por recém-formados, mas de um negócio sólido que precisa de alguém para coordenar um projeto especial. Adam se reuniu com dois dos três sócios e lhes forneceu um breve "perfil" de si mesmo. Apresentou tão bem seus atributos que eles não deram bola para a confissão. Haviam conseguido um executivo altamente talentoso por uma remuneração razoável. Seus fracassos particulares eram problema dele.

O Dr. Stein também está satisfeito com o recente progresso de Adam. E seu relatório há de refletir essa satisfação.

◆◆◆

Adam sai do edifício de Stein e põe mais uma moeda no parquímetro. Há uma loja de queijos para gourmets ali perto e, de repente, Adam está sonhando com um Wensleydale. A loja também vende biscoitos caninos sofisticados e Chance merece algo especial. Adam merece algo especial. O vento fresco e seco despenteia seu cabelo. Amanhã irá ao barbeiro para dar um jeito nele. Chega de cortes de cabelo que custam tanto quanto a prestação de um carro.

Enquanto anda pela rua, nos cruzamentos e entre os prédios, Adam procura Jupe. Ele não aparece há semanas. Talvez tenha voltado para o hospital, ou, quem sabe, pegou uma carona para Manhattan. Big Bob também desconhece o paradeiro do homem, mas, como o tempo anda bom, não está muito preocupado.

Adam não sabe por que se preocupa tanto com Jupe. O velho não fala com ele desde a busca fracassada por seu cão e a tentativa de Adam de lhe entregar Chance. Evita Adam toda vez que seus caminhos se cruzam. Jupe é um dos que não saem para o quintal para sentar junto com o cachorro.

Adam entende que na mente atormentada de Júpiter ele é o responsável pelo sumiço de Benny, porque não conseguiu cumprir a promessa de encontrá-lo. Jupe não aceita o fato de que o cão foi condenado no momento de sua hospitalização. Não é que Adam não o tivesse encontrado: Benny simplesmente não existia mais. No entanto, como uma promessa feita a uma criança, ou a um homem com uma visão infantil do mundo, o resgate do cão não admitia alternativas. Nem desculpas. Mas Adam compreende como o outro se sente. Se alguma coisa acontecesse a Chance, ficaria arrasado. Em pouco tempo, ele se tornou uma daquelas pessoas capazes de permanecer em casa durante um ataque nuclear caso o cachorro não pudesse ser retirado com ele.

Por isso, Adam costuma procurar Jupe quando vai à parte da cidade que o velho, sozinho ou com Benny, tinha o hábito de frequentar.

◆ ◆ ◆

Adam resolve não contar a Gina que contratou um detetive particular, embora esse tenha sido o seu primeiro impulso antes mesmo de encontrar o sujeito num café para dizer o que pretendia descobrir e quanto estava disposto a pagar. Finalmente fazer alguma coisa a respeito da decepção de toda uma vida provocou nele uma reação imprevisível: alívio. Era um alívio saber que em breve poderia parar de se perguntar sobre Verônica, sobre o que acontecera com ela e onde fora parar. Ele não está ansioso para ouvir as notícias. Nem sequer tenta imaginar um encontro com a irmã, muito menos pensa em dar um telefonema nervoso para dizer: "Oi, sou eu, Adam."

Ele sabe que pode demorar um pouco e que talvez o detetive não obtenha resultado, mas tudo bem. O importante é que agora está no controle da situação. Exatamente como os problemas do trabalho, o primeiro passo para lidar com esse é começar a agir. A inércia é um peso opressor. A ação remove esse peso.

◆ ◆ ◆

– Bom dia, Adam.

A velha rotina da vida cotidiana.

Adam acordou de madrugada para preparar o projeto da Stryker, Royal & Martin. Já passeou com Chance pelo quarteirão. O café da loja de jornais está fresquinho. Adam usa calça de moletom, mas está barbeado.

Enche uma segunda xícara, adoça e pinga o leite desnatado para levar para Gina. Faz suas compras, dá a Artie uma sugestão para linha 46, vertical – arquétipo – e sai porta afora.

O empresário impecavelmente vestido se aproxima. Está atrasado, excepcionalmente atrasado. Adam sorri e atravessa seu caminho, dessa vez munido do seu nome:

– Bom dia, Sr. Martin.

Augustus Martin, da Stryker, Royal & Martin, vira a cabeça assustado, com uma expressão de alarme, como quem pensa: como esse vagabundo sabe meu nome? Então o reconhece. Seu rosto cora de vergonha.

– Bem que achei seu rosto familiar naquela reunião.

"Me poupe", pensa Adam. O sujeito jamais olhou para sua cara durante todos os meses em que se cruzaram diariamente. Ele estenderia a mão, mas ambas estão ocupadas.

– Eu também. Fora de contexto, não é?

– É, pois é. Não me dei conta de que você morava por aqui. Achei que...

– Eu sei o que achou. As aparências às vezes enganam.

Adam toma um gole de café e resolve pegar mais leve com o cara. Na época gloriosa em que usava sapatos Cole Haan como os de Martin, teria tratado um estranho barbado e malvestido do mesmo jeito.

– Pus algumas ideias no papel para apresentar na próxima reunião. Acho que vai gostar.

– Com certeza.

O momento da despedida é meio constrangedor. Os dois não se conhecem, mas foi tão longo o período de encontros matutinos recheados de preconceito que não sabem como dizer até logo um ao outro.

Gina está lavando a vitrine e observando a cena entre Adam e o homem que também ela reconhece como transeunte habitual. Ela passa o rodo da esquerda para a direita, pisca para Adam e depois retorna passando a borracha da direita para a esquerda.

– Você parece feliz – comenta ela, enxugando o rodo com uma toalha de papel.

– Estou.

Gina percebe algo em seu tom e interrompe a ação.

– Por quê?

Adam lhe fala do detetive.

◆◆◆

A princípio, Adam não reconhece o número na tela do celular. Quase deixa a ligação cair na caixa postal, depois se lembra de que aquele código de área pertence ao detetive particular. Faz apenas uma semana que o contratou. Mesmo no mundo eletrônico e superexposto de hoje, não é tempo suficiente para encontrar alguém desaparecido há 40 anos. Alguém que talvez jamais quisesse ser encontrado, cuja identidade pode ter sido alterada pelo casamento ou por um nome falso. Alguém que Adam sempre – não pergunte por quê – acreditou estar na Costa Oeste, tão longe quanto possível das raízes na Nova Inglaterra.

– Tenho notícias. Podemos nos encontrar? – indaga o detetive, um homem baixo e roliço, mas que parece imponente ao telefone.

– Não pode me dizer pelo telefone?

– Não. Pode ser no Denny's daqui a uma hora?

A voz solene inibe argumentações.

Adam engole uma onda de náusea.

– Está com medo de que eu não lhe pague?

Há um instante de silêncio ofendido.

– Prefiro passar o relatório pessoalmente.

◆◆◆

O Denny's está praticamente vazio às 11 da manhã de um dia de semana. A hora do café da manhã já passou e é cedo demais para o almoço. Na única mesa ocupada, um casal idoso em silêncio medita sobre pratos de ovos e batatas fritas com ketchup. É o cenário perfeito para ouvir notícias da sua irmã desaparecida, com os enormes cardápios com capa de plástico, a toalha de mesa levemente grudenta e uma decoração de mau gosto em tons de amarelo ovo. A padronagem geométrica do piso deixa Adam meio zonzo enquanto segue a garçonete de meia-idade até seu lugar. Ron Pascal junta-se a ele quase imediatamente. Dá uma olhada no cardápio e pede um café. Adam o imita.

– Vão querer batatas fritas ou umas torradas?

Ron Pascal fita a garçonete nos olhos:

– Não. Café apenas. Por favor.

Ela se afasta da mesa.

– Sabe por que odeio tanto os casos de pessoas desaparecidas?

– Não faço ideia.

Adam segura um pacotinho de açúcar, que gira entre os dedos, como se medisse suas laterais.

– Porque quase sempre as notícias não são boas.

– Você está querendo dizer... o quê, exatamente?

Ron pega uma pasta de arquivo e a pousa na mesa entre os dois.

– Isto é o que descobri.

A pasta tem uma etiqueta de bordas verdes onde se lê VERÔNICA MARIE MARCH digitado em maiúsculas, fonte Times New Roman. Sólido, real. Em nada parecido com uma pessoa desaparecida, mas sim com alguém que deveria ter vivido o bastante para encher essa pasta. Mas era uma pasta fininha, que guardava uma única folha de papel.

– Sua irmã faleceu seis semanas depois de sair de casa. – Ron abre a pasta. O atestado de óbito está diante de Adam, mas o detetive sabe qual é o trecho que ele procura. – Causa da morte: múltiplos ferimentos internos compatíveis com atropelamento por automóvel.

– Atropelamento? Verônica está morta?

– Lamento. A pequena matéria que saiu na imprensa diz que ela estava atravessando a rua às duas da manhã quando foi atropelada por um carro. O motorista fugiu sem prestar socorro.

Pascal puxa o recorte de jornal sob o atestado de óbito, juntamente com o obituário.

Adam está tonto. Não pega os papéis. A mão dele treme enquanto tenta segurar a xícara de café que a garçonete pousou à sua frente. Tem medo de levá-la aos lábios. Não que não estivesse preparado para a ideia de que Verônica estivesse morta. Esta sempre foi uma possibilidade latente, que de tempos em tempos Adam se convencia de ser a mais provável. O choque vem do fato de que Verônica estava morta durante todo aquele tempo, de que seus sonhos de menino – que um dia ela apareceria para resgatá-lo – eram mais que uma fantasia, eram uma impossibilidade, uma esperança totalmente inútil. Deveria ser grato por não saber? Por que ninguém lhe contou? Adam imagina uma gigantesca conspiração de silêncio escondendo dele a informação mais importante de sua infância. Terá sido uma bondade equivocada? Ninguém diz nada e ele acabará por esquecê-la?

Se tivesse sabido que a irmã estava morta durante todos aqueles anos passados em lares adotivos e sofás-camas, de crueldade por parte dos colegas, de solidão, não restaria esperança alguma.

Adam fica de pé. Os joelhos fraquejam quando ele cambaleia até o banheiro masculino, entrando bem a tempo de vomitar.

◆◆◆

– Por que meu pai não me contou?

– Acho que terá que perguntar isso a ele – responde Pascal, fechando a pasta. Tira do bolso de trás da calça uma carteira e coloca algumas notas sobre a mesa.

– Não dá – diz Adam, erguendo os olhos da pasta que contém o atestado de óbito da irmã e encarando Pascal. – Nem sei se ele ainda está vivo. Não falo com esse homem desde os meus 9 anos.

Pascal abre novamente a pasta e aponta para um Post-it amarelo colado na parte interna:

– O endereço e o telefone dele.

CAPÍTULO 48

Por causa do encontro com Pascal, Adam chega ao Centro Fort Street uma hora atrasado. Ligou antes para avisar Big Bob, que o dispensou sem exigir qualquer justificativa. Só agora ele percebe que nunca se atrasara. Vem lidando com essa boa ação compulsória como lida com todas as suas responsabilidades – com profissionalismo. Alguém deveria se orgulhar dele. Ele não trabalha direito no Centro visando obter um aumento por mérito. Simplesmente aplica sua ética profissional a essa situação, como sempre fez em todos os cargos que ocupou enquanto ascendia. Faz automaticamente o melhor possível como voluntário involuntário.

Adam para no prédio para deixar o carro, apanhar Chance e caminhar até o Centro, embora esteja tarde. O coração ainda bate forte sob o efeito da conversa com o detetive. Ele precisa acalmar-se, precisa fazer as notícias da morte prematura da irmã e da improvável sobrevivência do pai migrarem para algum território neutro dentro de si. Precisa absorver os fatos. No entanto, sua mente fervilha com perguntas sem resposta.

Gina está na loja, mas Adam não pode lhe contar ainda. Ele deve digerir essa nova realidade sozinho. Não pode verbalizá-la, não consegue articular as palavras de forma que façam sentido para ele, quanto mais para outra pessoa. Adam necessita de tempo para reformular todo o seu conceito de passado.

Depois de trancar o portão do quintal do Fort Street, Adam desprende a guia da coleira de Chance e enche a tigela de água na torneira de fora. Depois de um rápido afago na cabeça do cão, ele o deixa sozinho para se entreter durante as próximas horas. O cachorro caminha pesadamente até a sombra e desaba no chão.

◆◆◆

Ishmael está atrás do balcão, servindo o almoço do dia. Adam pega um avental limpo e uma touca de papel e se posiciona junto às travessas do prato principal: costeletas de porco e purê de batata. Tudo parece cinzento para ele, as costeletas, o molho, até mesmo a sopa. Tons de cinza, como enxergam os cães.

– Tudo bem com você, cara?

– Tudo.

– Viu um fantasma ou algo assim?

Adam balança a cabeça, tentando sorrir.

– Estou ótimo.

– Você está doente, vá para casa.

– Não estou doente.

– Triste – diz Júpiter, de pé, diante de Adam.

Passadas tantas semanas, é uma surpresa ver o velho ali, com o gorro enfiado na cabeça, os olhos fixos. Pela primeira vez Adam repara como seus olhos são claros, dando a impressão de não serem olhos, mas espelhos.

– Que pena – emenda Júpiter, que tanto pode estar falando com Adam quanto consigo mesmo. Os olhos pálidos se desviam de Adam para o prato e depois para Ishmael. – Não existe nada mais triste. *Triste* é o termo mais solitário do vocabulário.

Adam se recorda vagamente de que rimar pode ser um sintoma de perturbação mental, mas não se lembra de ter visto Jupe fazer isso antes.

– Você quer molho? – indaga Ishmael, deslizando o prato pela superfície de aço inoxidável.

Jupe pega o prato, estreitando os olhos na direção de Adam.

– Agora você sabe. Agora você sabe.

Ishmael ergue uma sobrancelha.

– Ao menos ele voltou – argumenta Adam, tirando a travessa de sopa vazia do balcão. Ao menos ele sabe que Jupe está bem. Um desaparecido a menos com que se preocupar.

CAPÍTULO 49

Eu estava sozinho no quintal, cuidando do asseio das minhas partes baixas, enquanto aguardava – ansiava – que o sujeito do chapéu comprido viesse aqui fora com alguma guloseima e imaginava se haveria algo de interessante programado para mais tarde, como um passeio de carro, uma caminhada no parque...

– Ei, garoto.

Interrompi meu banho e avaliei o visitante. Era o humano que antigamente andava com o meu mentor. Fazia tempo que eu não o via, nem aqui nem na rua. Farejei. O cheiro dele era maduro – cheiro de rua, dos indomados, dos livres. Me aproximei.

– Bom garoto.

Duas palavras dessa língua ruidosa que eu conhecia e com as quais me dava bem. Ele não estava dentro do pátio, mas do lado de fora do portão. Fui até lá, ansioso para encontrá-lo, para respirar mais de perto aquele doce odor de rua. Gentilmente, ele abriu o portão. Depois, foi embora.

O portão voltou sozinho, ficando quase fechado, mas não o suficiente para me manter preso. Sentei. Sou um cão; não costumo lutar contra a ética da confiança e da obediência, exceto quando me convém. Meu humano confia que eu não vou pular do carro se a janela ficar aberta. Eu confio que ele vai me alimentar e coçar a minha barriga. Isso é o máximo a que me permito. Mas esse portão aberto, esse convite para correr para a rua como um cachorro livre, era um presente de alguma divindade generosa. Quem era eu para recusar? Mas me sentei. Esperei. Não tenho a capacidade de discernir o que é certo do que é errado, ou de refletir sobre os dilemas morais da fidelidade. Nunca haviam me dito para ficar, mas eu não tinha desculpa alguma para partir.

Precisava de um bom motivo para escancarar aquele portão. E lá veio ele, o vira-lata que adorava me desafiar quando eu estava preso. Ele ia ter uma surpresinha.

CAPÍTULO 50

Adam passou a tarde toda imerso numa bruma. Não se sentia assim desde que tivera o surto na Dynamic, essa sensação de cabeça vazia, de que as mãos estão presas por linhas finas, os pés parecendo blocos de pedra. Desempenha suas tarefas de ajudar Rafe, de servir o almoço, de ligar a máquina de lavar pratos, de ouvir a ladainha de Ishmael ("Vai querer molho?") repetidamente até as três palavras soarem em sua mente como o refrão de uma música ruim.

O último homem foi servido. As mesas estão praticamente vazias. Mike já desmontou quase todas, deixando uma para o grupo remanescente ainda sentado e outra para os funcionários. Nesse momento, o cheiro de comida está deixando Adam nauseado. Hoje não tem vontade de comer ali. Vai pegar o cachorro e voltar para casa. Big Bob há de entender. Às vezes as pessoas perdem a fome. Mas quando os outros pegam seus pratos e talheres, Adam acaba mudando de ideia e juntando-se a eles. Se for para casa, vai simplesmente sentar e pensar. Aqui pelo menos pode se distrair um pouco, quem sabe até se interessar de verdade pela inevitável discussão sobre o time do Red Sox. Qualquer coisa para não pensar no relatório de Pascal. Para não pensar em Verônica. Ou no fato de que o pai continua vivo e morando a meros quatro quilômetros de distância. Durante todo esse tempo, ela morta e ele vivo. Não é que Adam imaginasse que o velho estivesse morto, mas o havia afastado de tal maneira da sua vida que não concebe a ideia de que o pai ainda exista. Sente uma pontada de dor e pressiona as costelas com uma das mãos.

Rafe se senta no banco a seu lado.

– Tenho umas sobras para Chance. Por que você não o trouxe hoje?

– Eu trouxe, sim. Ele está no quintal.

– Não está, não.

Adam tenta se levantar do banco fixo, batendo com o joelho na mesa e quase dando um chute em Rafe.

– Tem certeza?

– O portão está aberto, cara. Não vi cachorro nenhum lá atrás.

– Merda.

Adam se dirige para a porta dos fundos. Subitamente Jupe surge à sua frente.

– Com licença – pede Adam, sem querer encostar no homem, desesperado para chegar lá fora. – Preciso passar.

Algum idiota deixou o portão aberto.

– Agora você sabe – declara Jupe sem se mexer. – Agora você sabe.

Adam está aqui há três horas e sabe que fechou o cadeado com cuidado. Pelas regras de Big Bob, ninguém pode entrar pelos fundos, mas pelo visto alguém entrou. Ou então deixou o portão aberto. Os funcionários estão todos aqui. Ele foi o último a chegar. Então, qual dos homens saiu sem fechar o portão, sem se preocupar com Chance? Uma ideia o deixa em pânico: o cachorro pode estar solto há horas. Pode estar a quilômetros de distância. Ou ter sido atropelado por um carro. Adam imagina Chance correndo, confuso, desanimado. Seu ex-cão de rua em pânico, como um cachorro de raça mimado. Sozinho.

Não há tempo a perder e esse velho bloqueia seu caminho. Adam tenta escapar, mas Jupe está decidido a impedir sua passagem.

– Eu disse que agora você sabe como é – insiste Júpiter, sorrindo para

Adam. Ergue o canivete suíço até a altura do peito, com a lâmina desembainhada. – Triste, triste.

– Opa, opa. Tudo bem, Jupe. Calma aí – diz Big Bob, seu corpanzil logo atrás de Adam. – Largue isso.

Não é uma faca. Não é uma lâmina comprida, mas a luz cai sobre o instrumento de tal forma que extrai um brilho opaco do ferro antigo, afiado. A ponta está um pouquinho torta. Adam dá um passo para trás. Jupe o segue, como num *pas de deux*. Big Bob, Rafe e Ishmael fecham os bailarinos em um círculo.

– Você matou o meu cachorro.

– Não matei. Só não o encontrei.

– Não entre na dele, Adam. Apenas segure as pontas – aconselha Big Bob, aproximando-se por trás de Jupe. – Mike foi buscar ajuda.

Jupe é mais perigoso do que alguém que saiba usar uma faca. Ele investe insanamente, aponta e brande a lâmina curta com um ritmo espasmódico – para cima e para baixo, de um lado ao outro. O sinal da cruz de um maníaco. A lâmina afiada se projeta do cabo como a língua de uma serpente.

Adam recua. Jupe é rápido e errático demais para que Big Bob, Rafe ou Ishmael tentem tirar o canivete de sua mão. O grupo se move como um único indivíduo no meio do refeitório, então Adam percebe que está sem saída quando bate com a parte de trás dos joelhos no banco da mesa vazia.

– Olhe, Charles – diz ele, torcendo para que o uso do nome verdadeiro do sujeito o faça voltar à realidade. – Sinto muito sobre o seu cachorro. Sei quanto ele significava para você.

– Mas você tentou me empurrar um falso. Não sabia como ele era importante. Você acha que um cachorro é igual ao outro. Aquele nem se parecia com o Benny.

– Sei o que é perder alguém que se ama. Sei muito bem. Não dá para substituí-lo.

– Você prometeu.

– Eu não devia ter prometido. Não sabia que seria impossível cumprir a promessa.

Subitamente, Jupe se aquieta. Os olhos vazios e pálidos estão vermelhos e penetram diretamente nos de Adam, levando-o a pensar que não está lidando com um homem, mas com um demônio. Nada há de humano naquele olhar.

Adam se obriga a encarar Jupe.

– E agora preciso procurar meu cachorro. Antes que seja tarde demais.

A mão direita de Jupe, que segura o canivete, começa a relaxar. É como observar o demônio abandonar uma alma, enquanto a expressão vazia é substituída por confusão e brandura. Um despertar. A distância ouve-se a sirene de um carro da polícia. Adam acha que o demônio se foi e que Jupe pode ser desarmado. Talvez Júpiter tenha voltado a ser Charles. Estendendo a mão, Adam agita os dedos como quem encoraja um animal a se aproximar.

– Vai me dar isso?

Então Júpiter avança sobre ele.

CAPÍTULO 51

Lá estava eu, na minha perambulação inesperada, inebriado com a vastidão de odores da cidade, curtindo a minha liberdade, quando – bum! – problemas. Eu voltara a ser ingênuo como um novato na vida de rua. Os meses que passei preso à guia amorteceram meu instinto de autopreservação. Durante muito tempo não precisei usar a cabeça, contando com meu humano para me dizer aonde ir e como chegar lá.

Depois de pôr aquele metido para correr, farejei a calçada do lugar onde me encontrava, meio desorientado, já que não havia prestado atenção a referências do caminho enquanto enxotava o canalha. Por isso, estava explorando o que parecia ser um território novo, o que, devo admitir, era bem divertido. Até topar com um cheiro que acionou o botão da memória no meu cérebro. Busquei imagens que traduzissem o odor que meu focinho captava. Jaula. O quintal imundo cheirando a fezes e a sangue seco. Sabe-se lá como, eu voltara para a mesma rua onde tudo começou. Definitivamente, isso não estava nos planos. Então levantei a cabeça e farejei o ar para tentar descobrir pelo olfato em que direção ficava o meu bairro. Será por ali? Ficaria lá o lugar onde meu humano gosta de tomar café? Será que este é o cheiro dos homens que se reúnem para comer? Nada. Nada para me dar uma dica.

A verdade é que eu estava completamente perdido. Sou cão o bastante para admitir. Minha fantasia de que iria gazetear um pouco e retornar a tempo para a nossa caminhada de volta para casa fez com que eu me perdesse. Bom, eu estava perdido, mas não sou bobo. Refiz o meu percurso. Lógico, não? Mas sou um cachorro, um macho, e desafiara ostensivamente os outros cachorros por essas bandas deixando minha marca em todos os postes, hidrantes e pneus do caminho. Só que cada uma delas havia sido coberta pela urina de outros cães. No final, acabei voltando exatamente para o mesmo quarteirão onde passei minha vida pregressa.

– Olha aqui, cara! Dá pra acreditar?

Desde que parti, a distinção que existia entre potencial e corrupção nesses quase-homens desapareceu, deixando em seu lugar pura hostilidade. Eles fediam a cachorro, a cigarro, a maldade. A pizza e a cerveja. Exalavam o cheiro de sangue em seus sapatos e o seu próprio medo mascarado de raiva. Eu nunca havia me dado conta de que os rapazes eram tão parecidos com os cães daquele porão, manipulados por forças que escapavam ao seu controle, vítimas da própria criação.

Dessa vez, eram quatro. Os meus dois conhecidos e outros dois maiores, mais velhos e indubitavelmente mais poderosos. Adultos.

Rosnei, ameacei, girei, sem desperdiçar meu fôlego com sons, transformando tudo em ação. Mas estava cercado. Abaixei-me, tentei passar entre as pernas vestidas de jeans. O chute doeu, vacilei. Nunca havia usado meus dentes num humano antes, mas não ia me deixar abater. Mas é claro que eles sabiam lidar com um cão mordedor. A última coisa de que me lembro é de uma corda passada rapidamente em volta do meu focinho, imobilizando minhas mandíbulas. Depois que um deles me deu uma paulada, não vi mais nada.

Acordei na minha velha jaula. Nos cantinhos ainda havia vestígios de mim. Meus pais se foram, substituídos por outra dupla de reprodutores. Ela me olhou com curiosidade. Ele rosnou. Não reagi, não estava disposto a embarcar num concurso de gritos. Fiquei aliviado de poder abrir a boca e bebi a água suja na tigela da jaula. Cá estava eu de novo, no mesmíssimo lugar onde tudo começou. Fiquei imaginando quanto tempo levaria para voltar ao ringue.

CAPÍTULO 52

Adam segura um tecido grosso e absorvente de encontro ao rosto, depois que o atendente da emergência levou o pano de prato que Rafe lhe dera para estancar o sangue. Big Bob está sentado ao seu lado na sala de espera, folheando uma edição antiga da revista *Popular Mechanics* e tamborilando com os dedos gordos na perna. A princípio, Adam rejeitou a ideia de ir ao pronto-socorro, pois tudo o que queria era procurar Chance. Quanto mais demorasse, mas difícil seria encontrá-lo. Quão longe um cão pode ir em duas horas? Quando Bob e Rafe conseguiram convencer Adam de que ele estava realmente ferido, a dor lancinante do corte em seu rosto já o enfraquecera e ele se deixou conduzir até o carro de Big Bob.

Adam afasta o pano do rosto com cuidado. Será que o sangue estancou? Vira a cabeça para olhar Big Bob e sente um filete de sangue fresco escorrer pela bochecha. Vai esperar só mais 10 minutos e depois vai embora, apesar de ter a camisa e o rosto ensanguentados. Precisa achar Chance.

– Você não precisa ficar.

– Claro que preciso. Você se machucou no trabalho.

– Estou bem. Vá para casa. – Dez minutos. Assim que convencer Big Bob a ir para casa, ele se manda. – Estou falando sério, vá embora.

Dá para ver que Big Bob está tentado a sumir desse lugar deprimente, contrariando sua natureza generosa. Adam insiste:

– Ferimentos no rosto sangram mais do que feridas graves. Vou ficar bem.

– Você tem alguém para quem ligar? Alguém que possa vir buscá-lo?

– Pego um táxi.

– Adam, não vou deixar você fazer isso.

– Preciso encontrar Chance.

– Você precisa levar pontos. O cachorro está bem.

– Gina. Gina DeMarco.

Basta dar a Bob um nome e tirá-lo daqui.

– Certo. Qual é o telefone dela? – indaga Bob, ignorando o aviso de PROIBIDO CELULAR e pegando no bolso o seu Nokia.

– Não sei.

– Ela não é sua amiga?

Uma leve tonteira acomete Adam, como se ele estivesse no telhado de um prédio alto olhando para baixo.

– É uma vizinha.

– O número está na lista telefônica?

– Tente "A a Z Peixes Ornamentais".

A enorme mão de Bob mexe no celular e ele primeiro fala com uma voz eletrônica e depois com uma humana.

– Está bem.

Uma enfermeira olha de cara feia para Big Bob e ele sai para falar ao telefone. Depois, ela faz sinal chamando Adam.

◆◆◆

Gina está sentada na recepção quando Adam volta. Ela toca seu próprio rosto como reação automática à imagem de Adam, o rosto cheio de gaze e esparadrapo cirúrgico e a roupa empapada de sangue.

– Meu Deus, o que houve?

– Chance sumiu. Fugiu. Preciso procurá-lo. Já.

Adam enfia o papel da alta médica no bolso traseiro da calça e pega a mão de Gina:

– Já está quase escuro. Podemos ir logo?

Sem querer, Adam havia feito uma boa escolha ao dar a Big Bob o nome de Gina. De todo mundo que ele conhece, ela é a única que entende seu desejo desesperado de percorrer as perigosas ruas de Boston à procura de um pit bull com a orelha pela metade.

Dirigem devagar, quarteirão por quarteirão, alargando o perímetro em torno do Centro Fort Street. Durante o percurso, Adam comenta:

– Está tudo interligado. O ataque de Jupe e o sumiço de Chance são os dois lados da mesma moeda. Tudo porque não consegui encontrar Benny. – Adam faz uma pequena pausa. – Não, não foi por isso. Foi por causa da minha incapacidade de entender o que Benny significava para ele, de compreender que um cachorro não é igual a outro. Simplesmente não entendi, e agora o infeliz está de luto... – A voz fraqueja com um repentino e poderoso desânimo.

Gina tira a mão direita do volante e aperta a dele.

– Vamos encontrá-lo. Existem várias maneiras de localizar cachorros perdidos. Vamos continuar procurando até achá-lo.

Conforme escurece e a busca se torna praticamente impossível, o efeito do anestésico começa a passar e o rosto de Adam parece que está sendo cutucado por um atiçador de lareira. A dor distorce seu raciocínio, dominando-o, e ele deixa que Gina o leve para casa. Ao dobrar a esquina, reza para ver seu cão malhado sentado nos degraus: *A volta de Lassie.* Mas não há cão algum esperando por ele.

Adam sonha com Sophie, com sua mão no rosto dela, mas é ele que sente o tapa. Acorda assustado e menos de um segundo depois a dor e a preocupação retornam.

O rosto lateja com os 17 pontos que costuram a linha curva que vai do canto do olho ao canto da boca no lado esquerdo. Adam sabe que teve sorte. A lâmina de Jupe poupou-lhe o olho e por pouco não atravessou a bochecha. O corte é profundo, mas o cirurgião plástico prometeu que ele ficará com uma aparência de pirata, não de alguém desfigurado.

A dor oca sob as costelas volta a incomodar.

No fundo do coração, Adam teme que o destino de Chance seja o mesmo que o de Benny. Será traído pela própria raça, pelo preconceito contra sua espécie: em algumas cidades, pit bulls têm sentença de morte automática. Um cão pode ir longe e Chance pode estar distante do abrigo que possui sua foto, sua descrição e seu número de registro. Adam se arrepende amargamente de não ter providenciado um microchip para ele, mesmo sabendo que nenhum abrigo se daria o trabalho de checar um pit bull malhado com uma das orelhas pela metade e coberto de cicatrizes.

O espaço oco está cheio de pânico. Ele não para de perder aqueles que ama. Verônica. Ariel. Agora, Chance. Adam pressiona o esterno, tentando diminuir a angústia. Sua respiração é ofegante demais para alguém que está sentado. Ele se concentra em controlá-la. Está de volta ao lugar onde começou. Sozinho. A guia pendurada na porta zomba dele, dizendo que foi fraqueza e burrice da sua parte deixar que seu bem-estar emocional dependesse da presença de um simples cão. Animais morrem, desaparecem. Verônica desapareceu. Morreu.

O nó que sente na garganta talvez se deva à morte de Verônica, talvez ao sumiço de Chance. Essas duas perdas são indistinguíveis e ele se sente culpado por isso. O luto pela irmã devia ser maior, mas é do cachorro que ele sente falta. Mais uma vez está sozinho.

Sozinho com a ideia de que o pai que o abandonou mora a poucos quilômetros de distância.

Adam tinha menos de 10 anos quando viu pela última vez o homem que o entregou ao Estado. As visitas haviam sido reduzidas a uma por ano, geralmente no outono, na volta às aulas – em geral, uma nova escola a cada ano, o que significava ter de vestir calças curtas demais, camisas de manga curta muito formais e uma gravata pendurada no pescoço. Naquela última visita, Adam crescera tanto que estava batendo no queixo do pai. Podiam se olhar quase nos olhos, fato que, nitidamente, surpreendera o velho.

– Você cresceu um bocado – comentou.

Adam não conseguiu ler a expressão no rosto dele. Seria preocupação ou orgulho? O pai vestia uma jaqueta cinza, do tipo usado pelos mecânicos. Cheirava a cigarro e os dedos estavam manchados de nicotina. O cabelo continuava escuro, penteado para trás, fazendo-o parecer um lobo.

Como sempre, caminharam até o McDonald's mais próximo. Por todo lado havia famílias com crianças pequenas, adolescentes em grupos e idosos tomando intermináveis xícaras de café para matar o tempo.

– Que tal um McLanche Feliz?

– Não. Quarteirão com queijo.

– Por favor.

– Por favor.

Eles se viam uma vez por ano e o pai achava que podia lhe ensinar boas maneiras.

Adam não se recorda de muita coisa da conversa que tiveram. O pai fez as costumeiras perguntas que um adulto faz a uma criança que mal conhece: sobre a escola, os amigos, os esportes.

Tudo bem na escola. Tenho alguns amigos. Jogo beisebol e basquete.

Igualzinho a suas conversas com Ariel. Curtas e grossas.

Dessa vez, Adam comeu depressa. Não queria prolongar o interrogatório, nada tinha para perguntar ao pai, salvo uma coisa: "Vou ver você outra vez?" Ou seja: "Você vai voltar para a minha vida?"

– Lógico, em breve.

Foram as últimas palavras que ouviu do pai. Agora tenta entender por que jamais fez qualquer pergunta a ele. Por que nunca perguntou por Verônica? Será que Adam sabia que ela morrera, mas havia suprimido esse conhecimento? Não; se fosse esse o caso, o Dr. Stein já teria arrancado isso do seu subconsciente – juntamente com o motivo por que jamais imaginou que o pai pudesse estar vivo.

Depois de todos esses anos, nunca pensou que o pai estivesse vivo. E, no entanto, jamais imaginara, de verdade, que Verônica estivesse morta.

◆◆◆

Uma batida na porta, decidida, e na mesma hora Adam dá um pulo. O sorriso esperançoso faz sua ferida doer e ele se esforça para acreditar que alguém encontrou seu cão, talvez alguém no prédio que se manteve generosamente calado sobre o inquilino ilegal do 3A. Adam escancara a porta. Gina está parada ali, um sorriso suave e solidário no rosto. Uma expressão de luto. Traz uma travessa com algo preparado no forno, uma sacola cheia de pães, queijos e toda a comida que possa lhe servir de consolo.

Adam quer tomá-la nos braços, mas em vez disso se entrega aos braços dela. O pânico some. O vazio interior aos poucos é preenchido enquanto ele conta a Gina que Verônica está morta há todos esses anos e que o pai mora praticamente no mesmo bairro para onde Adam se mudou depois de ser expulso de casa pela ex-mulher. Gina fica sentada ao lado dele, segurando sua mão, acariciando suas costas. Adam não sabe se Gina continuará em sua vida, mas neste exato momento ela está ali e ele é imensamente grato por isso.

◆◆◆

Gina aos poucos vai juntando os pedacinhos de Adam. Cuida do rosto ferido com aplicações de vitamina E e uma limpeza cuidadosa. Prepara sua comida, transformando a cozinha inadequada numa fonte de deleite. Deixa que Adam tenha esperança. Deixa que uive. Deixa que fale. Deixa que se cale. Encontra o telefone esquecido atrás do sofá. Faz uma lista de abrigos e convoca seus amigos ativistas pró-animais para reforçar as buscas. Promete que, se Chance tiver de ser encontrado, eles o encontrarão.

Liga para Ariel em nome dele e a recruta para ajudá-los. Dia após dia, percorrem as redondezas, os bairros ricos e os perigosos, pendurando fotos do cachorro, dando telefonemas. Ariel segura a mão do pai durante essas caminhadas. Talvez o simples fato de ela estar crescendo tenha modificado a dinâmica do relacionamento deles, transformando-o em uma relação que, se não é perfeita, pelo menos contém sementes de esperança. Adam acha que, mesmo ausente, Chance os uniu.

Ariel imprimiu a foto de um pit bull malhado relativamente parecido com Chance. Adam não suporta olhar para a imagem. Às vezes se pergunta como foi capaz de depositar tanta emoção aos pés de um cão. Será que isso é normal? Gina lhe emprestou uma plaquinha da sua loja com o poema "O poder do cão", de Rudyard Kipling, em que o último verso de cada estrofe adverte que não se deve entregar o coração a um cachorro.

CAPÍTULO 53

A única luz que chega até o porão é a fina beiradinha de claridade ao redor dos quadrados de papelão que tapam as janelas retangulares. Posso diferenciar o dia da noite unicamente por meio da intensidade dessa linha, que passa do brilho solar para a opacidade da luz dos postes de rua. Não me levam lá fora nem para defecar. Minha jaula se tornou ainda menor, pois tento manter a sujeira num único canto. Como, bebo água. Falam comigo em murmúrios graves, não dos que transmitem doçura, e sim do tipo que indica irritação por causa da minha sujeira e de ter que me alimentar e dar de beber. De forma muito clara, entendo o que me espera. Deixei este lugar como campeão, agora sou o saco de pancadas. Lá em cima, o som de unhas arranhando o piso de linóleo. Vozes masculinas desafiando umas às outras. Risos. Um latido agudo seguido pelo som de um tapa. Calado!

O porão se divide em dois espaços – aquele em que vivo e aquele em que lutamos. Quando ouço o barulho de passos na escada, olho para os outros dois cães com quem divido a cela. O macho abaixa a cabeça, seus olhos pouco visíveis na penumbra. Mostra os dentes ao sentir o cheiro do adversário. É alguém que ele conhece, alguém que já enfrentou. *Ele é fera. Fui derrotado por ele da última vez.* A fêmea dá três voltas em torno de si mesma e se deita. Luta não é a praia dela.

Fico de pé. A ideia da batalha iminente faz a adrenalina percorrer meu corpo. Encho o cômodo com a minha voz. *Ei, camarada, espere para ver. É melhor cuidar do seu traseiro.* Esse tipo de provocação vazia. A verdade é que não quero mais obedecer às ordens desses rapazes. O jogo que um dia fui obrigado a jogar, que um dia foi a minha atividade, acabou suplantado por um trabalho novo e muito melhor. Não sou mais um gladiador. Sou um animal de estimação, um cachorro de coleira. Sinto saudade do meu humano. Não imaginei que fosse possível, mas a imagem que enche a minha mente é a dele. Por que não veio me buscar? Por que demora tanto? Paro de latir e começo a uivar.

Um dos rapazes me cutuca com um pau para me fazer calar. Em um movimento suave, ele abre a porta da jaula e prende uma focinheira em volta da minha boca e depois passa uma coleira enforcadora pela minha cabeça. Ótimo. Isso significa que me levam a sério, que entendem que represento um perigo para eles. Quem sabe, então, me soltem. Ele não precisa me arrastar da jaula. Eu mesmo pulo, rosnando e esperneando, na tentativa de intimidá-lo e obrigá-lo a me libertar. Mas o cara apenas ri e a coleira enforcadora me sufoca até que meu rosnado vira um som estrangulado de dar dó.

Não serei arrastado. Puxo o sujeito que segura a corrente e o arrasto para o outro lado do porão. Para perto da arena. Certo. Vamos em frente. Posso estar fora de forma, amolecido pela boa vida e pelo afeto, mas ainda sou um cachorro. Continuo a ser um lutador. Talvez menos ameaçador do que essa massa de músculos em pé à minha frente, mas, ainda assim, um lutador. Infeliz o gladiador que não entende que existe uma vida melhor longe desse ringue. Quero essa vida de volta e o único jeito de conseguir isso é superar o momento atual. Então, o rapaz não solta minha corrente e arremata sua vingança: fecha minhas mandíbulas com fita adesiva.

Não sou um lutador, sou uma isca.

Não vou descrever o que acontece. Quando se trata de rinha de cães, é melhor usar a imaginação. Basta dizer que será minha última luta.

CAPÍTULO 54

Faz muito tempo que Adam não dorme com uma mulher. Mais tempo ainda desde que tocou em uma que não reagisse a suas investidas com instruções, limites de tempo ou condições. Ele sabe que é uma loucura fazer isso, mas não consegue deixar de comparar as curvas macias de Gina com as arestas moldadas pelo exercício da ex-mulher. Gina não se preocupa com a forma de seus quadris ou com o peso dos seios uma vez libertados do sutiã – seios naturais, sem silicone, delicados e doces. Ela não faz exigências. Ela faz amor.

Quando terminam, Adam se sente como se estivesse nas nuvens.

Os dois deixam o abajur do quarto aceso e cochilam à luz suave. Acordam e se aconchegam, Gina estende a mão para apagar a luz. Os postes da rua do outro lado da janela banham o quarto de uma claridade pálida. Adam não fechou as cortinas, apressado demais quando entraram ali, puxando a colcha pesada para que se deitassem juntos pela primeira vez. Assim como a amizade que surgiu entre eles, esse momento jamais foi planejado.

Adam se recosta nos travesseiros e puxa Gina para seu peito. Contou-

-lhe tanta coisa a seu respeito, sua vida, seus problemas, que sente vergonha de ter perguntado tão pouco sobre ela. Existem fotos na prateleira da loja, um homem mais velho e uma dupla de gêmeos – o avô com quem ela morou desde os 17 anos e os irmãos, nascidos do segundo casamento da mãe, não mais crianças agora, e sim jovens casados. Há outras pessoas na vida dela. Com certeza outros homens. Gina deve ter tido namorados, sem dúvida alguém melhor do que ele.

– Então, por que algum sujeito mais esperto do que eu não conquistou você?

Erguendo uma das mãos, Gina toca suavemente o rosto de Adam, acompanhando o percurso da cicatriz recente.

– Fui casada durante dois anos. Faz muito tempo.

Adam começa a afagar o cabelo dela, afastando-o do rosto. Aguarda. Quer se convencer de que ela não sofre por um amor perdido.

– O que houve?

– Coloquei-o para fora de casa.

Adam se mexe sob o peso de Gina:

– E ele saiu?

– Sob protesto. Foi a melhor coisa que eu fiz.

– Você é uma mulher muito forte – diz Adam, inclinando-se para beijá-la na testa.

Gina se afasta, senta-se e envolve o rosto dele com as mãos.

– Você também é um homem forte, mesmo quando está ferido.

Os dois ficam calados por algum tempo até que Gina se afasta, virando-se na cama para olhá-lo, pousando a mão no lado do rosto que não está ferido.

– Adam.

– Sim?

– Você está fazendo a coisa certa.

CAPÍTULO 55

Adam escolheu a roupa com cuidado. Uma calça de brim, não jeans. Uma camisa social azul-clara já aposentada do trabalho, usada só nos fins de semana. Nada de gravata. Uma jaqueta, não um paletó. No pé, um tênis Reebok. De início, Adam pensou em vestir seu melhor terno, o sapato mais caro, a gravata favorita, mas quando tirou tudo do armário teve a sensação de que o figurino estava errado, parecia uma roupa para um jantar formal.

Contornou o quarteirão duas vezes, supostamente em busca de uma vaga, mas existem várias disponíveis nessa rua residencial. Finalmente, estaciona bem em frente à casa.

A propriedade de três andares dá para um terreno baldio de um lado e uma casa geminada à esquerda. Pintada em tons de marrom, bege e amarelo, dá a impressão de que o último andar é menos importante do que os dois primeiros. Uma entrada dupla de carros ocupa o espaço entre as casas, separadas por uma estreita faixa de grama. Um automóvel Marquis dourado-claro está estacionado do lado direito. A escada da frente leva a duas portas, uma abrindo para uma escada e a outra, para o primeiro andar. Confere o endereço que tem na mão – 42A, primeiro piso. Uma cerca contorna o imóvel, arbustos de rododendro amenizando a rudeza do metal. Adam abre o portão, atento para fechá-lo de novo. Há uma pequena mesa redonda num canto da varanda, com uma vela de citronela no centro e vários fósforos apagados. As últimas noites foram frias, e duas cadeiras desarmadas se encontram encostadas no gradil da varanda, como se a estação não permitisse seu uso.

A porta à esquerda é a que ele quer. Uma placa de bronze com o nome *March* em letra cursiva adorna o espelho da campainha. Tudo o que ele precisa fazer é apertar o botão branco. Enfiando uma das mãos no bolso da jaqueta, passa a outra pelo cabelo e pelo rosto, esquecendo-se de que a bochecha está sensível, embora os pontos já tenham sido tirados. Adam sente o suor brotar no pescoço e embaixo dos braços. Isso é ridículo, pensa. Já encarou momentos mais difíceis na arena empresarial, enfrentando com ousadia clientes descrentes e inimigos para provar seu ponto de vista. Pediu a mão de Sterling Carruthers a um dos homens mais poderosos que já conheceu. Adam de repente se dá conta de que é melhor apertar logo a droga da campainha ou dar meia-volta antes que alguém o flagre em pé ali como um adolescente ansioso para seu primeiro encontro.

Em nenhum de seus momentos de bravura ele pareceu tão frágil. Em todas as outras ocasiões, ele não tinha dúvidas quanto ao resultado desejado. Agora, pela primeira vez, não faz ideia do que espera.

Com o polegar, ele aperta a campainha. Duas vezes.

Uma mulher abre a pesada porta de madeira, deixando a de tela fechada. Ela o olha através da fina rede de metal. Estuda-o, investiga para ver se está sozinho.

– Você não é testemunha de Jeová, é?

– Não.

Adam esqueceu-se de ensaiar o que dizer, convencido de que a porta seria aberta pelo pai. Não imaginou isso, que pudesse existir uma esposa.

– Sou Adam March, o filho de John.

A mulher assente, registrando a informação.

– Certo, certo. Entre.

Ela destranca a porta de tela e se afasta para deixá-lo entrar. O pequeno saguão com uma chapeleira vazia leva à sala de estar. Adam sente o cheiro de alguma coisa assando, talvez um bolo, vindo lá de dentro. O cômodo está arrumado, em ordem. A mobília é antiquada: um sofá e poltronas combinando, uma mesa de mogno com um par de castiçais de prata em cada extremidade e uma bacia de prata no centro.

– Espere aqui – diz ela, sem convidá-lo a se sentar.

Adam olha em volta, mas continua de pé no meio do tapete oriental. A estampa está gasta no centro, mas seus vermelhos, azuis e amarelos continuam bonitos. Ele se dá conta de que procura algo, algum objeto que o associe a esse lar. Vai até a lareira, onde vê três porta-retratos de prata combinando. Estuda as fotos: um casamento, um bebê e uma família reunida.

Ainda está olhando as fotos quando a mulher volta para a sala.

– É a minha família. Meu filho, Carl, minha nora, Jennifer, e os filhos. – Ela não pega a fotografia, não a toca. – Sou Bea, esposa de John.

– E eu sou Adam. Isso é muito constrangedor.

– Sei disso – responde ela, sorrindo.

– Ele está?

– Está. Vou levar você até ele. Preciso avisar que está doente, de cama – diz ela, desviando o olhar para o tapete. – Câncer de pulmão. Não consegui convencê-lo a largar o cigarro.

Bea ergue os olhos do chão e fita Adam:

– Olha, não quero que ele seja perturbado. Ele ficou agitado só de saber que você está aqui. Acho que deve ter milhões de perguntas a fazer, mas agradeço se puder se limitar a algumas poucas. Ele não pode se cansar.

– Apenas uma. Apenas uma pergunta.

– Muito bem. Uma pergunta.

Bea atravessa com Adam a sala de jantar e um pequeno corredor. O aroma de algo assando no forno agora se mistura com a leve acidez de um spray de ambiente. Bea dá uma batida na porta e Adam nota que ela está nervosa.

– John, ele está aqui.

Ouve-se um som, um sussurro sibilante acentuado por um desconforto audível, como o de alguém que tenta limpar um pedaço de tabaco da língua. Bea não espera a resposta, abrindo a porta para Adam entrar. John March está deitado numa cama hospitalar, a cabeça erguida de tal forma que dá a impressão de estar sentado, o pé da cama levemente alteado para que as pernas fiquem elevadas. Um lençol branco o cobre até a cintura, por baixo do qual se vê um cobertor térmico laranja. Adam percebe que Bea acabou de arrumá-lo para receber visitas. O rosto cinzento que o encara é encovado, e uma cânula nasal está presa às duas narinas. Os olhos castanho-escuros estão fixos no filho, avaliando-o, nitidamente tentando comparar esse homem ao menino que ele viu pela última vez há quase 40 anos. O garoto que abandonou, que entregou ao Estado. Adam engole em seco. A forma na cama ergue uma das mãos, estende o braço. Essa mão treme – por causa do nervoso ou da doença, Adam não sabe ao certo. Sua mão está tremendo também. Há uma cadeira dobrável ao lado da cama. Bea toca o ombro de Adam e aponta para ela, saindo em seguida do quarto minúsculo, claustrofóbico, fechando a porta atrás de si.

Adam está suficientemente próximo para ver os locais onde Bea esqueceu de barbeá-lo. O cabelo é cor de aço, penteado para trás, meio comprido. Adam se recorda de que o pai sempre usou topete, cheio de brilhantina.

Lembra-se do tubo na pia do banheiro, do cheiro da pomada. A lembrança o engolfa como uma onda. O pai, de pé diante do espelho do banheiro, penteando-se com o pente preto. O cabelo castanho tornando-se negro como azeviche, reluzente de brilhantina. Ele cantava o slogan: "Apenas um pouquinho e você irá brilhar." Adam cantava também, pedindo para usar o fixador.

É a primeira vez na vida que ele pensa nisso. Todos os pensamentos que teve sobre o pai giravam em torno do seu gênio, das brigas com Verônica, da partida da irmã. Apenas um pouquinho e você irá brilhar.

– Oi, pai.

O pai sorri e, acima do som do balão de oxigênio, a voz responde num sussurro resfolegante:

– Oi, filho.

Ele alisa as cobertas com a mão machucada pelo permanente soro na veia e Adam se pergunta se deve apertá-la.

Adam tem direito a uma pergunta, se decidir obedecer às instruções de Bea. Uma pergunta após toda uma vida.

John March umedece os lábios secos.

– Como você vai?

A primeira pergunta do pai após toda uma vida.

– Por quê, pai? Por que você abriu mão de mim?

O pai ergue a mão para a cânula e a retira do nariz.

– Não tive escolha. Eu estava sozinho.

Repõe a cânula, mas apenas em uma das narinas.

– Por que não voltou quando eu cresci? Por que me abandonou? – indaga Adam, estendendo a mão e ajudando o pai a repor o tubo no nariz.

– É complicado.

Adam sabe que já gastou a pergunta que lhe foi concedida, mas continua sem resposta. O velho luta para retirar novamente a cânula e Adam afasta a mão insistente do rosto.

– Sei disso. Mas não entendo por que você parou de me visitar mesmo uma vez por ano. Quer saber? Eu consegui. Dei a volta por cima. Tenho uma filha. Você tem uma neta. Perdeu a chance de conhecê-la. Perdeu a chance de me conhecer.

As lágrimas brotam nos olhos do velho, parecendo mais de desafio que de arrependimento. Adam se recosta na cadeira, respirando fundo o ar que cheira a doença e a velhice. Fotos em porta-retratos repousam sobre a escrivaninha. Por um breve momento, Adam acha que uma delas é de Ariel, sabe-se lá como tenha chegado às mãos do pai. O cabelo longo e louro, o ângulo do queixo, o sorriso de Mona Lisa. Verônica. A outra é dele, um menino de 5 anos banguela com um corte à escovinha e camisa xadrez. Fotos tiradas na Sears. O fotógrafo lhe deu um trem de brinquedo para segurar. Adam se lembra disso. E a recordação o leva a sair correndo do quarto. O pai guardou essas fotos tiradas semanas antes da morte de Verônica e da entrega dele ao Estado.

– Por que você...

Adam se interrompe. Não há respostas para suas perguntas. Nenhuma resposta que deseje ouvir, nenhuma resposta que faça com que 40 anos de ódio desapareçam. Fica de pé e abre a porta do quarto.

– Até logo.

John March ergue novamente a mão, luta contra a doença para conseguir falar.

– Vou ver você outra vez?

Adam se dá conta da ironia. Ele virou a mesa. Tem o domínio da situação, a capacidade de escolher vê-lo novamente ou não. A escolha de ficar quite. A última vez que fez essa pergunta ao pai, "Vou ver você outra vez?", o pai respondeu "Lógico, em breve", desaparecendo da sua vida para sempre. A mágoa, a raiva e a dor acabaram se transformando numa lembrança dissonante. Adam voltou sua atenção para um futuro sobre o qual ele pensou que teria controle, mas que acabou se revelando totalmente além do seu controle.

– Lógico, em breve.

◆◆◆

Beatrice March o aguarda. Leva-o até a cozinha, apesar dos protestos de Adam de que precisa ir embora. Faz com que ele se sente e põe uma xícara de café à sua frente. Uma travessa com biscoitos recém-assados esfria no meio da mesa da cozinha. Bea usa um avental antiquado, com alças que passam pelos ombros e se cruzam nas costas. Não se senta, fica em pé de lado, as mãos ocupadas secando a bancada, de costas para ele. Adam se sente como um garotinho na cozinha da casa de um vizinho, esperando comportado a chegada do pai ou da mãe para buscá-lo, ou torcendo para que o amigo apareça logo. Aguardando um adulto para assumir o controle do momento.

– Ele me falou de você – diz Bea enquanto passa a esponja na pia sem olhar para ele. – Contou que tinha um filho do qual precisou abrir mão. Isso partiu o coração dele, posso lhe garantir.

– Se foi tão difícil assim, por que ele não manteve contato comigo? Durante alguns anos ele ia me visitar, sabia? Me levava para almoçar. Depois, quanto eu tinha uns 10 anos, deixou de aparecer. Parou até de ligar. Eu nunca soube por quê. Comecei a achar que estava morto.

Bea se vira para Adam, puxa a cadeira em frente e se senta:

– Ninguém lhe contou o que aconteceu?

O coração de Adam dá um pequeno salto:

– Não.

Bea pressiona a testa com a mão.

– Os homens não admitem facilmente o fracasso. John também não. Ele falhou com a pobre da Verônica. Estava sozinho com um filho de 5 anos e, por mais que trabalhasse, não conseguia dinheiro suficiente para o sustento de vocês dois. Logo depois que Verônica se foi, ofereceram a ele um emprego de motorista de caminhão. O salário era bom, mas ele sabia que jamais estaria em casa. Não via como oferecer uma vida estável a você. Entregá-lo para adoção pareceu a melhor opção naquele momento. Ele queria que você tivesse uma família. Por mais doloroso que fosse, ele via isso como o melhor para você.

– Você está tentando arranjar justificativas para os erros dele.

– Pode apostar que sim. Mas a primeira coisa que ele me disse quando nos conhecemos, e olha que estamos casados há 25 anos, foi que havia perdido a família. E que a culpa era dele. Quase não falou sobre isso depois. É doloroso demais.

A batida acelerada do coração de Adam foi reduzida a uma ligeira arritmia. Bea continua sua explicação.

– Depois disseram a ele que você não seria adotado enquanto o pai estivesse por perto. Ele queria uma oportunidade melhor para você, queria lhe proporcionar a chance de ter um lar estável. John não tinha parentes com quem pudesse contar. Então achou que se você fosse adotado, teria uma vida melhor do que a que ele poderia lhe oferecer. Essa decisão o angustiou até ele entregar você.

– Eu nunca fui adotado.

– Ele não soube disso. A crença de que você vivia num lar feliz era o que o animava quando batia o desespero. Ele imaginava que sua vida seria melhor do que se permanecesse como o filho de um itinerante.

– Ele não me parece um itinerante. Vocês têm uma bela casa. Criaram filhos juntos.

– Não. Eu criei Carl sozinha nesta casa. Conheci seu pai depois que ele se aposentou. Claro que nessa época ele já não era mais caminhoneiro. Ele se aposentou como mecânico, não era mais um itinerante. Morava aqui do lado. Transformou o quintal da casa em uma horta. Eu costumava observá-lo pela janela da cozinha. Vi logo quem você era porque é igualzinho a ele quando era jovem. Bonito.

Bea cobre a boca com uma das mãos e estende a outra para pegar a xícara de café:

– Desde que ficou doente, tem falado muito de você. Pensa no filho perdido o tempo todo.

– Algum dia ele imaginou que eu pudesse pensar nele? Pensar no que aconteceu com Verônica? Acabei de descobrir que ela morreu. Por que ninguém me contou?

Bea balança a cabeça.

– Naquela época as pessoas não eram tão... como é que se diz?... tão francas com as crianças. Algumas coisas simplesmente não eram ditas. Acreditava-se que a ignorância era uma bênção. Sinto muito. Se eu já estivesse com seu pai, teria sido diferente. Lamento que você não tenha sabido da morte da sua irmã, coitada, atropelada como um cachorro de rua.

Atropelada como um cachorro de rua.

– Preciso ir.

Bea assente, mas acrescenta:

– Seu pai não tem mais muito tempo. Seria maravilhoso se você pudesse... – Ela põe a mão na boca, incapaz de dizer a palavra. – Perdoá-lo.

Adam vai embora.

◆◆◆

Adam senta-se no carro, que ainda cheira levemente a Chance. A guia está caída no piso do lado do carona. Ele espera que Bea March não esteja na janela, vendo-o ali sentado aguardando até que o coração se acalme e as mãos parem de tremer. O celular está sobre o painel e ele o pega por força do hábito, para ver se alguém ligou na sua ausência. Duas ligações perdidas. Ele aciona a caixa de mensagens.

A primeira é de Ariel, perguntando se ele achou Chance. Como se não fosse ligar para ela imediatamente quando isso acontecesse. Se acontecesse. Na voz dela, ele identifica o frágil otimismo de que alguém vai esbarrar em Chance, de que algum milagre possa acontecer. A única consequência boa no sumiço do cão, além da relação com Gina, foi Ariel ter voltado a ser sua filha.

A segunda mensagem é breve.

"Sr. March, é o Dr. Gil, do abrigo. Acho que encontramos seu cachorro."

◆◆◆

A expressão "emocionalmente esgotado" surge na mente de Adam enquanto lida com a justaposição do encontro tenso com o pai e a alegria de recuperar Chance. No espaço de uma hora, seu coração foi esfolado. Todos os sentimentos entraram em cena, mas nesse momento o que ele sente é o batimento acelerado da esperança. Se Chance voltou, tudo vai dar certo. Aquele malandro, como foi sumir assim durante tanto tempo? Depois que resgatá-lo, vai direto para a loja de Gina comprar brinquedinhos de borracha. Que coisa mais ridícula. Ele é um homem adulto. Por que está chorando aliviado por causa de um cachorro?

Há uma vaga próxima ao abrigo e Adam estaciona, deixando cair algumas moedas na calçada quando tenta alimentar o parquímetro. Irrompe porta adentro, dirigindo-se imediatamente à recepção.

– Vim buscar meu cachorro.

A recepcionista parece meio confusa.

– O Dr. Gil me ligou dizendo que ele está aqui. O pit bull malhado com uma orelha pela metade.

– Ah, sim. Vou chamar o médico.

Os jalecos são verdes hoje, os Crocs, cor de limão. O rabo de cavalo de Gil está ligeiramente torto.

– Oi, March. Precisamos conversar.

Gil começa a descrever a situação do cachorro: espancado, os ossos quebrados, hemorragia. Encontrado abandonado num beco. Se não fosse o fato de Adam ter assediado o abrigo durante dez dias, Gil teria sacrificado o animal imediatamente. A orelha pela metade era a única característica que o identificava, e foi então que Gil se recordou dele e da adoção pouco ortodoxa. Então juntou dois mais dois.

– Por favor, não se assuste. Você fez a escolha certa.

Adam não diz nada. Ouviu o médico e começou a rezar para o pobre animal maltratado não ser Chance. Quer ligar para Gina. Pedir a opinião dela. Ter a mão da amiga em seu ombro.

– Está bem.

As portas de vaivém levam a um corredor margeado de portas. Dessa vez, o veterinário conduz Adam na direção da enfermaria. Os dois lados da parede estão repletos de gaiolas, sempre uma em cima e outra embaixo. Algumas são pequenas e contêm animaizinhos adormecidos. Outras estão ocupadas por criaturas silenciosas que parecem experiências científicas, cheias de curativos e tubos. Outras têm o dobro do tamanho para alojar animais maiores e, exceto por uma, todas estão vazias. Gil leva Adam até a gaiola ocupada e se agacha.

– Oi, garoto.

Adam se ajoelha ao lado da gaiola, transpassando os dedos na grade de metal. Lá dentro há um grandalhão malhado. Gazes brancas interrompem o curso das listras marrons. A enorme cabeça está enfaixada, uma das pernas dianteiras foi amarrada a uma tala que desce até os dedos, lembrando a mão de um lutador envolta em ataduras à espera da luva. Chance está deitado de costas para o portão e Adam não pode ver seus olhos. Nenhum movimento. Adam fita o veterinário:

– Cheguei tarde demais?

– Deram a ele um cheirinho.

– Como assim?

– Um remédio para fazê-lo descansar. Não muito. Não até você pedir.

– Posso ficar com ele um minuto?

– O tempo que você quiser – diz Gil, pondo-se de pé e tocando o ombro de Adam. – O tempo que você quiser. Quando estiver pronto, peça que me chamem na minha sala.

Adam destranca a porta, estende a mão e afaga Chance deslizando a mão pelo corpo delimitado pela gaze.

– Oi, camarada. Sou eu.

Adam não se sente constrangido de sussurrar para o cão convalescente. Os joelhos doem um pouco no chão de azulejo, por isso ele se senta, inclina-se sem jeito contra a tela e descansa a bochecha com a cicatriz no lombo do cão. Pode ouvir as batidas do coração de Chance.

– Você não vai acreditar se eu lhe disser quem encontrei hoje. Meu pai. O pai que me abandonou. Está tão machucado quanto você, mas por dentro. Ele também vai morrer e não há ninguém para acabar com o sofrimento dele. Você está sofrendo? Quer morrer? Quer que eu providencie isso? Que eu dê a ordem? Senti tantas saudades suas. O apartamento parece vazio sem você, apesar de Gina agora estar lá. Ah, Chance, por onde você andou? Como foi se meter nessa enrascada?

Adam sente o cachorro se mexer sob a bochecha dolorida. Ergue a cabeça e dois pares de olhos castanhos se encontram. Um rabo bate de encontro ao chão da jaula. *Tomp. Tomp. Tomp.*

Rruurr. Chance deita a cabeça e se aquieta.

CAPÍTULO 56

Bea o apresentou a algumas passagens da vida de John, transformando o desprezo que Adam sentia pelo pai em uma relativa compreensão. Ele era um homem com formação de nível médio e poucas perspectivas. Um pai repentinamente sozinho e sem parentes vivos. Enlutado por uma esposa morta de câncer. Essas circunstâncias fizeram o pai parecer alguém raivoso, cujo gênio levou à perda da filha adolescente e do filho pequeno.

Falar é penoso demais para John. Por isso, Adam se encarrega de conduzir a conversa. Um dia, levou fotos de Ariel para mostrar ao pai. Hoje trouxe a filha pessoalmente para conhecer o avô que ela nem sabia que existia. A visita é rápida, e quando vai embora, Adam se sente exaurido, esgotado, privado da substância que o manteve de pé durante todos esses anos. Gastou a maior parte da vida rejeitando a própria infância. Agora, porém, ao sentar-se ao lado da forma frágil que um dia foi seu poderoso e enraivecido pai, percebe como eles dois se parecem. Mas Adam sabe que ganhou uma segunda chance, uma possibilidade de resgatar a felicidade perdida por causa das próprias ações. Talvez não possa recuperar aquilo que anteriormente acreditava ser a felicidade, mas pode gozar um contentamento mais simples, mais profundo, com a vida que leva agora.

◆ ◆ ◆

O juiz Frank Johnson encara Adam por um momento além do que seria educado.

– Bob me contou o que aconteceu. Lamento.

Automaticamente, Adam toca o próprio rosto, passa a mão pelo corte ainda vermelho. Gina insiste que a vitamina E irá suavizar a cicatriz.

– Está tudo sob controle.

– Ele também me disse que você se saiu muito bem – acrescenta o juiz, apontando uma cadeira. – Sente-se.

Dessa vez, Adam tem certeza de que sua sentença foi cumprida, que seu período de serviço comunitário chegou ao fim, e já não teme ser condenado a trabalhar no Centro por mais tempo – desde que o juiz não pergunte se ele aprendeu a lição, o que seria paternalista demais para o seu gosto. Entretanto, ele não se envergonha de admitir que aprendeu, sim, alguma coisa. Adam se senta, passa a mão levemente suada na perna da calça.

– Para falar a verdade, acabou sendo uma coisa boa.

O juiz levanta os óculos avantajados e os pousa na testa.

– Soube que você assumiu a tarefa de captar recursos para Fort Street. Vai continuar fazendo isso?

– Vou. Descobri umas fundações que concedem recursos para a aquisição de equipamentos, como computadores, por exemplo. Esse dinheiro vai permitir que tenhamos a presença de uma enfermeira uma vez por mês.

Johnson se recosta, segurando o queixo com uma das mãos. Assente movendo a cabeça devagar:

– Ótimo. Caso encerrado.

E, assim, Adam March é novamente um homem livre.

◆◆◆

Adam acorda assustado com a abertura de *O barbeiro de Sevilha* tocando em seu celular. Atende o telefone e se levanta da cama para ir à casa do pai.

◆◆◆

Adam e Ariel estão de pé no cemitério, de braços dados, o primeiro sopro realmente gelado do outono açoitando-lhes as mãos sem luvas.

– Ela era da minha idade.

– É. E era tão rebelde quanto você.

Ariel dá um empurrãozinho no pai, o ombro indo de encontro ao braço dele.

– Não exatamente. Não tenho fugido nos últimos tempos, mas fugirei se mamãe se casar com aquele idiota.

– Ela tem o direito de ser feliz.

– Posso ir morar com você?

– Pode, mas não por raiva. Tem que ser porque sou seu favorito.

– Combinado.

Acabam de enterrar John. O restante dos presentes já partiu para a casa de Bea – o filho dela, Carl, a mulher dele e os filhos dos dois, os vizinhos, os amigos da igreja. Adam e Ariel ficaram para trás, para que ele possa dizer à filha o que aconteceu com Verônica. E contar mais sobre o avô, cuja presença na vida dela foi breve e agora se foi. Adam sentiu uma pontada no coração quando viu o brilho nos olhos do pai ao contemplar essa moça tão parecida com Verônica.

– Por que ela fugiu?

– Não sei. Perguntei ao meu pai, principalmente porque queria culpá-lo, mas ele também não sabia. Ela estava buscando uma vida melhor – diz Adam, apertando a mão de Ariel. – Sempre achei que havia fugido de mim, da responsabilidade de cuidar de um irmão caçula quando era apenas uma garota, pronta para começar a própria vida, querendo liberdade e diversão, e não o posto de dona de casa e mãe substituta.

– Isso é mesquinho demais. Eu jamais faria uma coisa dessas.

– Você nunca foi responsável por um irmão menor.

Os dois se calam por um instante, ambos perdidos em seus próprios pensamentos.

– Ando pensando em tirar um ano entre o colégio e a faculdade para fazer serviço comunitário.

Adam passa o braço em volta dos ombros da filha, surpreso com o fato de ela estar tão alta.

– Por mim, tudo bem.

– Mamãe teve um ataque quando contei isso a ela.

Adam sorri imaginando a cara de Sterling.

– Você deve fazer o que achar certo.

– Isso me parece o certo. Sua experiência em Fort Street me fez pensar. Você voltou para lá, mesmo não precisando mais.

– É muito melhor fazer o bem por vontade própria do que por obrigação.

Quando o rosto parou de doer a qualquer movimento, o vazio em sua vida se tornou mais profundo e ele passou a sentir falta da rotina. Acabou voltando para o Centro. Com um segundo cliente de consultoria, Adam finalmente está apto a dar conta do próprio sustento e isso basta. Jupe, medicado, mais Charles do que Júpiter agora, desculpou-se com Adam. Mexeram alguns pauzinhos e ele hoje mora numa casa de passagem ali perto, mas ainda almoça no Centro. Quer que Adam vá com ele até o abrigo de animais para encontrar um novo companheiro.

Ariel puxa as mangas do suéter de caxemira até cobrir as mãos:

– Estou morrendo de frio. Vamos embora. Preciso ficar muito tempo na casa da Bea?

– Não. Dê só uma passadinha. Eu me desculpo por você.

Adam e Ariel se dão as mãos e caminham até o Lexus.

Apesar da história imperfeita dos dois, Adam está profundamente entristecido com a morte do pai. Essas últimas semanas foram difíceis, porém as mais doces que ele já viveu. Reconciliação. Afeto renovado. Recuperação. Um novo amor.

Gina, querendo dar a Adam e Ariel um tempo juntos, aguarda-os no carro.

No banco traseiro, com o queixo quadrado descansando na janela, Chance os espera também.

EPÍLOGO

Ando com o gingado de um campeão, mas sei que isso acontece apenas porque estou manco. Minha pata dianteira dói nas manhãs frias, uma lembrança das várias semanas que ela passou numa tala, dos dias infelizes em que precisei usar aquele ridículo cone de plástico na cabeça. Houve momentos em que pirei, louco para arrancar a tala e lamber as múltiplas feridas no meu peito e na barriga, que coçavam e doíam ao mesmo tempo. Meu humano as coçava para mim e me dava uma folga, deixando que eu dormisse sem o cone quando ele estava por perto. Comia aquelas rações úmidas que vêm em lata por causa dos machucados na minha boca. Ele colocava pedacinhos de queijo na minha língua, fingindo que não tinha escondido ali algumas pílulas amargas. Eu era levado para a rua no colo para fazer minhas necessidades e trazido de volta no colo também.

Dizem que um cachorro não é capaz de entender a morte porque na verdade não se dá conta da própria existência, mas posso afirmar que não é nada disso. Eu sabia que esse era o meu destino enquanto estava lá, deitado e dopado na gaiola da enfermaria. As jaulas se parecem muito umas com as outras, a do porão e a do abrigo. Ambas limitam e protegem. A do porão foi uma prisão, mas a do abrigo, um porto seguro. Eu esperava a hora de me desapegar da vida, o que não é algo que você possa fazer quando bem entende. É preciso ser paciente. Levei uma vida boa. Experimentei aventuras, viagens, uma pitada de romance. Encontrei um homem bom. Enquanto estava ali deitado, percebi que não apenas esperava o meu fim; eu esperava o meu humano.

Naquele dia, enquanto morria, pensei nele, pensei em quando ouvia seus semelhantes dizerem "Adam" para chamá-lo. Lembrei que ele dependia de mim para ser feliz. Ali, deitado, à espera da morte, se é que os cachorros podem ter desejos, desejei que ele aparecesse, que me fizesse companhia no final.

E – surpresa! – acordei do meu sono profundo e o encontrei ao meu lado.

Empurrei o desejo de morrer para um canto quando seu rosto pressionou meu lombo, sua voz reverberando dentro de mim. Podia sentir a umidade das lágrimas que ele derramou, sabendo que esse choro não era unicamente por minha causa. Uma tristeza profunda foi transmitida para o meu corpo maltratado. Acordara com a ideia de que agora que ele estava ali, eu podia partir. Podia me juntar aos meus ancestrais, ir desta para outra melhor. Mas quando senti aqueles tremores, ouvi sua voz rascante, me dei conta de que ele ainda precisava de mim, talvez mais do que nunca. Eu havia escolhido esse humano e tinha a responsabilidade de ajudá-lo a enfrentar esse sofrimento. Essa é a minha missão. Sou um animal de estimação. Somos uma dupla.

Então, balancei meu rabo.

AGRADECIMENTOS

Assim como é preciso ser parte de uma comunidade para criar um filho, sem dúvida é necessário contar com uma equipe para escrever um livro. Esta obra jamais teria acontecido sem a orientação, as ideias, a visão e a amizade de Andrea Cirillo. Agradeço também ao pessoal da Agência Jane Rotrosen, que pacientemente leu todas as versões deste livro, e à minha revisora, Carol Edwards, que aparou as arestas desnecessárias.

Para Jennifer Enderlin, que teve a percepção de que meus originais dariam uma grande história, obrigada é pouco.

Agradeço a Jane Rotrosen Berkey e Bernice Clifford, do centro de adestramento da Animal Farm Foundation, que abriram meus olhos para o charme do malvisto pit bull. Obrigada.

Obrigada, Kevin, por ser meu leitor não profissional com olhos de lince.

Bonnie, Hunter, Sprout – vocês são meus três bons garotos.

CONHEÇA OUTROS TÍTULOS DA EDITORA SEXTANTE

A cabana

William P. Young

Durante uma viagem que deveria ser repleta de diversão e alegria, uma tragédia marca para sempre a vida da família de Mack Allens: sua filha mais nova, Missy, desaparece misteriosamente. Depois de exaustivas investigações, indícios de que ela teria sido assassinada são encontrados numa velha cabana.

Imerso numa dor profunda e paralisante, Mack entrega-se à Grande Tristeza, um estado de torpor, ausência e raiva que, mesmo após quatro anos do desaparecimento da menina, insiste em não diminuir.

Um dia, porém, ele recebe um estranho bilhete, assinado por Deus, convidando-o para um encontro na cabana abandonada. Cheio de dúvidas, mas procurando um meio de aplacar seu sofrimento, Mack atende ao chamado e volta ao cenário de seu pesadelo.

Chegando lá, sua vida dá uma nova reviravolta. Deus, Jesus e o Espírito Santo estão à sua espera para um "acerto de contas" e, com imensa benevolência, travam com Mack surpreendentes conversas sobre vida, morte, dor, perdão, fé, amor e redenção, fazendo-o compreender alguns dos episódios mais tristes de sua história.

Intenso, sensível e profundamente transformador, esse livro vai fazer você refletir sobre o poder de Deus, a grandeza de seu amor por nós e o sentido de todo o sofrimento que precisamos enfrentar ao longo da vida.

A odisseia de Homero

GWEN COOPER

Todo mundo que tem gatos sabe que eles são dotados de uma sensibilidade incrível e possuem uma forma peculiar de encarar a vida.

Mas Homero tinha muito mais a ensinar.

Abandonado, cego e rejeitado, ele tinha tudo para ser amuado e medroso. Ninguém imaginaria que um gato sem os olhos – que precisaram ser retirados cirurgicamente para garantir sua sobrevivência – seria capaz de levar uma vida normal, com a alegria e a esperteza características dos felinos.

Contrariando todas as expectativas, Homero vivia como se seus olhos não lhe fizessem falta. Era bagunceiro, implicante, temperamental, divertido e dengoso como qualquer outro gato. Gwen Cooper fazia questão de afirmar que ele não era diferente. Mas era.

Diferente não por causa da falta de visão, mas por sua capacidade de fazer aflorar nas pessoas o que elas tinham de melhor. Parecia haver em seu espírito uma sabedoria oculta e uma energia latente que inspiravam todos à sua volta.

Homero se tornou o centro do mundo de sua dona. Foi se esforçando para garantir a segurança do seu gato que ela aprendeu a estabelecer a sua própria. Foi preocupando-se com a felicidade dele que Gwen percebeu quanto estava sozinha. E foi lhe oferecendo um amor incondicional que ela permitiu que esse sentimento entrasse em sua vida.

Mais do que um livro divertido e comovente sobre as aventuras de um gatinho, *A odisseia de Homero* é uma história de superação, de autoconhecimento, de transformação e de crescimento pessoal. Ela vai fazer você rir, se emocionar e compreender que, para conseguir o que queremos da vida, muitas vezes precisamos dar um salto no escuro, da mesma forma que Homero: confiando em nossos instintos e acreditando que sempre cairemos de pé.

O guardião de memórias

KIM EDWARDS

Casados há poucos anos, Norah e David esperavam felizes a chegada de seu primeiro filho. Mas essa alegria duraria pouco: o destino havia preparado uma surpresa que mudaria para sempre a trajetória dos dois.

O que deveria ser uma boa notícia se transforma num terrível pesadelo. Norah dá à luz duas crianças: Paul, um menino saudável, e Phoebe, portadora da síndrome de Down. Imediatamente, David lembra-se da complicada infância ao lado de uma irmã com a mesma doença. Desejando ardentemente poupar a esposa e a si mesmo desse sofrimento, ele decide expulsar a filha de suas vidas.

Mas o preço dessa decisão acaba sendo alto demais – e não há chance de voltar atrás. Pouco a pouco, a culpa corrói o núcleo da família, e durante os 25 anos seguintes cada um vai lentamente se fechando em torno de suas próprias angústias.

Atormentado pelo arrependimento, David fica obcecado por fotografar imagens de crianças, tentando compensar a saudade da filha. Norah, cada vez mais afastada da vida do marido, entrega-se ao álcool e a pequenas infidelidades, buscando em vão distrair-se da avassaladora dor da perda.

Enquanto isso, Paul sente na pele a rejeição dos pais, que parecem mais envolvidos na suposta morte da irmã do que na sua vida. Em outra cidade, porém, Phoebe cresce feliz e cercada de cuidados pela mãe adotiva, que luta para dar à menina uma vida digna e livre de preconceitos.

Com a rara habilidade de unir emoção e suspense, Kim Edwards explora as sutilezas das relações humanas e os dilemas de uma família que tenta seguir adiante, apesar de despedaçada. Ao mesmo tempo comovente e perturbador, *O guardião de memórias* é um livro inesquecível.

CONHEÇA OS 25 CLÁSSICOS DA EDITORA SEXTANTE

1.000 lugares para conhecer antes de morrer, de Patricia Schultz

1001 discos para ouvir antes de morrer, de Robert Dimery

1001 filmes para ver antes de morrer, de Steven Jay Schneider

A cabana, de William P. Young

A História – A Bíblia contada como uma só história do começo ao fim, de The Zondervan Corporation

A última grande lição, de Mitch Albom

Anjos e Demônios, O Código Da Vinci e *O Símbolo Perdido*, de Dan Brown

Desvendando os segredos da linguagem corporal e *Por que os homens fazem sexo e as mulheres fazem amor?*, de Allan e Barbara Pease

Fora de série – Outliers, de Malcolm Gladwell

Jesus, o maior psicólogo que já existiu, de Mark W. Baker

Mantenha o seu cérebro vivo, de Laurence Katz e Manning Rubin

Não conte a ninguém, de Harlan Coben

Nunca desista de seus sonhos, de Augusto Cury

O guia do mochileiro das galáxias, de Douglas Adams

O monge e o executivo, de James C. Hunter

O poder da paciência, de M. J. Ryan

O Poder do Agora, de Eckhart Tolle

O que toda mulher inteligente deve saber, de Steven Carter e Julia Sokol

Os segredos da mente milionária, de Harv T. Ecker

Por que os homens amam as mulheres poderosas, de Sherry Argov

Queda de gigantes, de Ken Follett

Transformando suor em ouro, de Bernardinho

INFORMAÇÕES SOBRE OS
PRÓXIMOS LANÇAMENTOS

Para receber informações sobre os lançamentos da EDITORA SEXTANTE, basta cadastrar-se diretamente no site www.sextante.com.br

Para saber mais sobre nossos títulos e autores, e enviar seus comentários sobre este livro, visite o site www.sextante.com.br ou mande um e-mail para atendimento@esextante.com.br

EDITORA SEXTANTE
Rua Voluntários da Pátria, 45 / 1.404 – Botafogo
Rio de Janeiro – RJ – 22270-000 – Brasil
Telefone: (21) 2538-4100 – Fax: (21) 2286-9244
E-mail: atendimento@esextante.com.br